窈窕文丛

安娜表哥

余静如 著

译林出版社

窈窕文丛：爱情一息尚存

贾梦玮

“窈窕文丛”，顾名思义，作者都是女性，是女作家，而且这次基本都是八〇后九〇后的青年女作家。关于女作家，关于女性书写，有“女权主义”的说辞，也有女性文学为文学提供了细腻与抒情风格的说法。这两点都有它的理由，但也都可以不管。或者说，“窈窕文丛”的年轻女作家们所提供的，远远不止这些。

我相信，女性所体验的世界一定不同于男性所体验的世界，这是由男女不同的身心所决定的。因此，女性作者一定会为文学共同体提供新的东西。“窈窕文丛”不仅是女性文学，而且要为文学提供新质。就拿经典的女性文学形象来说，目前我所知道的大多为男性作家所创造；但我更愿意信任女作家们所塑造的女性形象。因为，那不是“他者”，而是她们“自己”。“窈窕文丛”为文学世界提供的女性文学形象，如纪米萍、夏肖丹、丁霞、刘晋芳、商小燕、娜娜、云惠、阮依琴、唐小糖、芸溪、静川、梅林、汪薇……还有好多个“我”与“她”，那些鲜活的女性形象，只有她们才能创造，“她们”身心的千疮百孔，只有她们才能感同身受。阅读“窈窕文丛”，我一次又一次被震撼，我对于“她”的阅读体验，不是同情、怜惜、悲悯等词汇所能概括的。常常，我觉得我就是“她”，就是“她们”，我居然也可以感同身受。这是文学的魅力，也是文学的命运。

让我这个男性读者觉得遗憾和汗颜的是，“窈窕文丛”中所塑造的男性形象，或萎缩，或无能，或逃避，或不忠，或模糊不清、不负责任，或外强中干、金玉其外败絮其中，伊甸园至少有一半有坍塌的危险。女人都那样了，男人就没有责任？还有幸福可言？男人都这样了，女人的幸福又从哪儿来？男人的命运和女人的命运如此紧密地联系在一起。异性环境颓败了，无论男女，他们和她们情将何堪？免不了的，每个人的心上都会有一道或一道道伤口。我们都是伤心之人。文学，某种程度上就是疗伤的艺术。

但是，“窈窕文丛”中所有的故事也都在告诉我：爱情至少一息尚存。“窈窕文丛”的每部作品中，有一万条否定爱情的理由，可是爱情还是在那儿，无法否认。倘若本体意义上的爱情已经死亡，“窈窕文丛”中的那些女性，也就不可能有那样的深创与剧痛。爱情似乎是痛苦之源，但也只有爱才能创造奇迹。

广义上的“爱”和“情”是世界的本源。“窈窕文丛”中的作品，也有不以两性关系为描写中心的，而是更多关注底层人物粗粝、绝望的人生，像冰冷的石头和灰扑扑的尘土一样的命运。

“任何人在写作时想到自己的性别都是不幸的。”弗吉尼亚·伍尔夫的话颇堪玩味。她还说：“心灵要有男女的通力协作才能完成艺术的创造，必须使一些相互对立的因素结成美满的婚姻，整个心房必须大敞四开，才能感觉到作家是在美满地交流他的经验。”弗吉尼亚·伍尔夫被“女权主义”时而认作同道时而认作敌人。我只知道，男人和女人有着更宽广意义上的共同命运。

美貌曰“窈”，美心曰“窕”；美状曰“窈”，善心曰“窕”。“窈窕”形容的是女子仪表心灵兼美的样子，丛书以此命名，编者和出版人的美好愿望可以想见。“窈窕淑女，君子好逑”。说好的“君子”呢？“窈窕文丛”既是给女人的，也是给那些男人的。

给“爱”机会，让“爱”创造。

目录

1 安娜表哥
61 游戏
99 不归人
157 丽花的悲伤
187 荒草地
221 今日平安无事

安娜表哥

一 安 娜

梅林曾经被安娜锁在屋子里，安娜跟她胡闹，把她推倒在沙发上胳肢痒痒肉。梅林起初还笑，后来就难受了。安娜胳肢她的时间太长，她喊道：“安娜，停下！安娜，我难受了！”安娜不管，只是笑，手伸到她腋窝下，没命地胳肢。梅林怎么推都推不开，生气了，大喊：“放手，走开。安娜，你这个精神病！”安娜这就放了手，却坐在一边哭起来：“我是精神病，我们一家都是精神病。”梅林傻眼，急忙去劝。安娜却把头一抬，哈哈大笑，一边笑着，眼泪还挂在脸上。梅林说：“安娜，你不要笑了。”安娜只是越笑越大声。梅林害怕，站起来要回家，安娜不许，把钥匙丢到楼下。安娜说：“你要是回去，我就杀了你。精神病杀人不犯法。”

安娜有精神病，这是千真万确的。镇上有不少人都知道，安娜的外婆有精神病，安娜的妈妈也有精神病。自然，安娜也是个小精神病了。但这并不影响安娜一家的生活，安娜的外婆顺顺利利过了七十大寿，安娜的妈妈顺顺利利嫁给了在机关工作的安娜爸爸，安娜也顺顺利利地在县中学念书。人们给出的解释是，他们的病症并不严重。

梅林想，这当然是一个原因，但还有一个更重要的原因：安娜一家长得非常漂亮。人一旦长得漂亮了，就容易得到原谅。梅林不知道安娜外婆年轻时长什么样子，但是安娜的妈妈看起来就像杂志上的电影明星。安娜也是同样美丽，长得就像一个小洋娃娃。梅林喜欢看她们，也喜欢看安娜的爸爸。安娜的爸爸清秀斯文，不多说话。梅林觉得，安娜的爸爸很特别，只有他能和安娜一家在一起，他是上天给安娜家的礼物。

梅林是安娜唯一的朋友，原本学校里有不少男孩女孩喜欢安娜，但后来安娜闯了祸。安娜对一个向她表白的男孩子说："你既然喜欢我，愿不愿意让我咬一口？"男孩一听红了脸，还是低着头把手臂伸出去。安娜抓着他的手臂就是一口，男孩哇哇大叫。安娜满嘴是血，吐出了他手臂上的一小块肉。

这件事情闹得满城风雨，男孩的爷爷奶奶爸爸妈妈都追到学校，他们堵着校门，要学校领导给一个说法，要安娜家里赔偿一笔巨款，还要把安娜送进精神病院。谁也拿他们没办法，最后是安娜妈妈解决了这件事情。梅林记得安娜妈妈在医院工作，总是穿着白大褂。那天她骑着自行车穿过人群，白大褂没有系扣，在身后高高飘扬，样子实在美极了，所有人都让出一条路，就连男孩的家属们也呆了一呆。

安娜妈妈刹住自行车，轻盈地一跳，亭亭玉立。她昂着头，把四周环视一圈，然后清清嗓子，像报幕员一样说："首先，我会赔偿你们家小孩的医药费，但其他的钱，一分也没有。其次，我就在医院工作，我们家安娜没有精神病，你们这样说，就是毁谤。最后一点，我们家安娜咬了你们家儿子，没错。但是安娜为什么咬他？谁问过？安娜为什么单咬你儿子？不咬别人？"围观的群众或许觉得有理，或许被安娜妈妈的气势震慑，一片安静。安娜妈妈的眼睛又亮起来，像只鹰一样盯着男孩一家。她说："我们现在就在这儿把话说清楚，让我女儿和你儿子在这里对质，为什么她要咬他？"这个时候，安娜不知道从什么地方钻出来了，她站在人群中间，哭哭啼啼。包着纱布的男孩看见她，连连往大人身后躲。安娜这时候指着他，带着哭腔说："他说喜欢我，要娶我做老婆，要和我生孩子……"人群里一下子炸开了，大人小孩都哄笑起来。男孩一家气焰全消，变得畏畏缩缩。安娜妈妈调转自行车头，安娜擦干眼泪。母女两个都是得胜的将军，昂起头向前方行进。

这件事之后，所有人都感觉到安娜一家的危险。梅林的父母也叮嘱梅林："安娜有股邪气，不要再跟安娜玩了。"但梅林很为难，安娜就只有她一个朋友，离开安娜，安娜多可怜。但是，安娜会不会也咬她一口？甚至会不会杀了她呢？大人哪里知道小孩的难处，大人又哪里知道小孩思虑周密。梅林暗自打算，她要慢慢冷落安娜，最后"绝交"。

可安娜被孤立，对梅林更加珍惜，她三天两头送梅林礼物，请梅林到家里去玩。安娜妈妈也热情有加，一见梅林来就拉着她上菜市场去买菜。"梅林喜欢吃这个吗？梅林喜欢吃那个吗？"安娜妈妈对梅林比对安娜还好，安娜都吃了醋。两个这样好看的人都对梅林好，梅林还怎么舍得离开呢？梅林就这样把自己心底的小计划忘记了，直到她遇见安娜的表哥。梅林在那一刻，觉得自己更不能离开安娜家了。

二　安娜表哥

安娜的表哥是在梅林初中一年级的那个暑假来到安娜家的，

他比梅林和安娜大三岁，高出整整一个头。梅林第一次见到他的时候惊呆了，他长得比安娜母女还要好看。他的眼睛、眉毛、鼻子、嘴巴，没有一处能挑出缺点，他的手指纤长柔软、白皙干净，他的身形轮廓就像大美术家拿碳素笔在纸上描的一样。梅林想，要是真有造物主，他一定是伟大的艺术家，不然便造不出安娜表哥这样的人物。梅林又想，世界上不公平的地方就在此：同样是人，却有人生得如此漂亮，又有人生得那般难看。

那个暑假，梅林几乎天天都耗在安娜家里。她们俩和安娜表哥一起玩着小孩子的游戏，看电视或是过家家。安娜喜欢扮演电视剧里的人物。她要梅林和表哥陪她表演香港电影《青蛇》，或是大陆版的《聊斋》《西游记》。安娜一定是扮演女主角，或者是美艳的女妖怪，安娜表哥扮演的是唐僧或诸如许仙之类的白面书生。梅林的自由度就高得多，各类配角随意挑选。每一场戏，梅林总会挑选离安娜表哥最近的那一个，比如营救唐僧的孙悟空，比如捉许仙进雷峰塔的法海。

梅林玩这游戏的时候，心里有些羞耻。她知道如果是其他朋友提出这样的要求，自己一定会拒绝。梅林已经长大了，不再适合玩这样的游戏。但提出来的人是安娜，梅林就答应了，并且还玩得很愉快，因为有安娜表哥的陪伴。梅林很清楚，自己只是想离安娜表哥近一点。玩游戏的时候，梅林的衬衫袖子摩擦着安娜表哥的运动服一角，发出嚓嚓声。电风扇在头顶哗啦啦地转。杯子里的冰块一点一点地融化。梅林觉得这样就很好，心里无限满足。

安娜表哥并不像个十五六岁的少年。这个年纪的男孩子们，多半会溜出门去打游戏。再不然，也会呼朋引伴，一起去做些使坏捣蛋的事情。他却不会，安静羞涩得像个女孩。作为安娜的表哥，他表现出来的性格和安娜完全不同。他乖顺，毫无心思，听从安娜和梅林的任何提议。但安娜总是颐指气使，不知不觉间，他就偏向了梅林。梅林演青蛇，他就和青蛇要好。梅林演猪八戒，他就和猪八戒要好。梅林演法海，捉他到雷峰塔里去，他高兴得很，一点也不反抗。安娜发现了，大为生气。表哥竟然更喜欢梅林，梅林也处处护着表哥。安娜哭闹，骂表哥："一点也不会演，白痴，蠢蛋！"表哥竟然被骂哭了。梅林觉得心疼极了，却不敢多说什么。只坐在伤心的表哥旁边，无意地用行动支持了他。安娜指着梅林："你站在他那边还是站在我这边？"梅林看着她，不说话。安娜气急败坏："你要是我最好的朋友，就跟他划清界限。"梅林不动，她看着安娜表哥，实在不忍心。

当天晚上，安娜爸爸回来，安娜妈妈留梅林一起吃饭。大家围成一桌，安娜也不再生气，高高兴兴地吃饭。吃得好好的，安娜突然说："表哥喜欢梅林。"梅林全身发烫，脸红得像烙铁。她强作镇定，拼命往嘴里扒饭，心想：幸好安娜说的不是"梅林喜欢表哥"。不料，安娜下一句说的就是："梅林喜欢表哥。"梅林希望自己看起来没有异常，拿着筷子的手却不住地抖。梅林不敢看安娜的爸爸妈妈，也不敢看安娜表哥。但她感觉到所有人都在看她，她想把筷子丢了跑出门去。安娜爸爸突然说："喜欢就好，你们几个孩子好好玩。"梅林像触电一样抬起头，安娜爸爸并没有看她，只是把碗放下，走到客厅去。梅林心里生出无限感激。安娜却扭头对母亲说："妈妈，长大以后，就让梅林和表哥结婚！"安娜妈妈的筷子重重地敲在安娜头上，安娜又哭了。那顿饭，梅林吃得尴尬至极。

梅林回到家，打开日记本，详细记录这一天的事情。她写着写着，尴尬渐渐被忘记了，变成次要的事情。很多当时来不及注意的小细节却一点一滴冒出来。她和安娜表哥玩游戏时候的事情，安娜表哥的每一个动作、表情，每一次对她笑的样子。梅林想着，不自觉嘴角上翘，安娜那两句话又冒出来："表哥喜欢梅林""梅林喜欢表哥"。原本伤人的话，突然令人觉得高兴了。梅林甚至后悔，当时自己为什么不大胆地抬起头，看看安娜表哥的反应。合上日记本，梅林想：安娜家里，还要不要去？梅林自己回答自己：要去，当然要去。

三　安娜爸爸

安娜爸爸也是个好看的人，他挺高，总穿淡蓝色的衬衣，外套是深蓝色，裤子是浅灰，皮鞋又是褚红的。这样衬得他皮肤特别白。事实上安娜爸爸本身就很白，梅林初次见他，就忍不住惊叹他的好看和风度。梅林在家里，也对父母说起安娜的父母，梅林的妈妈只是一撇嘴，说，病态，男人长那样子有什么好看的。面色惨白，身体一定是不健康。梅林这才发现安娜爸爸的白是一种苍白，像是被砂纸磨过一样，有点粗糙，有点冷。安娜爸爸的五官也是那样，淡淡的，让人不好记住，但想起来又觉得还是优雅的，好看的。总之是不同凡俗的。梅林不知道正是因为自己太喜欢安娜和安娜妈妈，才会觉得安娜爸爸不同。因为能配得上安娜和安娜妈妈的，必定不会是什么一般的人物。假使安娜爸爸跟一个什么别的女人在一起，那么他必定失去这样一种超然的风度了，他将像马路上游荡着的任何一个男人那样，像没有灵魂的光。这样一想，梅林觉得安娜妈妈拯救了安娜爸爸，把他从平凡的生活中剥离了，使他的一生有了意义。

安娜爸爸不常在家，梅林很少碰见他，但他在的时候，家里的气氛总是淡淡的，就好像他是一阵风似的，把玫瑰花般的两个人的气味都吹跑了，屋子里有点冷，就如他身上穿着的蓝。但梅林还是很乐意见到他的，她观察他，分析他。她想象他和安娜妈妈初遇时候的样子，她想，他一定也像自己那样，在美丽的事物面前感到惊慌。但他最后却拥有了，拥有美是什么样的一种感觉呢？在梅林的想象中，那应该是盛夏的阳光一般，热烈得令人窒息。但她看到的却不是这样，安娜爸爸是深海一般的静，梅林有了新的理解。只有这样的静才能和安娜妈妈的美丽共存。

梅林喜欢看安娜爸爸和安娜妈妈讲话。虽然他们讲话的次数不多，但听起来总是有趣。安娜妈妈时常陷入紧张，她在意房屋里所有的东西是否摆在原位，她为了不能百分之百确定一只烟灰缸的位置和安娜爸爸争吵。梅林看见安娜爸爸像哄小孩一样哄着自己的妻子。早上烟灰缸是放在卧室的窗台上，中午是放在客厅里，晚饭的时候又放在餐桌上了。安娜爸爸对安娜妈妈说，你觉得哪一个才是它原来的位置？安娜妈妈说，早上放在窗台上，就一直放在窗台上！安娜爸爸便把烟灰缸拿去，自己也站在窗台边一动不动。安娜妈妈叫他，他转过头来一笑，说，我早上就在这儿，我得一直待在原来的位置呀。安娜妈妈轻声一笑。

梅林坐在客厅的沙发上，向卧室看过去。安娜爸爸背着光站着，看不清楚他的表情，光线将他勾勒出一个温柔的轮廓，安娜妈妈则是一个美丽的背影。梅林这时候特别希望安娜妈妈能向前走几步，或者安娜爸爸向后走几步，抱住安娜妈妈。梅林想象着那幅画面，太美了，她在心里感叹。她在期待那个有温度的拥抱。但什么都没发生，安娜妈妈转身走出来了。

四　墓园与树洞

梅林还是到安娜家里去，对安娜表哥的态度却淡了许多。像是避嫌，又像新媳妇害羞。梅林不主动跟他说话，他看见梅林却很开心。有几次，安娜表哥跑过来，直接拉住梅林的手。他说："梅林，你来啦！"面对安娜直勾勾的一双眼睛，梅林飞快地把手抽回去，露出一脸生气的样子，嘴里还说："讨厌。"安娜表哥露出吃惊的神情，他不知道自己哪里做错了。梅林讨厌他了。他露出伤心的样子。梅林和安娜在一处玩，他便不再过去。自己一个人坐在沙发上，呆呆看着电视。梅林和安娜坐在一起，折纸、玩娃娃，心思却全在屋子角落的沙发上。她看见他不停地按着遥控，最后电视机屏幕停留在体育台上，但是他脖子一歪，睡了过去。他睡得那样快，就像是一个毫无心思的小孩，梅林觉得那睡相实在可爱，他秀气的半边脸压在沙发上，显得有些肉乎乎的，嘴巴也微微翘起来，似乎睡着了还在抱怨、生气。梅林胡乱折叠着手里的彩纸，就只想一直这样看下去。她幻想这间屋子里就只有她和他两个人。幻想自己成为一个系着围裙的三十岁主妇，幻想他那张孩子般的脸上长出细细密密一层胡子，手臂线条也粗犷起来。安娜的一声叹息打破了梅林的幻想，安娜丢下手里的纸。“太无聊了。”安娜说。所有可以玩的游戏都玩遍了，漫漫夏日，还有什么消磨时间的办法？安娜走到沙发边，把表哥推醒。

“表哥，我们去爬山！”

“不，我不可以出去。”安娜表哥慌忙摆着手说。

“我们早点回来，都不说，谁会知道？”安娜说着，抓了一个大帆布袋，往里面装着零食、玩具、帽子，还放进一个复读机，几盘磁带。她把这些交给表哥拎着，拉着梅林的手，推开门说：“我们走。”

他们三个手拉着手跑出去，都有些兴奋。安娜拽着表哥和梅林在大路上故意左冲右撞，路上行人和车辆绕开他们，有些人骑电动摩托车不小心擦身而过，自己也吓出一身冷汗，回身大骂死小鬼，吓得安娜表哥哇哇乱叫。梅林也觉得在马路上疯疯癫癫不妥当，安娜只是高兴，别的一概不理睬。安娜说要爬山，其实她带着表哥和梅林去的是学校在清明节组织扫墓的烈士陵园。陵园在半山腰，入口处竖立着一座十几米高的纪念碑，里面便是一座座坟墓。比起纪念碑，那些坟墓简陋得多。有些甚至没有墓碑，也没有用水泥浇灌。只是一个黄土包，上边长出几株野草野花。秋天的时候，树上会有些紫红色的小果子落下，它们打在坟包上，溅出斑斑点点的汁液。

安娜累了，在一个坟包上坐下。梅林和安娜表哥也停下，各自坐在坟包上，打开零食分享。安娜手里抱着玩具，嘴里吃着东西，却露出百无聊赖的样子。“山上也不过就是这样，还是没什么可玩。”安娜抱怨。梅林的心情却很好，她想，安娜真是永远不满足的。这样好的天气，这样好的人，在这无人的漂亮林子里玩，还有什么可抱怨。安娜表哥和梅林一样高兴，他捡了许多小石子，一颗一颗往草丛里丢，往高高的树枝上丢。鸟儿从四处跳出来，扑腾着翅膀来回飞。安娜看着他，突然冷笑一声。她捂着嘴巴，凑到梅林耳边说：“梅林，我表哥是个精神病。”梅林听了，突然心里一痛。她想反驳安娜：“你才是个精神病。”但她说不出口。“精神病”这三个字，安娜自己可以说，梅林不能说。况且，安娜哪里像个精神病呢？她有时候像无知幼童那样单纯，有时又像成年人一般世故。梅林摇摇头，她不想听安娜说这些。梅林对安娜说新买的杂志、新看的电视剧、新开的小商店，安娜统统不感兴趣。安娜说：“这一切都没什么意思。”梅林沉默了。

安娜说：“我真恨我外婆。”梅林问为什么。安娜说：“她有精神病，就不该结婚，生孩子。我妈说，精神病会遗传的。”梅林说：“可是，你们并没有被遗传。”安娜目光低垂，说：“你没有见过我外婆，不知道她发病时候的样子。听说她像我这么大的时候也没病。”梅林坚持说：“那你们也不一定被遗传。”安娜不说话。梅林拉住安娜的手，说：“安娜，你很好。你不知道我多羡慕你。”安娜笑了。她打开帆布袋，拿出复读机，把磁带放进去。梅林听见它沙沙地转了一会儿，歌声响起来了。安娜把声音开到最大，歌声飘散在烈士陵园里。梅林突然看见不远处玩着石子的安娜表哥站了起来。他随着音乐的节奏开始扭动，那些动作奇怪又滑稽，但他似乎陶醉其中。安娜笑出了声，她一边笑着一边对梅林说："看哪，精神病。音乐不停，他就会这样一直跳下去了！"

在那个夏天里，梅林十五岁，她成为一个完全的少女，并开始注意到"爱情"这个无处不在的词，她听见这个词，看见这个词，却摸不透这个词，她想它是美的，像山中一道彩虹，可遇不可求，它还应该是短暂的，像火一样扑闪一下就要熄灭。美却短暂，梅林觉得有些伤心。在梅林的生活里，唯一能与这样的美对应上的，就是安娜表哥。梅林觉得，安娜表哥也是要消失的，至少，他是不属于她的生活的。

安娜表哥的眼神清澈，清澈得接近透明。似乎所有的风景和人，只是他眼睛里的一个倒影。他什么也没有看，正如他什么也没有想。他相信任何人对他说的任何话，极容易开心，极容易害怕。但不管什么情绪，对他来说又只是一瞬间的事，就好像石子打在湖面上，荡起几圈波纹。

梅林终于想要知道他的名字，她不愿意在每次想起他的时候，脑子里都出现"安娜表哥"四个字，他跟安娜没关系，也不是谁的表哥。他就是一个独立的人，这个世界上唯一一个，不可复制，不可替代。安娜却也不知道她表哥的名字，她歪着脑袋，睫毛扑闪。"他叫冬冬？""不对，童童？"安娜自言自语，"谁在乎他叫什么呢，反正你叫他什么他都会理的。"说着，安娜便朝他喊了一句"傻瓜"。安娜表哥乐呵呵地跑过来，安娜又冲他喊："痴呆""弱智""精神病"。

梅林看着安娜，心想，如果打开安娜的脑子，里面一定全是玫瑰花瓣，但只要动一动它，花瓣里就会嗡嗡地飞出无数的蜜蜂。她又看向安娜表哥，想着打开他的脑子……梅林想，那里面大概是水，却不是普通的水。它应该是有形的，可以像云一样变化多端。它也是有色的，是大海那样的蓝色。

梅林和安娜一起在烈士陵园的两棵松树之间牵起一张吊床。她们爬上去试了试，并不像以为的那样舒服。但安娜表哥要上去睡，他伸出腿往上跨，吊床扭成一团。她们只好一人架着他一条腿，费力地把他送上去。他开心极了，任由吊床收缩起来，像一张渔网一样将他包裹住。他一躺下就睡着了，安静得像一条湖水里的鱼。

安娜表哥睡的时间总是很长，他一睡就不容易醒，有时候还发出猫呼噜一样轻的鼾声。安娜要推醒他，总是被梅林制止，梅林会在他离开吊床的时候躺上去。安娜这个时候会取笑梅林，用树叶子搔梅林的脸。他们整天都坐在园子里，很长时间只是静静坐着，但安娜从来不睡，她对梅林说，她并不想睡觉。一睡时间就过去很久，太浪费。梅林和安娜坐在树下，有一搭没一搭地说话。梅林喜欢问安娜家里的事情，问安娜的爸爸，安娜的妈妈。梅林说："安娜，我觉得你妈妈真厉害，又漂亮。"安娜皱眉，说："我妈妈脾气坏得很。"梅林说："但是你爸爸脾气好。"安娜不说话。梅林又说："我真羡慕你，你们家的人个个都长得那样漂亮。"安娜一笑，说："漂亮有什么用，将来要是犯了病，谁愿意娶我。"梅林笑了，说："谁不愿意?！你爸爸那样好，不是娶了你妈妈？"安娜听了，身子忽然一抖。梅林说："如果你们都有精神病，那我觉得做精神病人也不错。”

安娜表哥醒了，三个人在墓园里玩起捉迷藏。梅林最厉害，她会爬树，第一次上树的时候，谁也找不到她。安娜喜欢躲在墓碑后面，头发全都披散在脸上，被找到了也要吓人一跳。安娜表哥只会往树后面躲，安娜一捉到他就骂：“笨蛋！跟你玩一点意思也没有。”梅林却装作找不到他。等到下一次轮到安娜找人的时候，梅林把他拉进一个树洞，食指在嘴边比画一个“安静”。安娜表哥就这样跟梅林一起挤在狭小的树洞里。安娜从他们旁边走过去了，一点儿也没有发现。梅林和安娜表哥相视而笑，才发觉两个人靠得太近，几乎是脸贴着脸。安娜表哥站在树洞里扭来扭去，很不舒服，索性抱住梅林。梅林的脸又红了，她觉得自己热得像一团火，但她并不想让他放开，她的下巴靠在安娜表哥的肩上，她听见他呼吸的声音，感觉到那气息从耳边轻轻拂过。安娜在墓园里叫：“表哥！梅林！”梅林抬起头看看安娜表哥，突然镇定下来，说：“安娜找不到我们，她输了。”梅林静静地靠在安娜表哥肩上，听见自己的心跳声。

梅林不知道自己和安娜表哥一起在树洞里待了多久，但她出来的时候，已经找不到安娜了。“安娜！”梅林呼喊。墓园里只有回声。一朵乌黑的云在上空飘过，雨并没有下。

五　波塞冬

安娜玩累了，坐在大树脚下懒懒地靠着，眯着眼。梅林看着安娜，树影摇在她白皙的脸上，如同瓷瓶上几竿墨竹。梅林看得入迷，突然就想起吊床上的安娜表哥，她站起来面对着他，那样子就像一个母亲站在摇篮边看着自己熟睡的孩子。她把脸贴近他，他的睫毛在微微颤抖，呼吸声伴随着细弱的气流在她和他的面孔之间盘桓。梅林在心里冒出一个名字——“波塞冬”，她不记得在什么地方看到过这个名字，也不知道为什么想到这个名字，或许这来自她书橱里的那一本希腊神话，来源于那些时常出现在她梦里的奇异故事，翻滚的海浪、贝壳、蛇、人鱼与剑之类的意象全搅在一起，她隐约知道这是一个神，又或许因为安娜曾说过他叫“冬冬”或是别的什么。她也想不出别的名字了，便有如得到神谕一般轻声叫他一句“波塞冬”。他总算有一个自己的名字了，还是只有梅林知道的名字。梅林不知道怎样表达自己的开心，便按照童话里的场景，对着他的嘴唇轻轻一吻下去。

安娜表哥的嘴唇像婴儿的嘴唇那样软，梅林觉得自己陷落在厚厚的一层落叶里，又像是到了眼不能见的大海深处，温暖而潮湿的感觉裹挟着她，幸福又危险。等她挣扎着起来的时候，她吓了一跳。安娜不知道什么时候已经站起来了，她跑到吊床的另一边，直愣愣看着她，就像上课时候看见有人偷吃话梅。梅林的脸像火烧一样烫。此时即便夕阳整个降临在她的脸上，也不能掩饰她的窘迫。她的窘迫提醒了安娜。

“你非礼我表哥。”安娜双手叉腰，一本正经地说。

安娜说的这句话像利刃一样插在梅林心上。她突然感觉到害怕，她意识到安娜表哥并非一个常人，而自己的年纪也不算是个无知小孩了。强烈的羞耻感贯穿她的身体，她像遭遇电击般难受。

安娜美丽的脸诡异又扭曲地挤过来："梅林，我不说出去，不会有人知道的。"

梅林就此变成安娜的小跟班。她跟在安娜的身后，不敢再多看安娜表哥一眼。安娜表哥有时候上前拉扯她的衣袖，她便用力一甩，以证清白似的。安娜看起来颇为得意，她一天一天地，越发像个小恶魔了。上学的时候，她让梅林给她背书包。放学的时候，要梅林在教室门口等着她。上厕所偏偏不带纸，要梅林带着跟在旁边。到最后，班里做值日也是梅林替了。大家都开梅林的玩笑，说梅林做了小精神病的跟班了，还有人说出更新鲜的词来，说梅林是"拉拉"，她爱上小精神病安娜了。梅林气急，但她随时面临着安娜的威胁，安娜不但威胁她，还歇斯底里地向她哭诉："梅林，在这个世界上我的朋友只有你，你不能离开我！表哥也不能抢走你！"安娜嫉妒表哥，嫉妒表哥抢走了梅林的友谊。她没有想到"爱情"这个词，她不明白梅林对她和对表哥的情感有什么不同。但是梅林渐渐明白。她不能解释，但深切地感受到了。对于安娜表哥，她不能接近，却也不能离开。

安娜表哥不能理解梅林的行为，他像是一个失去监护人的孩子，远远望着梅林，孤单又无助。三人游戏的日子结束了，安娜整日发脾气，焦躁不安。梅林只是垂头丧气。安娜表哥则一个人玩起了童年的简单游戏，在沙堆里反复滚动着几颗蓝的绿的弹珠。

梅林的情绪日渐低落，人也消瘦了。越来越多的人发现她的变化。梅林的母亲来学校里偷偷观察，她看见安娜冲着梅林撒气，梅林在操场上捡拾安娜丢下的糖果。她冲上前去踩住散落一地的糖果，一把提起梅林。“你真是中了邪了。”她说。

梅林被母亲拉到教师办公室，她痴痴地站在那里，听母亲对班主任数落安娜的不是，母亲甚至还提起了安娜那位不上学的表哥。梅林的脸热起来，她低头看着自己的脚尖。她是安娜在学校里的最后一个朋友，她不知道安娜失去她会怎样，但是离开安娜，她就再也见不到安娜表哥了。

梅林转到另一个班级去了，那个教室在走廊的尽头，而她和安娜原先的教室在走廊的入口。梅林有时候会在上课前经过那个地方，她从窗口准确地找到安娜的位置，她看见安娜手撑着脑袋，面无表情地呆呆坐着。安娜没有再找过梅林，梅林猜想，班主任一定又找安娜的母亲谈话了。她感到羞愧，她成了一个叛徒，背叛了安娜，背叛了安娜的母亲。梅林再也不敢见她们了，她记起安娜母亲穿着白大褂出现在校门口时那凌厉的神情，记起安娜粉嫩嘴角挂着的那一抹鲜红的血迹。

但梅林并没有背叛安娜表哥，他也不会为了什么理由责怪她。她想再次见到他，她想象着他孤单一人蜷缩在沙发角落的场景。在安娜的家里，并没有谁会特别理会他，而安娜又像是一个暴虐的公主。安娜表哥现在怎么样呢？安娜表哥将来会怎样？梅林突然又想到，安娜表哥过去是怎样的，他从哪里来的呢？他的父母呢？

梅林并没有经历真正的恋爱，又开始想象失恋的滋味。

失恋大概便是喜欢一个人却不能在一起，想念一个人却没有理由见面。梅林第一次意识到时间的流逝，源自她害怕被忘记。安娜表哥并不是常人，他的记忆又是怎么样的呢？会比平常人好一些，还是坏一些？梅林陷入害怕被忘记的恐慌和焦虑中，她仔细地回忆着和安娜表哥在一起的每一个细节。他每一次说话的内容，每一次笑的样子，他对梅林是特别的吗？梅林问自己，又自己回答。当然是的，在安娜家里，没有谁比她对他更好，没有谁比她更在意他的心情。她相信这一切他都是知道的，他也喜欢她呢，她感觉到他的依赖，在每一次游戏里，在每一次眼神的交换里。他明净的眸子里是单纯的信任和依赖，就像在暗黑的森林里，一只小鹿看着一只母鹿。

梅林的心底突然涌上一股强烈的渴望，想要拥有这头小鹿了。

六　安娜妈妈

当校园里的树叶开始变黄的时候，安娜一家再次成为大家议论的焦点，这一次与以往都不同。不止是校园，整个小城都沸腾起来。人们说安娜的妈妈疯了，这次人们说的是“疯”，并不是“精神病”。“疯”这个字伴随着强烈的画面感，让人想到披头散发手舞足蹈的狂躁女人。这个字也伴随着声音，它用嘶吼和尖叫划破人们的耳膜。

安娜妈妈被安娜爸爸关在房间里，起先邻居们还能听见她发狂的叫喊，大致闹了三天，后来便安静了。据说是安娜爸爸用毛巾塞住了她的嘴，把她捆绑在一张椅子上。安娜爸爸出门的时候，邻居们围在门边，看见他依旧是文质彬彬的样子，他慢条斯理地转着钥匙锁门，衬衣也丝毫不乱，只有额头上细细一层薄汗显出刚才消耗了一些体力。

“她疯了。”安娜爸爸抱歉地笑笑，似乎在为打扰到邻居感到羞愧。

邻居们摇头说没关系，又纷纷询问是否需要帮忙，或者报警？送医院？安娜爸爸摇摇头。他看见了人群中的梅林。梅林用急切的眼神询问着他，梅林想知道安娜怎么样了，安娜表哥又怎么样了。

安娜爸爸的目光只短暂地掠过梅林的衣角，他大步踏着秋风离开，消失在人们的视野中。

安娜爸爸再也没有回来。不久之后，安娜和梅林一起坐在小树林里，安娜说起这件事情。“我妈妈没有错，”安娜说，“我爸爸在外面有了女人。”梅林静静看着安娜的脸，许久不见，安娜似乎长大了许多，她原本有些圆润的脸变得瘦削，小小的下巴尖尖的，看起来有几分可怜。梅林想要安慰安娜，可是安娜突然咯咯笑了，说：“我爸爸走得好，省得家里三天两头地闹，他动不动就打我妈妈。”梅林大吃一惊，“有了女人”“三天两头地闹”“打我妈妈”，这样的场景她从来没有在安娜家里见过，她看见的只是温柔的安娜爸爸，哄小孩子那般对待安娜妈妈。梅林心想，安娜又在胡说了，又在瞎编故事。编故事是安娜最擅长的，她在刚刚认识梅林的时候，骗梅林说自己是捡来的孩子，从来没有见过亲生父母，又说自己的父母远在西北的农村，没有钱养她才将她送走。那时候安娜声泪俱下，梅林出于同情也跟着哭起来，直到放学时分，看见漂亮的安娜妈妈在教室门口等着安娜，才明白安娜说谎。安娜和妈妈长得实在太像，又太美了。安娜是一个彻头彻尾的小坏蛋，在那次之后安娜缠上了梅林，她说梅林好，有同情心，从来就没有人听了她的故事会陪她一起哭，但是梅林会。梅林就这样成了安娜形影不离的朋友，一开始梅林十分被动，因为安娜的坏脾气和古怪行为，几乎断绝了梅林和其他同学的友谊。但是梅林没有办法拒绝安娜，安娜那样骄傲，那样好看，又那样脆弱。

但安娜妈妈是不一样的，她温柔许多，对梅林说话从来都是轻声细语。梅林只要到家里来，安娜妈妈就带着她去超市、菜市场，她要梅林挑自己喜欢吃的东西，梅林害羞，什么都不肯要，安娜妈妈只好自己挑。但是有一次，安娜妈妈严肃又认真地看着梅林的眼睛，说："想吃什么就说，小孩子就应该有小孩子的样子，不要跟大人学样，那么客气。"梅林感觉到安娜妈妈眼睛里有光要穿透她，心里怦怦直跳。安娜妈妈虽然这样说梅林，却对安娜说："你要学习梅林，她样样都比你好，你这样娇气，坏脾气，又不努力，将来也不知道要怎么办。"这样一些话，家家户户的大人都会说，但梅林隐约觉得安娜妈妈说出来感觉很不一样。为什么不一样呢？大概就是眼睛里的光，那极认真极严肃的样子。安娜妈妈说话没有一个多余的字，也没有一个语气词。她似乎对待一切都是这样的态度，炒一盘菜，剥一碟花生。那全神贯注的样子，就像是医生在手术台边，在聚光灯下做一个大手术。有一回梅林看见安娜妈妈在案板上杀一条鱼，额头上细细密密一层汗沿着发梢往下滴，衣服也全被汗水浸透。梅林担心安娜妈妈是中了暑，或者得了病，关切地想要送一杯水上去。但安娜妈妈忽地一抬头，梅林与她对视了，安娜妈妈的眼睛里全是恐惧，这恐惧把梅林也吓住了。梅林双手发抖，握着水杯离开厨房，坐回沙发上去。直到安娜妈妈温柔的声音响起，叫大家开饭，梅林搛了一筷子鱼，鱼的味道还是好的。安娜妈妈也整整齐齐，面容恬静地捧着饭坐着。梅林简直疑心自己在厨房的那一刻是做梦。

自安娜爸爸宣布安娜妈妈发疯，并且离开小镇之后，安娜妈妈也离开了她所工作的医院。人们都说，安娜妈妈有精神病，原本是不该待在医院工作的。至于当初怎么进的医院，有人说是安娜爸爸求了人，也有人说是因为她漂亮，跟院长有了特殊关系。但是梅林知道，安娜妈妈是省里最好的医学院毕业的，她甚至读到了博士，但在这家小镇的医院里，她只是一个护士长。在安娜爸爸离开之后的那几个月，梅林几乎每天都去安娜的家里。她不知道怎么安慰安娜妈妈，安娜妈妈每天都在看照片，厚厚的影集堆得高高的，像一座小山，安娜妈妈就整日坐在这小山中间。梅林也走进这座小山里去，她看见像宝库一样丰富绚烂的回忆。她看见安娜的外公，一个高大威武的军人，照片上看着还很年轻，但胸前已经戴着许多奖章。而安娜的外婆年轻时候真是美丽极了，她穿着旗袍，烫着卷发，戴着珍珠项链和戒指，侧身而坐，眉目微抬，就像民国电视剧里面的上海小姐。安娜妈妈小时候和安娜长得几乎一模一样，头发比安娜还要卷一些，在头顶扎一个大蝴蝶结。安娜妈妈和安娜的外公外婆一家三口合照的样子，只让人觉得羡慕，即便是发黄的黑白照片也令人向往，丝毫联想不到那是一个贫瘠的年代。再往后就有了彩色照片，第一张就是安娜爸爸。安娜爸爸学的是法律，照片里他戴着眼镜，低头捧着一本《民法》。这恐怕是他在大学里的时候照的，看起来不过二十岁，照片下面夹着薄薄一张信纸，写着什么，梅林看不到，也许便是他送给安娜妈妈的一封情书。翻过去一页就是安娜妈妈的照片，短发，白色短裙，半躺在篮球场上，一只胳膊支着，手托腮。这个动作在当时算是很别致的了，梅林翻看自己家里的影集，妈妈那一代的人合照，不外乎就是几个姿势，女孩子们互相搂着站着，或者一齐看向什么地方，也有坐着梳理头发的。还没有人像安娜妈妈这样大胆，穿着短裙半躺在地上。但安娜妈妈照片里的样子，只有少女的活泼自然，没有半点自怜或者做作。梅林觉得照片上那个安娜妈妈看起来比现在轻快许多，虽然长得像，倒不是一个人似的。此外，还有安娜爸爸端着吉他的、打篮球的，安娜妈妈穿泳衣的、骑单车的各种照片。单人的照片翻过几页，后面的就都是合影了，还有同学赠照，边角上写了祝福的。然后是结婚照，安娜满月照，周岁照……安娜妈妈看着看着就哭起来，眼泪滴落在照片上面洇开。梅林慌忙拿纸巾去擦，目光停留在一张早年的全家福上，那上面依稀有着安娜表哥的眉眼，梅林仔细一看，那简直就是安娜表哥，但那怎么可能是安娜表哥呢，照片那么老旧，照片里的人也比安娜表哥要大一些，他更高，棱角也更分明，肩背也宽阔许多。梅林突然想到，这一定就是安娜表哥的爸爸。梅林心里想着，眼睛里却莫名热起来。“他是谁？”梅林忍不住指着他问。安娜妈妈的目光穿透泪水，聚焦到大合影中那张小小的脸上去，却不说话。梅林一反常态，追问道：“是安娜表哥的爸爸？”安娜妈妈还是不说话，伸手便把这一页翻了过去。

七 秘 密

据安娜说，照片里的那个人是她的舅舅。

梅林只关心这个人是不是安娜表哥的爸爸。说到底，她对安娜表哥还是一无所知。安娜表哥什么都不懂，也什么都不会告诉她。梅林和安娜一家的友谊和来往便维系着她和安娜表哥的全部。自安娜爸爸走后，梅林总有不好的预感，安娜一家就像是大厦将倾，摇摇欲坠。安娜爸爸平时看起来那样文弱，清淡得像一阵风，让人感觉不到他的存在。这一走才让人发现，他竟是一直以来勉力支撑着危楼的一根大柱子。安娜爸爸不在，安娜妈妈的恐惧，安娜的躁郁和紧张，一下子全都释放出来，就连梅林待在这屋子里也感到十分不安。但她不能走，这里还有安娜表哥。

关于安娜舅舅，安娜有很多秘密要说。

第一个秘密是这样：安娜舅舅犯过罪，他是安娜家的耻辱。因此安娜妈妈的影集里看不见他的照片，梅林问安娜妈妈的时候，安娜妈妈也不回答。梅林问，家里还有没有安娜舅舅其他的照片？安娜说，家里曾经有一本旧影集，上面有许多安娜舅舅的照片，但是被安娜妈妈锁在卧室里，家里是找不到更多了，但外婆家的相框里夹着许多零散的旧照片，那里面或许会有。梅林要问安娜舅舅更多的情况。安娜说自己也只是见过一次舅舅，还是在很小很小的时候，现在要回忆，就连见过的那个人是不是舅舅也不确定了。那么，安娜舅舅到底是在什么时候犯过什么罪？安娜也只是捡了一些大人们对话中掉落的零星碎片，安娜舅舅似乎是放了野火，在山林里引起了火灾。为什么要放火呢？安娜说，因为好看。因为安娜舅舅喜欢火，他从小就喜欢点火，制造一场大火就是他的梦想。梅林诧异地睁大眼睛。安娜咯咯笑，说奇怪吧？又自己回答，也没什么奇怪，谁还没有个梦想呢。梅林觉得好笑，问安娜有什么梦想。安娜说，我的梦想是做科学家，专门研究人脑子。梅林摇头说，看不出来。安娜说，我没机会做科学家的。梅林问为什么，安娜说，我妈妈成绩那样好，也做不成医生。

安娜又说了第二个秘密：安娜表哥其实不是安娜的表哥，而是安娜的亲哥哥。这个秘密让梅林瞠目结舌，半天说不出话来，只能听着安娜一个人滔滔不绝。在安娜口中，安娜表哥是在安娜五岁的时候被送走的，那个时候他已经八岁，但还是算不出十位数以内的加减法，而那个时候的安娜已经会背九九乘法表了。安娜没有念学前班，五岁的时候就被送去读一年级。安娜表哥也是五岁读一年级，但是当安娜入学时，他已经在读第三个一年级了。所以安娜妈妈送走了哥哥，留下了安娜。安娜说什么都是振振有词、不容置疑的样子。但是这回梅林不答应了，她反驳安娜，没有母亲会因为孩子数学不好就不要他。而安娜更加高明地回答：他不是数学不好，是整个脑子都不好。梅林决心要破除安娜的谎言，她极富逻辑地连续追问安娜，安娜表哥被送到哪里去了？安娜爸爸怎么会同意送走儿子？安娜表哥为什么现在又回来了？

安娜回答：哥哥被送到某个乡下没有儿子的人家去了；安娜妈妈以自杀威胁，安娜爸爸只能听从；安娜表哥回来，是因为那户乡下人家也不想要他了，他只能回来。

梅林呆坐在地上，她感觉到头晕目眩，她的生活中还没有出现过这样的事情，就连听都没有听说过，她的目光穿透桌子、沙发、墙壁、花瓶，慢慢到达安娜表哥身上，安娜表哥只不过是一个模糊的影子。她再怎么睁大眼睛也看不清楚，她疑心自己在做梦。电风扇的叶子在她的头顶旋转，她觉得自己也跟着转起来了，美丽的安娜一家，安娜表哥、安娜、安娜妈妈、安娜爸爸，夏日、茶杯、冰块、墓园里的鸟，一齐都旋转起来。

安娜在拼命地摇晃她。

“梅林！”

“你刚才去哪里了？”安娜问她。

梅林眼前的一切又固定下来。安娜问她刚才去了哪里，这实在是一个奇怪的问题，这样的问题只有安娜才会问得出来，又只有梅林才听得懂。梅林顺着安娜的问题去想，发现自己刚才确实去了一个地方，那是墓园里的树洞，她头晕目眩的时候，正靠在一个人的肩膀上，听着一个人的呼吸声。梅林呼出一口气，她看着安娜，她当然不会告诉安娜自己刚才去了哪里，但是她突然可以面对安娜像刀剑一样的话语了。

安娜又开始述说秘密。这一回，安娜表哥成了安娜舅舅的孩子，安娜舅舅犯的罪不再是放火，而是杀人。安娜舅舅犯罪的时间也不再是安娜记不清的小时候，而是去年。因为安娜舅舅进监狱，安娜舅妈和他离婚，安娜表哥才到了这里寄住。

梅林因为刚才在精神上的时空旅行疲惫到无力追问，只是静静看着安娜，而安娜突然又说，自己没有舅舅。在妈妈影集里的那张照片里，也根本没有舅舅这个人。

梅林呆呆坐着。安娜咯咯一笑，说，最后再告诉你一个秘密吧！我刚才说的那些全是假的，全是骗人的。梅林笑不出来，安娜却又自顾自地笑起来，笑得全身都颤抖了。

八 梅 林

梅林发现自己从来没有认真思考过安娜一家的事情，事实上，梅林从来没有认真思考过任何一件事情。过去的十几年里，梅林的一切思想、一切行为都那么自然，那只不过是一种盲从和惯性。这个世界上的一切都是那么合理，自梅林来到这个世界，所有的一切都是设计好的，她只要和其他人一样就可以。但是在遇到安娜一家之后，梅林发现以往的经验都无用了，和安娜一家交往的过程困难重重。这一家人虽然和其他人一样生活，说一样的语言，却像另一个物种一样。梅林想，尤其是安娜妈妈，她就像是一个外星生物，在努力模仿着人类的样子，融进人类的生活。梅林脑子里闪过安娜妈妈一板一眼没有语气词的话语，以及她在厨房抓着一条鱼，眼里满是恐惧的画面，梅林不明白，但是突然从情感上理解了日常生活对于安娜妈妈的艰难。那么安娜呢？安娜就是一个不折不扣的外星生物了，她根本不屑于模仿其他人，也不想做正常的孩子，她漂亮、聪明过人，她不在意其他人对她的喜欢，也不在意其他人对她的厌憎。

那么梅林又是个什么样的人呢？梅林是个普通人，和她的爸爸妈妈一样普通。梅林的爸爸是农药厂的职工，妈妈是木材厂的会计。梅林一家过着与家家户户同样的生活——父母养家、孩子念书、吃饭睡觉、谈论农药厂、木材厂和学校里的事情。梅林的爸爸不漂亮，妈妈也不漂亮，梅林自然也长相一般，他们的人生都没有什么奇遇，他们的朋友都只是同学、同事还有邻居。在遇见安娜之前，梅林倒没有意识到这些，因为周围的同学也大都和自己一样，但是安娜像一道光一样照在她身上，她这才开始对着镜子审视自己，也仔细审视其他人。安娜的美丽几乎让每个同学在初见时都感觉惊讶，但很快大家就都习惯了，这种习惯倒不是对安娜的接受，而是对安娜的排斥。安娜没能融入同学们的集体，也没能形成自己和三五个伙伴的小团体。安娜的美丽和她的坏脾气成为理由，她的抽屉里不时有男生丢下的蝙蝠和死蛤蟆，裙子上也会偶尔黏着写着“狐狸精”的字条。梅林原本有自己的小伙伴，她和她们在课间一起玩游戏、逛操场、吃零食，也和男生打打闹闹、丢小纸条。安娜有时候会成为女生之间的话题，她们说她的裙子张扬、脾气坏、脑子有问题，却绝口不提她的漂亮，她们有时候会提起班里某个出挑的女孩子，说她的爸爸是某处局长，家里有独栋的房子，有保姆，最后还会说，这个女孩也很漂亮，应当是校花。梅林从前都会随声附和，哪怕她没有见过那个女孩子，没有见过女孩的大房子和保姆，她也会和她的伙伴们一起感叹，表达自己的羡慕之情。然而她渐渐不这么做了，她看见一个人靠着教室窗户，呆呆往外望的安娜，心里想，自己身边这几个小伙伴的眼睛大概是瞎了。突然的某一天，梅林明白了，她身边的这些人都在害怕安娜，她们在怕安娜什么呢？只是因为安娜和她们不同，她们害怕和自己不同的东西而已。自那一天开始，梅林便厌烦了同这些伙伴在操场上无休无止地溜达，那些琐碎无意义的聊天在梅林的脑子里变成一片嗡嗡的蚊子叫声。梅林第一次拒绝了伙伴们的邀请，第一次不再附和她们浅短的见识，梅林彻底离开了她们。梅林感觉到自己和他人的不同了，她心想，她并不是一个普通人。梅林去接近了安娜，出乎意料，安娜几乎是张开双臂迎接了她。她成为安娜唯一的朋友，渐渐地，她失去了其他的朋友，安娜也成为她唯一的朋友了。

九　安娜外婆

安娜妈妈正筹划着要将房子卖出去，她要带安娜离开这里，去别的城市生活。安娜开始不去上学，梅林只能在下课以后再去安娜家里，她几乎每一天都去，对家里则撒谎说学校开了夜间补习班。梅林从未对父母撒谎，但是和安娜一家即将消失这件事情比起来，撒谎似乎并没有多么重要。一切都在改变，只有安娜表哥还是老样子。安娜妈妈原本就沉默，现在只是埋头收拾东西，言语更少。安娜的脾气还在，却少了发泄的力气。没有人管梅林来这里做什么，也没有人让她走。梅林就陪着安娜表哥，安娜表哥看见她来是开心的。梅林能够感觉到，她和安娜表哥之间有些不同的东西，她相信那是一种神秘力量。但事实上那是一种交流，除了梅林，从来没有人试图和安娜表哥认真地交流。安娜表哥的特殊，或许在他还是个孩子的时候不那么容易被看出来，但在十七八岁的年纪就很明显了。这“特殊”能够把其他人和他隔绝，他自有一个世界，梅林是唯一一个努力想要走进去的人。安娜和安娜表哥有相似的地方，是孤独。但深究起来，这孤独又不同，安娜的孤独背后有着强烈的渴望，她羡慕那些三五成群的孩子，表现出的却是排斥和轻蔑。安娜表哥的孤独则是平静的，好像他生来就该孤独，因为不知道不孤独是什么样子，所以也没有渴望。梅林的出现打破了他们的世界。安娜有了朋友，看起来合群多了，她的骄傲有了填充，不再只是一个虚弱的姿态。安娜表哥有了梅林，一切言语和行为都得到反馈，因为这一点，他也不再是一个异类。

此时对于梅林最重要的事情是——安娜和妈妈离开以后，安娜表哥将会去哪儿？梅林不断询问这个问题，安娜说话漫无边际，不分真假，安娜妈妈又沉默不语。梅林在脑子里搜刮关于他的所有信息，不管可不可靠，都排列组合起来推演一遍，最后还是没有想到，安娜表哥会去安娜外婆家。

如果不是那几张老照片，梅林大概不会想起世界上还有安娜外婆这个人。事实上，安娜外婆也就住在这个小镇，并且住得离安娜家很近。

梅林跟着安娜妈妈、安娜表哥和安娜一起去了安娜外婆家。安娜外婆住在一栋很老的单元楼里，楼道里四处是蛛网与灰尘。梅林最终跟着安娜一家停在一扇锈迹斑斑的铁门前，门没锁，虚掩着，一推便吱吱呀呀叫唤起来，一股陈腐的气味钻进梅林的鼻孔，她跟着跨进屋子里去。一抬头，首先看见的就是安娜外公的遗像。安娜外公的遗像看起来跟别家挂着的老人遗像不同，不同在哪里呢？梅林仔细看，看清楚了，问题是像素低，安娜外公的面目有些模糊，像是用一张很小的照片放大的效果，在这样的效果下，安娜外公的五官就像几个幽深的黑洞，这样一张照片放在平时不惹人注意，郑重其事地作为遗像，就十分吓人。梅林看第一眼就起了哆嗦，目光却又盯在上面不能离开。因为照片还有奇怪之处，梅林鼓足勇气要破除恐惧，细看下去，终于又找出问题，这张照片不像一般照相馆专门照的证件照，因为安娜外公的半个身子坐得不端正，他微微侧着，脸也略偏向一边，嘴巴微张，露出笑容……这样一张怪异的照片，实在无法让梅林联想起安娜家相册里那张民国时期的全家福。

梅林看过这张照片之后，再看安娜外婆家的一切陈列，都感觉怪异阴森，她和安娜妈妈、安娜、安娜表哥一起背对着遗像在弹簧沙发上坐下，安娜外婆从一间阴暗的小房间里走出来了，她的目光越过安娜一家，直直看向了梅林。梅林突然陷入极度紧张，她无法使安娜外婆不看自己，也无法将自己的目光从安娜外婆的脸庞上移开。那张沟壑重重的脸就像有什么魔法一般，要将主人一生的秘密都倾吐。梅林看到安娜和安娜妈妈美丽的面庞在安娜外婆的那张脸上重叠，又四散开来，变成模糊的一片，布满斑点的皮肤、犹如枯木一般蜷曲的手指、潮湿的霉变的陈旧衣物、日复一日接近死亡的气息……梅林突然感到自己坐在了儿时乘坐的一列过山车上，她的眼睛、鼻子、头发都被灌满了风。她无法控制自己，她的身体倒转了，胃部的食物和身体的血液也一起倒转过来，她要吐出心脏了。安娜外婆终于收回了她的目光，她解放了梅林，转向一张空空的木头茶几看一眼，片刻，又重新把目光落在梅林的脸上，这一次的目光像是重新调整过，它疏离、安全、聪明又诚恳，它略带自嘲地告诉梅林，在她面前的不过是一个行将就木的老太婆而已。安娜外婆对着梅林笑了，她慢悠悠地说：家里很久没有来过客人了，也没有小孩子喜欢吃的东西。接着，安娜外婆迈着细碎的步子去厨房，拿回来四只杯子，倒了四杯茶。

梅林对安娜外婆和安娜外公的全部认识，只来自那张民国老照片，此时见到了现实中的样子，竟是和照片一点关系也没有。梅林看着安娜外婆，不知不觉恍惚起来，她好像走进一个隧道里去，越走越黑，越走越深，回头的路看不见，前方也没有一点光。梅林看见安娜妈妈和安娜外婆在谈话，她们的嘴一张一合，梅林却听不见声音。梅林的眼神飘出去，落在茶几上、搪瓷茶缸上、铁皮热水壶上、四脚凳子上，梅林突然伤心起来，她不知自己为何而伤心。她只觉得这个世界没意思透了，未来没意思透了，人活着也没意思透了。她正自己一个人痴痴想着，屋子里一扇虚掩的门开了，一个人磕磕碰碰地从里面走出来，站在灯光下，站在众人中间。梅林呆住了，她听过许多次"精神病""弱智""痴呆"这样的字眼，也听说学校里的人把安娜叫作"小精神病"，安娜爸爸把安娜妈妈说成"疯子"，她从来不以为意，但这一次她震惊了，她眼前站着的这个人才是一个真正的疯子。梅林从未见过一个疯子，但梅林知道这个人就是。他眼睛里的光，他的面部表情，那不能称为笑容的笑，他的一切举动，一切姿态。梅林第一次感觉到了面对异类的害怕，这害怕让她暂时忘记了一切，那些少女的心事、忧愁，全都轻得像云一样。她当然也没有认出，这个人就是安娜那些古怪故事里的主人公，安娜妈妈旧影集中，那个被称作是安娜舅舅的人。

十　分别

自那一天之后，安娜表哥就在安娜外婆家留了下来。梅林没有再跟着安娜走，而是直接回到了自己的家里，梅林回家之后就病了。病了好些天，梅林的妈妈带她去医院检查，不过就是普通的感冒发热，并没有什么特别。可是梅林就是不见好，整个人委顿下去，不大说话，行动也是懒懒的。一天二十四个小时里面，除了睡觉，有一半的时间倒是在发呆。梅林去了安娜外婆家一次，脑子里装了更多想不明白的东西。她隐约意识到，安娜表哥留在那个阴森恐怖的地方，是被抛弃了。她还想到，安娜表哥也许被抛弃过不止一次。她更进一步地猜想，安娜表哥若是在那个地方一直待下去，将来会不会变成安娜舅舅那个样子？梅林没有想到，原本像安娜家那样美好的地方，竟和另一个那样丑陋可怕的地方联系在一起。而安娜妈妈和安娜这样美丽的母女，却有着那样不堪的血亲。

可这又是什么令人想不到的事情呢？所有人都能想到，安娜的外公离开安娜的外婆，安娜的爸爸离开安娜的妈妈，安娜的舅妈离开安娜的舅舅，这当然不是巧合，而是有原因的，原因是什么呢？用大家口耳相传的话笼统地讲：安娜一家脑子有问题，精神病。可是，如果真是这样，安娜的外公、安娜的爸爸、安娜的舅妈，又是怎样走向了安娜一家？梅林想着，突然明白，他们都是被安娜一家的美丽和特别吸引的，他们当初走向安娜一家的理由，就和自己一样。梅林恍惚地想，安娜便是安娜妈妈，安娜妈妈便是安娜外婆，安娜表哥便是安娜舅舅，也许也是他们家里别的什么人，自己还不知道的。而安娜爸爸便是安娜外公，安娜外公便是安娜舅妈，安娜舅妈便是……便是梅林自己？梅林因为自己这样的幻想生病了，梅林在幻想的间隙，前所未有地感觉到安娜一家的怪异，那些被美丽掩盖的怪异，在失去美丽之后赤裸裸地展现出一种来自异类的可怕了。因为安娜外婆和安娜舅舅的出现，他们做了这可怕的载体，痛击梅林。

梅林病好之后，不再联系安娜。她照常上学放学，只是不再朝安娜的窗口看去。可是，梅林也回不去以前的生活了，她没有去找回曾经的伙伴，她早已彻底厌倦那些孩子，她身体里生长着一个灵魂，这灵魂的生长速度比其他人迅速太多，已经远远离开轨道，再也回不来了。

梅林被孤立了，曾经的小伙伴们嘲笑她，说梅林被安娜传染了，又被安娜抛弃。小伙伴们还说，学校里面不再有安娜，梅林就要变成安娜了。梅林这才知道，安娜妈妈带着安娜已经离开好一阵子，自己平时故意躲避的窗口那边，早已是个空座位。

梅林最后一次去了安娜家，偌大的空房间，竟然连门也卸去了。曾经映出安娜妈妈美好身影的纱帘，灰蒙蒙卷在地上，曾经放着冰块的玻璃杯里，一只幼小的半透明的黄棕色蜘蛛慢慢织着细小的网。安娜爸爸常常抽着烟眺望风景的那个阳台已经堆满水泥袋子，无法下足。梅林将整个屋子都走一遍，最后发现安娜妈妈的影集竟堆在卧室一角，没有带走。梅林将它们抱起来往外走，又在大门口停住了，她蹲下来把影集一页一页翻开，看了许久之后抽出那张安娜家族的大合影，揣在口袋里走出去。

和安娜一家的交往，简直是一场梦。

十一 生 活

很快，梅林升入高中三年级。“高考”这个词无比清晰地出现在梅林的面前，继而笼罩她的生活。它从一个概念变成了实体。其表现便是沾染上这个词的一切都会陷入疯狂。操场上看不见闲逛的小伙伴，教室里挂着红到刺目的倒计时，每一个学生都低着头弓着背伏在课桌上，“高考会改变你们的命运”，老师们在讲台上不断强调这一点，“考场即是战场”，老师们的眼睛里有光。学生们的脸上则各有各的表情：兴奋、无奈、挣扎、绝望。

梅林的父母从来没有像现在这样重视梅林，梅林的妈妈开始每天早晨起来搭配梅林一天的营养膳食，梅林的爸爸则在每天上学放学的时候等在家门外和学校门口，他们禁止梅林和其他朋友来往，尤其是安娜，当他们知道安娜已经离开的消息时，大大松了一口气。梅林一向是自由惯了的，她好像刚刚意识到自己在这个家庭里的存在，意识到父母对自己有这样多的想法。对于高考，梅林的父母和其他人一样，他们称这是“鲤鱼跳龙门”“千军万马过独木桥”“改变命运的唯一机会”。梅林一点儿也不明白跳过龙门之后会是什么，过了独木桥之后又到了哪里，命运改变之后和现在又有什么不同。梅林反问父母，他们甚至没有想一想，就回答说，现在不是想这个的时候，做就好了。高考没有点燃梅林，倒是点燃了梅林的父母，他们一贯平淡的生活里突然有了重心，有了目标。他们平时舍不得买的东西，现在都以为了高考的名义买了回来，凡是听来看来的补脑补身的方法，他们都恨不得给梅林试一试，他们甚至看中了电视购物频道里宣传的一台吸氧机，那是一台白白胖胖的机器，透明的盒子里储着水，翻着泡泡，一根长长的透明管子细细伸出来，末端可以放进鼻子里。那东西很贵，贵到梅林记不住它的价格，因为那价格远在自己家庭平常的消费水平之上。可是有一天，那东西摆在家里了，梅林的父母分别站在那机器两边，带着一种慈祥和牺牲混杂的表情看着她。梅林在那一刻感觉到厌恶，她想，她的父母便是从未跳过龙门，也从未走到独木桥那一边的人。他们并不知道另一边会是什么，因此觉得另一边便是好的，但为什么那就不会是坏的呢？她固执地更进一步，认为人的命运也不会改变的，人生的本质便是悲哀的。

梅林有时候会想到安娜表哥，也会想到安娜。她想，安娜表哥一定是不用参加高考的了，安娜或许会参加，安娜或许还会通过。安娜的学习成绩并不差，她会通过高考，去一个不错的学校，她会一直念下去，甚至像她妈妈那样，成为一个博士。而安娜表哥会怎样呢，他在那个阴森的地方，和安娜外婆、安娜舅舅待在一起，不会再有人像梅林那样企图去了解他，他们会像对待一个傻瓜那样对他。而他被那样对待的时候会害怕吗？会孤独吗？他会想念梅林吗？

高考这件事情，就像天空中一只飞鸟，迅速地在梅林的人生中掠过了。

梅林落榜了。

十二　生　活

那一年，梅林一家的生活突然像山体滑坡那样跌落下去。事情起于梅林爸爸所工作的厂子经营不善宣告倒闭，梅林爸爸失业了。梅林爸爸失业之后就像一只晕了头的鹅一样坐在家里，他不知道厂子为什么会倒闭，也不知道自己为什么会失业，似乎从他工作以来，他就不知道还会有失业这回事。失业给了梅林爸爸大量的闲散时间，他每天在这个小镇里溜达，但不知道自己该干些什么，和他一起失业的一些同事，有些离开了小镇，有些开起了小店，做做小生意。但梅林爸爸受不了一个大男人坐在小卖部门口卖东西，在饭店里做菜，或者是穿着保安服站在银行大厅里。可是除了这些地方，也没有什么地方需要梅林爸爸去工作了。梅林爸爸从前的工作就是坐在办公室里喝喝茶看看文件，除了那个已经倒闭的厂子，哪里还有一个这样的位置呢。于是梅林爸爸回到家里，每天唉声叹气。梅林妈妈一个人的工资勉强支持着家里，一段时间之后，梅林感觉到自己的生活水平很明显地落下去，家里不再有牛奶和水果，就连米饭都变得差了一些，吃在嘴里干涩无味。梅林爸爸从那时候起喜欢拉着窗帘坐在家里，抽烟喝酒，屋子里的一切陈设都笼罩着一团黯淡的光，那台最贵的吸氧机放在沙发边的角落里，成了最无用的东西，却最刺眼。

梅林什么也没有做，却突然感觉到了自己的不作为对这个家庭造成的伤害。她损害的是希望。但是谁又能把希望寄托在他人的身上呢？梅林并不后悔。对于父母“砸锅卖铁也要供梅林念书”的陈述，梅林拒绝了。梅林走出这个家门，打算依靠自己的一双手吃饭。梅林的父母自然是不愿意的，他们大大地闹腾了一番，母亲恳求，父亲责骂，他们只是普通人家，只希望子女在自己半生的基础上再往上走一点儿，再考一次？或者好歹去念个专科。将来再想想办法，进个正经单位，好歹有办公室可以坐，或者在银行坐柜台也很好啊。

梅林在小镇里闲逛几天，最后去了一家面包店工作。她没有想到她无忧无虑的日子就这样过完了，十八岁，梅林只要转身看一看，她的少年时光就在昨天。

梅林想，人的生命如此短暂，以至于一个人选择了一种生活，就等于放弃了除它以外的另一种。但哪一种才是这个人真正想要的呢？他永远没办法知道。如果他想要自己过得快乐一些，他就得说服自己，自己所拥有的便是最好的，如果不是，那么就是最合适的，如果连最合适的也不是，那么他就对自己说，我已经做到最好了，这就是我所能得到的。

梅林从来没有想过她会住在一个面包店里，在早上四点起来烤面包，六点就开始等着顾客，然后数着面包和零钱过完一天。这当然不是她想要的生活，但她也不觉得这样有什么不好，梅林不清楚自己想要什么。每个人小时候，父母和老师都会问他，你长大要做什么？医生、教师、科学家……这些都是教科书上的标准答案，小孩子们像选糖果一般随意挑选，他们长大以后，又都成为什么样的人？梅林不想承认，但自己似乎确实不是一个有“理想”的人，从事哪一种职业，对她来说并无分别，她在记忆里寻找，不远处的地方是安娜，在树林的阳光下面告诉自己，她长大要做科学家。安娜对生活有那么多不安和不满，而梅林没有，她记得那一刻就很好，和安娜表哥、安娜一起，在夏天的树林子里坐着，阳光被高大树木的枝叶滤去一层，洒下来落在梅林身上，感觉不到灼热。事实上，烤面包和卖面包的工作也不坏，清晨五六点的时候，大街小巷寂静无人，阳光已经爬上各处的屋角，闪闪发光。空气凉丝丝的，干干净净，里面有饥饿的味道。这时候奶油和糖精的气味就从梅林所在的面包店里飘出来，打乱这一切。所有人在睡梦中醒来，开始世俗又忙碌的一天。

十三　生　活

有一天，梅林在面包店里，一对奇怪的夫妇来选蛋糕。说他们奇怪，是因为他们的衣着打扮全不像平时小镇里所见到的人。他们俩都穿着深蓝色的布衣服，衣服很旧，肩膀上还留着担负重物的灰痕，袖口卷着，但也能看出磨损得很严重。梅林猜想，他们或许是周边拥有农田的农民，小镇的周围是农田，更远处是山。虽然同处一个地方，但小镇的中心已经像城市，也有许多外来的居住者。小镇周边却还有一群人，保留着靠气候和土地吃饭的传统，他们也常常混杂在街道上的人群和车流中间，有时候还会赶着牛、挑着粪。行人掩鼻匆匆而过，不曾多看一眼，更不曾记住他们。他们和小镇里的一些生活了很久，并且因为在小镇生活了太久而被遗忘的老人还很熟悉，因为他们便是老人们曾经的亲戚或朋友的孩子，但他们和小镇里的年轻人已经在两个世界里。他们从未光顾过梅林所在的面包店，梅林也从来无法想象他们的收入和生活。

这对夫妇把一根扁担和两个桶架在面包店门口，便一前一后地走进来，略带羞涩地站在玻璃柜台前痴痴地看，也不说话。柜台后面的店员给买单的顾客一一结账，最后只剩下这对夫妇。“你们买什么？”店员问。“买个蛋糕。”男人用方言回答，咧开嘴对她笑。“买哪个呢？”店员简略又急促地问。“挑一挑。”男人说，紧接着又指着下面一个最大的奶油蛋糕问，“这个多少钱？”“二百五十八。”店员回答。男人不说话，沉默一会儿，又指着旁边稍小一点儿的问：“这个呢？”“一百九十八。”店员回答。男人又一个一个指过去，店员快速地报出价格。女人这时终于打断男人，主动指着最小的一个六寸的蛋糕，问：“这个呢？”店员瞥一眼说：“五十八。”女人和男人对视一眼，又是不说话。店里陆续来了新的顾客，店员终于不耐烦了，她丢给这对夫妇一本小册子，指着店里边缘处的一张小沙发说，你们到那里去看吧。这对夫妇看一眼店外边放着的扁担和桶，试图去把它们拿进店里，店员伸手拦住，说：“店这么小，怎么放这些东西！”他们坚持要拿进来，店员急了，只好说：“放着吧，我会给你们看着！”这夫妇俩得了保证，终于安心坐到店里的小沙发上去了，梅林犹豫了一会儿，给他们倒了两杯茶，放在沙发边的茶几上。他们谢过梅林，两个人坐在沙发的一角，突然自在起来，似乎完全忘记了周围人的存在，端着一次性水杯，有说有笑地喝着水，翻着册子。梅林就坐在一边看着他们，她不大能听懂他们叽叽咕咕的对话，只觉得他们十分满足和快乐，那种自由自在的神情，梅林没有在任何其他人的脸上看到过。有一瞬间，梅林甚至想到了“幸福”这个词，难道这样两个人，也能过着什么幸福的生活吗？梅林看着那对夫妇的脸，他们都枯黄、干瘦，浑身散发着一种朽木和青草夹杂着的味道。梅林想不出他们的生活会是什么样子。

外边的天色已经暗下去，周围小商铺的灯都亮起来，面包店里更因为热气腾腾的烤面包香味令人格外不舍。那对夫妇终于站起来，走向之前招待过他们的店员。他们翻开册子，指着蛋糕图册中一个最小又最精致的蛋糕说：“我们要这一个。”那是一个六寸的小蛋糕，上面的造型层层叠叠，又是游乐场，又是各种动物，蛋糕侧面还有许多缠绕的花纹、裱字。店员傻眼，这个蛋糕图片不过就是一个好看的图例，大家都知道，没有顾客点过，店里头也并没有做过。老板伸出手指往前翻几页，说，大家过生日，买的都是这样的，喏，上面一个奶油寿桃！或者这样的，铺一层水果，帮你写上“生日快乐”几个字。男人和女人都摇头，说：“就要这个。”大家都不说话，一脸不耐烦地看着他们。老板直说：“这个没有。”男人问：“这个为什么没有？”老板说：“这个我们店不做，你们让别家做去。”老板的语气有点重，神色也不好看，满脸是赶人走的意思。男人的脸上闪过一丝惊惶不安，身后的女人突然推开他走到前面来，反问老板：“这个蛋糕你们不会做？”老板一言不发。女人又说：“既然你们会做，为什么不做？”老板脸色难看，用眼神示意店员，自己摇晃着身子走进面包房后边的休息室去。几个店员都上前来，围住这对夫妇，让他们离开。夫妇俩原本快乐的样子一下子消失了，在一堆人中间显得颓败又沮丧。男人已是低下头不再说话，女人却还坚持指着蛋糕册子上的那个蛋糕图例，说："我要这个，我就是要这个。"梅林在蛋糕架子边上一直默默看了他们许久，此时终于走过来接过册子，对那女人说："我来做。"那女人眼睛瞬间被点亮似的，发出喜悦的光。对于她来说，喜悦是这么简单的事情。女人突然伸手握住梅林的手腕，她张了张嘴，什么也没说，又松开梅林的手，带着笑意，拉着她的男人离开了。

店员们看着梅林，都露出奇怪的神色，纷纷去做自己的事情了。梅林听见他们议论这一对男女，一对生活在常人生活之外的人。他们说这对男女的服饰，就像从二十年前的棺材里挖出来的一样。又有人说，他听说过这对男女，他们有生理缺陷，不同于常人。梅林听着那叽叽喳喳的背景音，只是呆呆看着图例上那层层叠叠的奶油蛋糕，她并没有做过这样复杂的东西，她甚至才刚刚学会使用烤炉而已。但她就是想答应，想看见那个女人高兴。

接下来的整整一天，梅林都在做女人想要的蛋糕。梅林来店里时间并不算长，偶尔觉得有趣，看着店里的师傅工作，学一学涂奶油、裱花，这样一些程序都简单得很，不过就是熟能生巧，但是要做得精巧，做得好看，店里面没有师傅追求这个，这不过就是一个平价小店，店里最贵的蛋糕也没有超过五百块，就是婚礼蛋糕，也不过就是一层一层垒上去，看上去富丽堂皇，其实粗糙得很。梅林只好拿着一本新华书店买来的蛋糕教程，一点一点做着手里的活，她发现看似复杂的工作居然并不艰难，不到夜晚，梅林已经做好了，小小六寸蛋糕上面，一个精致的小游乐场，小火车、摩天轮、冰激凌店、小动物……示例图片上有的，蛋糕上都有。几个店员围过来看，都啧啧称赞。老板也走过来瞄了一眼，忍不住说，这个我会做，蛋糕谁不会做，只是三五十块钱，谁爱费那功夫，你这样一只蛋糕做一天，店里是要赔钱的。

梅林挨了老板的骂，但看着蛋糕上生机勃勃一片热闹，心里还是开心的，她把蛋糕陈列在柜台上最显眼的地方，等着那对夫妇来取，但是等到这一天蛋糕店打烊，他们也没有再出现。梅林才突然想起，那对夫妇并没有付定金，也没有说什么时候来取。

十四　客　人

蛋糕放在店里又过了一天，还是没有人来取，夏天到了，蛋糕即便是放在冰柜里，也要不新鲜了，梅林自己付了蛋糕钱，自己给它做好包装，一个漂亮盒子喜气洋洋地摆在桌面上，梅林想带它回家，但想起父母是不爱吃蛋糕的，他们更不愿意梅林花这份蛋糕钱。梅林盯着盒子看了几秒，突然做了决定。

安娜外婆家离蛋糕店不算远，但也不近。梅林只去过那里一次，也并不确定自己还记得那段路，她是走着去的，她想，如果走到了就走到了，走不到便不去了。梅林从小在镇子里长大，对这里的道路和房屋布局却一点儿也不熟悉。梅林很少一个人外出，小的时候跟随父母，每个周末往返于祖父母、外祖父母家，少数时候，也去过别的亲戚家里。小镇虽小，但七弯八绕，也有十几条主道，上百条有名字没名字的岔道、小巷，这条通着那一条，迷宫一般重重叠叠，梅林大部分都没有走过，除了和父母常走的几条路是记得的，剩下的记忆都属于安娜，梅林这才发觉，安娜有着极好的记忆力，她带着梅林和表哥一起穿梭在大街小巷，她能够叫出每一条路的名字，说出它们连接着什么地方，又能通向哪里。梅林跟着安娜糊里糊涂地走，去过那么多地方，却从来不记得它们具体在哪，叫什么。梅林的记忆是孤立的，不连贯，也没有一个完整的系统。她只记得大大小小的片段，比如她和安娜、安娜表哥一起去过一处干枯的河床，梅林只记得那里有一块巨大平整的石头，可以供人坐着或是躺着休息，除那以外，还有许多铺在河床上大大小小的石头，它们被磨得很圆，摸起来凉凉的。梅林十分喜欢那个地方，他们三个在河床上玩耍的场景，甚至不止一次出现在梅林的梦境里。但是梅林从来没有自己去过那里，她根本想不起来那是哪里，也找不到路。在安娜离开以后，梅林的生活变成一条单调的直线，变成一潭死水，变成一座计算时间的沙漏。梅林发觉，在过去的那些日子里，并不是安娜在依赖自己，而是自己在依赖安娜。孤独的也并不是安娜，而是自己。

走过一条小巷，穿过一座旧祠堂，经过一片拆迁留下的废墟。又走过一条小马路，进入一条小巷，经过几户敞开院门打麻将的人家，经过简易茅厕，经过几排晾衣竹竿，经过几条挂在灰砖老墙上的咸鱼。梅林越往前走，心跳得越厉害。不过一会儿，梅林的脑袋胀痛，身体渐渐发热，手心不住地出汗，汗水顺着包装袋的红绳子往下滴。梅林脚下一步一步，有时是泰山压顶，有时又是踩在云上。她不敢相信，自己就这样顺利地找到了安娜外婆的家，那个自己只去过一次的地方，上一次的场景还历历在目，衰老的安娜外婆、古怪的遗像、安娜舅舅——一个真正的疯子。梅林面对着安娜外婆家那扇红漆剥落了一半的铁门站着，呆呆望着上面一个倒着贴的“福”字。她的理智突然回来了，许许多多矛盾的念头在她的脑中迅速地掠过：安娜外婆大概并不记得她，会对她的造访感到奇怪；她是安娜的朋友，来看望是理所应当的事情；安娜舅舅是一个精神病人，可能对陌生的她做出危险的举动；安娜舅舅被放任在安娜外婆家自由活动，可见并未出过什么事情……梅林不断自问自答，用一个问题推翻另一个，最终脑子里反反复复只出现一句话：我为什么要来？我为什么要来？我为什么要来？梅林，你来这里要做什么？

“梅林？”

是安娜表哥叫住了她。

十五　客　人

时隔两年，梅林又坐在安娜外婆的屋子里。这一次，没有安娜妈妈，没有安娜，只有梅林一个客人。梅林端坐在沙发一角，局促不安，双手接过安娜外婆递过来的茶水。梅林看见安娜表哥的样貌有了变化，他身子高了，也宽了，面部的轮廓生出棱角。梅林在同时意识到，自己也是一个大人了。

“安娜外婆好，您身体还好吗？”梅林终于说。

“我现在工作了，我没考上大学，就在这里工作……”梅林说得磕磕巴巴，安娜外婆只是笑一笑，点点头。

“我做蛋糕，这是我做的蛋糕。”梅林放下杯子站起来，去拆蛋糕包装上的绳子，手指却打着哆嗦，好一会儿也拆不开，安娜表哥突然走到梅林身边，用剪刀将绳子一刀剪开。梅林望着他，也不知道该说什么。安娜表哥看起来似乎变了，又没有变，他的眼睛里还是那样纯净，他看梅林的时候还是露出喜悦的样子，梅林确定他没有忘记自己，没有忘记和自己在一起相处的那些日子。

“童童很想你。”安娜外婆对着梅林说，又转向安娜表哥说，“对不对，你看，你的梅林。”

“安娜妈妈她们走了之后，从来没有回来看过，童童都快忘记她们了，但还是没有忘记你，他说，梅林会来。我问他梅林是谁，他只是傻笑，说梅林很好。”安娜外婆说着，又转向安娜表哥，像哄孩子一般拖长音调说，“对不对？梅林来看你了，梅林是你唯一的好朋友呀。”

安娜表哥走向梅林，他对梅林笑着，握住梅林的手，梅林鼻子一酸，竟然掉下眼泪。安娜表哥伸手去擦，梅林控制不住大哭起来。她知道自己很失态，但她又似乎明白，在这里失态是没有关系的事情，安娜外婆、安娜表哥、墙上挂着的安娜外公的遗像、此刻不在场的安娜舅舅，没有人会在意她的失态，也没有人会认为她失态。她在这里是自由的。

梅林在安娜外婆家里，一直坐到太阳落山，安娜外婆做好饭菜，窄小的客厅亮起昏黄的灯。安娜舅舅也从外面游荡回来了，他看见梅林，脸上没有惊讶也没有不安，似乎梅林原本就应该在这个家里。安娜外婆、安娜舅舅、安娜表哥、梅林，他们四个人围着一张饭桌坐着，饭菜升起热气，梅林的蛋糕放在中间，安娜表哥莫名地开心起来，他举起了杯子，他们的样子就像在庆祝什么节日。热饭热菜进了肚子，梅林主动要切蛋糕，安娜表哥整个人站起来，手臂作势环抱，做出保护蛋糕的样子，梅林笑了。最终还是没人能吃那个蛋糕，蛋糕就原样放在那里，游乐场、小动物、冰激凌店……它们给这个地方带来一些不一样的气氛，梅林自打在这屋子里哭过之后，所有紧张感一并消失。并且，她感到从未有过的自在，这自在并不是与她上一次在这里的经历相比而得的，而是与她过去不长也不短的那一段人生相比而得，梅林突然感觉到自己越过了某一个界限。她模糊地知道自己从此以后便不是从前那个梅林，但她将会变成怎样的一个人，她却也不清楚。

梅林走到窗口，夜晚和大雨一起降临了。她的眼睛里是黑暗的一片，耳朵里充斥着雨声。她什么都看不见，却还是固执地向外看着。安娜表哥走过来站在她身边，他散发出温暖。安娜表哥纯净、美好、不谙世事，因为他是来自另一个世界的人。梅林也纯净、美好、不谙世事，因为梅林拒绝了解这个世界。或者可以说，梅林拒绝平常人眼中的那个世界。梅林羡慕安娜表哥的轻松自在，这是天赋，梅林没有，她向往那个世界。安娜表哥就像那世界里的一个使者，他来到梅林身边，向梅林伸出手，要把梅林接了去。

十六　客　人

安娜外婆家的小房子从此成了梅林常去的地方。周围的邻居们隔三岔五就能看见梅林提着蔬菜、水果、蛋糕或是别的什么东西进出这里。起初，面对邻居们疑惑的目光，梅林还会报以微笑。渐渐地，梅林就不再理会他们了，她怡然自得地进进出出，好像这便是自己的家一样。

梅林在这个家里，自如地扮演着半个主妇的角色，她陪安娜外婆一起择菜、做饭，也扫地、倒垃圾，但凡安娜外婆做什么，她也就帮着做什么。安娜表哥则形影不离地跟着她，在小屋子里转来转去。在没有家务可做的时候，梅林就和安娜表哥待在一起，他们坐在沙发上，打开电视，或者坐在房间里，翻翻漫画。相比于电视机，安娜表哥还是更喜欢漫画书一些，他对它们很熟悉，它们和其他的玩具一起，从安娜表哥的童年开始，陪伴他到现在。书页上偶尔会有他的涂鸦，凌乱的线条和色彩的停留，表明安娜表哥喜欢这一页。他常常翻到某一页便停下来很兴奋地望着梅林，想和梅林说些什么似的。他说不清楚，也不需要说，梅林对那些东西已经比他还要熟悉了。

安娜舅舅也完全不像梅林初见时的那样可怕。他的思想梅林不清楚，但他的行为比安娜表哥还要简单得多。安娜外婆家里有一台旧式座钟，每过半个小时敲一下，过一个小时则敲到那个整点的点数。这座钟就成为安娜舅舅每日的行为准则。在时钟敲到早晨七点，安娜舅舅会立刻起床洗漱。八点，安娜舅舅整装出门。十二点，安娜舅舅回家吃饭。一点，安娜舅舅出门。六点，他再一次回家。一天的奔波就此结束。这样的情形多见几次，梅林为安娜舅舅的准时感到吃惊。他从来都是在钟敲过之后，一秒不差地推门而入。这也就是平时梅林来安娜外婆家多半没有看见安娜舅舅的原因了，每次安娜舅舅神情肃穆地出门，安娜外婆就像对着孩子那般看着他笑。上班去了——安娜外婆这样解释他的行为。安娜外婆说出来的句子往往很短。但梅林能够填补安娜外婆没有说出来的话，梅林渐渐理解了这个家庭里的一切规律，看似诡异的一切都十分简单。安娜舅舅认为自己每天出门，便是在“工作”，他的行为，就像孩子们的过家家。其实，梅林待在这里，有时候也会觉得自己在做一个过家家的游戏。她记得她曾经幻想的那一幕，安娜表哥长出细碎坚硬的胡子，而她，则是一个家庭主妇。梅林也没有一刻忘记过安娜，她依然清楚地记得安娜对她讲过的那些故事，离奇又深深地吸引着她的那些故事。她现在离故事的主人公们那样近，真相就在她的身边。安娜舅舅并没有放过火，也没有杀过人、坐过牢。安娜舅舅只是像一台时钟那样简单地运作着。梅林了解安娜，她理解安娜的心理，安娜喜欢把一切塑造成传奇。或许杀人放火蹲监狱，这些反倒能让安娜觉得自己的舅舅并不那么丢脸。安娜是那样追求不平凡，她似乎不知道自己本身就是不平凡的。

梅林渐渐对安娜外婆家的摆设和陈列也熟悉起来，她看见安娜曾经提过的那个旧相框，它就挂在安娜外婆的卧室里，在那个旧的座钟旁边。相框里并不是一张大的完整的照片，而是重重叠叠夹着许多许多的小照片，梅林在里面看见了安娜舅舅年轻时候的样子，还有安娜妈妈和其他一些人，都是梅林不认识的。里面也有安娜外婆，大多是中年的样子，依旧美丽。让梅林吃惊的是，她还看到了安娜外公的遗像，确切地说，是被裁剪的照片原本的样子——一张结婚照。安娜外公的另一边原本是安娜外婆，安娜外婆戴着珠花，罩着白色的头纱。

十七　流　言

小镇上，关于梅林的流言渐渐多起来。人们并不认识梅林，流言的内容是：林家娶了媳妇。梅林听到流言很久之后，才知道安娜外婆姓林，而林家娶媳妇说的就是自己。以前安娜一家还在小镇的时候，人们总是提到安娜，提到安娜妈妈、爸爸。现在安娜一家不过离开两三年，竟没有人再记得他们。关于精神病人此类的议论，只偶尔出现在安娜外婆所居住的一小圈地带，他们提到安娜外婆的时候，用的是“林阿嬷”这个名字，有时候他们家里的孩子不听话或者太过闹腾，他们便会说，送你去林阿嬷家里，让你做个真正的小疯子。安娜就这样被忘记了。

可是梅林却又和别人口中的林阿嬷有了关系，她常常出入林家，比她少女时期出入安娜的家里还要频繁。梅林出入安娜家，还是有充分理由的，安娜虽然和别人有些不同，但毕竟是小孩子，脾气怪而已，人们即便说安娜是小精神病，也并不以为意。况且，她和安娜妈妈都生得那样美丽，安娜妈妈在医院有正经工作，安娜爸爸又是一个规规矩矩的公务员，安娜家算得上是体面人家呢。梅林和安娜交往，去安娜家里玩耍，是一件很正常的事情。但梅林往林阿嬷家里跑，就十分不正常了。梅林已经长成一个大姑娘了，又有了工作，林家有一个上了年纪的老太太，还有一个神志不清的中年男人、一个呆呆傻傻的青年男人。梅林清早便出现在林家的厨房，晚饭过后才离开，平时还会做些洒扫，出门倒个垃圾。梅林如果不是这一家的保姆或者亲戚，也就只能是这家的媳妇了。梅林起初听到流言，心里想要解释一番，她想说，自己是安娜的朋友，也是安娜表哥的朋友。但是她不知道向谁去解释，况且，大家也已经忘记安娜了，更不会记得安娜有这样一个朋友。梅林于是间隔几天，不再去林家，可有时候走着走着，就走到林家那个方向去，买了什么东西，又想捎带些什么过去。梅林发现，三五天去一次和一天去一次，在那些生产闲言碎语的旁人眼里也并没有什么区别。于是慢慢地，梅林不再顾忌流言，只是随心所欲了。

流言传播到梅林父母那里已经是很久之后。梅林的父母起初并没有觉得这些事情会和梅林有什么关系，他们也从没有认识过一个叫林阿嬷的人，直到流言中细节增多，提到女孩在面包店工作，二十岁左右，言语不多，还保有一副中学生的装束和面孔。人们都说，这个女孩不知道是哪家的，父母竟然放纵不管，任由她住到一个傻子家里去，和一个傻子谈恋爱。梅林的父母听到这里，终于好奇起来，他们依然没有联想到梅林，只是在饭桌上问起梅林，知不知道有这么一件事情，认不认识这样一个人。梅林的父母这一天不再嫌弃梅林，他们你一言我一语议论起那个素昧平生的姑娘，一个说："那姑娘和你差不多大，也在面包店工作。"一个说："这是犯了花痴病了，那家的傻儿子，听说长得倒是很好。"梅林听过之后笑出声来，父母只是奇怪地看着她。梅林说："你们记不记得安娜？"他们回答记得。梅林又问："那你们记不记得她有一个表哥？”梅林父母想了想，似乎想不起来。梅林不等他们回答，便说：“那些人说的傻子，就是安娜表哥。”梅林父母一时恍神，脸上是似懂非懂的表情，等他们快要意识到什么的时候，梅林又抢先说：“去他们家做客的那个人就是我，没有什么林家媳妇。”梅林父母一时说不出话，沉默一阵，梅林母亲嘴唇发抖，问：“你的脑子为什么这么不清楚？”梅林紧张起来，看着母亲不说话。梅林的母亲站起来，尖声叫喊：“你再也不许去！”梅林低下头，拿着筷子的手颤抖起来，她不知道母亲为什么有这样大的反应，也不知道自己要如何应对。她想让母亲平息怒气，也想回答母亲的问题，但最后只是喃喃自语，口里说着：“这并没有什么……他并不是傻子……你们并不了解……”梅林的母亲突然伸手越过饭桌揪住了梅林的头发。梅林惊恐地挣脱，她难以置信地看着母亲，仿佛看见了一个疯子。她又看向她的父亲，她的父亲无奈地看着她，说：“滚，滚，滚。”

十八　梅　林

梅林从小就没有和父母很亲近。三岁之前，梅林和祖父母住在一起，他们喜欢梅林，把梅林接到农村里，过田园生活。当他们身体变得虚弱时，梅林便被带回到父母身边，那时候梅林和父母已经失了天然的亲近，梅林和其他的孩子不同，总是沉默，也不索要任何东西。梅林的父母也曾试着用一般人对付孩子的那些办法来对待她，得到的回馈只是无趣。梅林的眼睛里有一种不同于其他孩子的成熟，这成熟区别于成年人的成熟，不是经过许多的经验和漫长的生活而得的，更像是她与生俱来的一种东西。这东西使她和其他人区别开，她在幼儿园里，和其他孩子在一起，并没有什么异常。但她独自一人的时候，总是很安静地对着什么东西陷入深深的幻想里去。一个玩具、一段木头、一朵野花，她喃喃自语，有时会突然伤心起来。梅林的父母有时候会看见梅林蹲在院子的一角哭得伤心，哭到小小的身子抖动起来。那时候梅林偶尔也问他们一些奇怪的问题，比如梅林被铅笔刀割伤了手，她会问“为什么会痛”，他们当然回答她“割伤了手，所以痛”，接着便忙着帮她包扎起来。但是梅林不满意这回答，她说：“割伤了手是一件事，痛是另一件事。”他们处理好伤口，便不再理会她许多的问题。她得不到解答，也就作罢。有时候她也问父亲或是母亲“我为什么是我？”这样的问题，更加得不到答案。她急于获取答案，又会解释道：“比如说，割伤了我的手，为什么痛的是我，不是你？”梅林的父母无法回答。被忽视之后，有那么一阵子，梅林几乎四处向陌生或是熟悉的人提出这样的问题，无数次无果之后，梅林终于不再执着于向人提问，转而又陷入沉默里去。那时候，梅林大约是五六岁。七岁之后，梅林上了小学。因为不遵守课堂纪律和极差的考试成绩，梅林被父母管教，人生中第一次挨了打。那也是第一次梅林和父母有了冲突，她像火山爆发一样喷涌出无数问题，为什么要待在学校，为什么上课时要坐着不能说话，纪律是什么，考试是什么意思，做题有什么用……这些问题，梅林的父亲全都用巴掌回答了她。而疼痛过去之后，梅林的母亲企图再次解决这些问题，她告诉梅林，人长大了就要念书，念书是为了考大学，考大学是为了将来有好工作，做有用的人，过好日子。而梅林听过这些之后，还是很坚定地摇头，她告诉母亲“我们说的不是同一件事，你说的那些，都不是我要问的”。梅林的母亲不再试图了解梅林的想法，做出总结的句子，说：“这个世界上没有那么多为什么，你看别人怎样做，你就怎样做，就对了。”

梅林的父母在那段时间里曾认真思考过梅林的问题，他们一度担心梅林可能会是个怪孩子，她笨，甚至可能智商有点低，还有可能有心理问题。可是没想到，慢慢地，梅林和其他孩子一样了，虽然她并没有表现突出，但她在上课的时候安安静静，考试成绩也排在班级里的中游了。梅林的父母暗自庆幸了一段时间，便渐渐习惯，他们拥有一个正常的孩子，普通的孩子，这孩子和其他孩子一样，很好，他们也和这世界上千千万万个家庭一样，他们感觉到平安。再后来，他们有时候也会期待梅林更好一点儿，梅林看起来像是能更好一点儿的那种孩子。而梅林则在漫长的日子里学会了隐藏，她隐藏了自己内心深处一直冲撞着的热情和好奇心。她和父母在饭桌上聊着期中考试的排名和成绩，脑子里却想着别的东西，那些她童年时期没有解决的问题，还有许许多多新的问题，它们和生活的平庸与内心的孤独一起，依旧困扰她。

自从关于梅林的流言四起之后，梅林童年时期那些神经质的言语和行为终于又被梅林的父母记起。他们开始相信，梅林的怪异行为都是有根源的。

十九　安　娜

梅林的那些问题，在安娜这里总会得到不同的答案。第一次，梅林给安娜传纸条，问安娜放学后几点钟回家。安娜回过来的纸条上没有字，仔仔细细画着一只时钟。那只钟画得好看，梅林心里有一种满足感，对这只钟，也对安娜这个朋友。此后，梅林给安娜传过许许多多的纸条，安娜从来都有出人意料的回复。再后来，安娜索性自己造出一套符号，每个符号代表一个常用意思，结合起来又是不同的意思。这些符号既不对应日常用的字和词语，也不像汉语一样用语法规范连接。比如一个类似圆圈的符号，在春天它是果实的意思，在夏天就是烈日，在秋天是风车，在冬天则是雪。当它是果实的时候，如果圆画得饱满，有甜蜜满足的意思；如果画得残缺、干瘪，则又是苦涩、毁灭的意思。这样一来，它使用的范围实在很广。安娜在练习本上画了几十个这样的符号给梅林看，掌握了规律之后，这样几十个符号几乎可以保证她们俩的日常交流没有障碍。安娜一时兴起，还给它们做了音标，每个符号有自己的读音。梅林和安娜两个人一起练习几天，居然能用这符号对话，在那么几天里，梅林和安娜说话都是叽叽咕咕的声音，听起来就像什么奇怪的动物在叫唤。梅林玩得很开心，可是安娜的热情只持续了短短一周就消退了。

安娜的热情总是来得快去得也快，她抛弃一件玩具、一个游戏，态度决绝。并且在这么做的时候，带着一种痛恨自己的情绪，她焦躁不安地咒骂着被抛弃的那些东西，同时指责自己的可笑和浪费时间。她在这样做的时候有时候会伴随着强烈的情绪，她抓自己的头发，哭闹。梅林拿她没有办法，梅林和安娜不同，她珍惜每一件拥有过的玩具，也怀念每一个旧的游戏。

安娜走了，梅林的世界里，只剩下安娜表哥。安娜表哥不像安娜，他说的话都简单，做的事情也不难理解。"有趣"这样的词是不能用来形容安娜表哥的。任何词语都不能形容安娜表哥，任何词语都会污染安娜表哥，他不是这个世界里的人，因此，这里的任何标准都不能用来评判他。可是，在这个世界里，也只有梅林这样想。梅林第一次对"爱情"这个词语产生的想象来源于安娜。安娜对这个词的解释是："爱情"可以让两个陌生人走到一起，从此变成最最亲密的人，成为彼此的唯一，永远不分开，一直到死。梅林被安娜的解释震撼了，"爱情"竟是这样的奇迹，在这个一切都要遵循规则和逻辑的世界里，爱情可算是最没有道理的事情了，而这样一件事情竟然能够存在，简直是神赐予人间的礼物。梅林从前从未仔细想过这个词的意思，理所当然地认为一男一女在一起便是爱情，如果是这样，那么爱情真是平庸无比。安娜的解释让她发现，爱情并不是那么简单。而她用安娜的标准去判断周围的所有人，竟没有一对男女是符合的。梅林曾认为，安娜对于自己，便是最特别的存在。安娜超越梅林所有的经验，安娜也不会再有复制品。安娜便是梅林从过去到未来能够遇见的唯一的安娜。梅林曾把安娜对于爱情的定义用在自己和安娜之间，竟有些符合。梅林被自己的想法吓了一跳，她想，如果是这样，那么这种美好的感情，便不能叫作爱情。它不属于这个世界，它也应该有个别的什么名字。梅林想了想，在练习本上画下一个圆圈。梅林看着这个圆，想，这可以是果实，可以是雪花，也可以是烈日和风车。不久之后，梅林见到了安娜表哥，对于安娜的紧张便慢慢释然了。梅林有些失落地明白，她和安娜不是最亲密的，安娜的世界那样大，安娜还想冲破那世界，安娜总有一天会消失。梅林和安娜的交集，或许就只在此刻而已。梅林和安娜，既不会只有彼此，也不会永远在一起。

但是梅林和安娜表哥可以。

二十　疯　子

大家都说，梅林才是一个疯子。梅林便坐实这个“疯子”的称谓，她开始和安娜表哥恋爱，她为什么不能和安娜表哥恋爱呢？她当然可以。她清楚地记得自己在安娜家的饭桌上，安娜说的那两句话“表哥喜欢梅林”“梅林喜欢表哥”，那些日子像幽魂一样附着在梅林身上。梅林开始带着安娜表哥出门去，她带他去自己和安娜曾待过的校园里，他们在校园里牵着手散步，淡定从容。梅林喜欢安娜表哥波澜不惊的样子，他永远带着微笑。梅林牵着安娜表哥的手，似乎也能感受到另一个身体的温暖传来的力量。走在校园里，梅林看见许多中学生，有时候也会遇见曾经给自己教过课的老师，还有许多年都没有换过的门卫大叔、教导主任。梅林起初有些害怕遇见他们，有时候又觉得喜欢，她牢牢攥紧安娜表哥的手，有一种在时空里穿梭的体验。偶尔，在这些人里面，有人认出梅林，他们张着口，又叫不出梅林的名字。梅林是他们见过的千百张面孔中的一例，如果梅林报以微笑，他们便也客气又不失热情地回应。如果梅林无动于衷，他们便也迅速地移开目光。他们只是对梅林和她身边的年轻男子感到好奇。他们看到不同于常人的气息，这气息来自梅林和安娜表哥的表情、动作、漫无目的的步态。他们以自己丰富又有限的经验，从这种种气息中，立刻就判断出这俩人与自己的不同，与自己所处群体的不同。他们会用不多的时间想象梅林和安娜表哥的生活，但往往什么都还没有想通就忘记了这个念头。他们在校园里一次、两次、三次一直到第十次、第二十次遇见梅林和安娜表哥，他们便再也不会把好奇的目光投向这两个人。他们匆匆走向各自所要去的地方，没有人再耗费一秒去猜测或是想象什么了。

梅林又带着安娜表哥走上街头，他们还是牵着手，漫无目的地走。他们走过小镇的每一条街巷，他们随时停下来看天空中的云、电线上的鸟、屋顶上的猫、老墙上的青苔。他们也被其他人观看，很快就有人分别认出梅林和安娜表哥，他们中有人能够说出梅林是谁家的女儿，也有人能说出安娜表哥是哪家的孩子。很快，知道梅林的人便也知道了安娜表哥，知道安娜表哥的人也知道了梅林。他们俩从前从未被什么人常常提起，现在一起出现却获得了许许多多的注意，有那么一阵子，他们简直像是小镇里的一对明星。慢慢地，时间长了，小镇里的人不再指指点点，当梅林和安娜表哥牵着手出现时，他们也懒得再抬眼看看了。

说到底，梅林和安娜表哥与这许许多多人的生活无关。

真正起了小小风波的地方，是在梅林父母的家里和梅林工作的面包店。梅林父母以脱离关系作为威胁，告知梅林如果继续如此行事，便不要再踏入家门一步。于是梅林听从，不再回家。面包店的老板和同事们则询问梅林与安娜表哥交往的种种细节，梅林如实告知，他们只是不信。他们当然也觉得梅林怪异，可是梅林只是照常工作，梅林工作得比别人都好，梅林还学会了做各式各样的奶油裱花。梅林的手艺让蛋糕店的生意变得更好了，店里便也没有人再过问其他。店员和老板也偶尔会见到梅林和安娜表哥在一起，远远看着，只觉得俩人完满自足，近一点看，又不知道这完满自足从何而来。想不出答案便无须再想，毕竟，梅林还是一个好员工。

梅林和安娜表哥开始了自己的生活，这对于梅林来说，简直像做梦。安娜远去了，安娜一家都远去了，少年时代远去了，梅林的父母也远去了。安娜曾说："长大以后，就让表哥和梅林结婚。"原本看起来不可能的事情，就这样顺理成章地发生了。梅林不再回父母家，也极少在面包店里过夜，她索性搬到了安娜表哥家里，和安娜表哥住在一起，她夜里睡在安娜表哥的床上，安娜表哥完全没有反对。在梅林的眼睛适应黑暗之后，她能看见安娜表哥的眼睛闪着光亮。安娜表哥的瞳仁里是完全的信任与依赖。梅林记起少年时期自己想要完全拥有他的渴望，其实那并不是很久以前的事情，但人生中似乎就有一些这样的节点，跨过去之后，即便只有一天、一刻、一秒，也恍若隔世。安娜一家像一个黑洞一般吸引着梅林，梅林终于成为这个家庭的一员。安娜表哥睡着了，他不自觉地把头靠向梅林的肩膀。梅林嗅到他柔软头发里的气息，脑子里突然闪过面目不清的几个身影，安娜外公、安娜舅妈、安娜爸爸……她的血液沸腾起来，她好像明白，自己和他们走向了同样的生活。一种宿命论和类似英雄主义的激情攫住了梅林，她想，她的结局也许并不会和他们一样。

游　戏

阿道小时候放过一把火，一开始的时候，他是无心的，他只是在草地里玩，又捡到一只打火机，便开始烧东西，烧那些捡来的东西，废报纸、香烟壳、包装盒、塑料袋，他什么都烧，一点儿一点儿地烧，很珍惜的样子，但还是很快就烧完了，他没东西可烧，就开始烧草，那正是盛夏，草长得高茂，风又燥，一点，居然就那么烧起来了。

“呼啦”一下，阿道手中飞出去一条火龙，小小的人儿被吓到了，哭着往回跑，但没跑几步，发现这条火龙没有跟来，而是在风的驱使下沿着一个方向蹿动，他便不动了，呆呆地欣赏起这副壮丽的景象，巨大的火龙带着强大的光和热在黑暗中势不可当地冲撞。他听见草丛里无数只鸣虫在争相发出最后的尖叫，又听见它们那些小小的躯壳在烈火中爆裂的声音，“毕剥”。

“着火啦！着火啦！”他听见有人喊。

“救火啦！”又有人加入了，还敲起了铁盆，“咣咣咣”。

阿道开始意识到事态的严重性，他把手中的打火机远远丢进火里，又听到一个小小的爆炸声。

在大人们的救火队伍渐渐逼近的时候，阿道像是想起了什么，“哇”的一声哭了，也开始跑着叫起来，“着火啦！着火啦！”

他很快就被大人们抱了起来，这火烧在居民区边上的荒草地，由于扑灭及时，并没有造成任何的损失，倒是把荒草地变成了一块肥沃的良田，但火灾毕竟是可怕的，作为唯一的目击者，阿道被大人们审问了。

在一阵哭哭啼啼之后，阿道怯怯地回答：“我看见小六跑过去了，他拿着一只打火机……”

大人们听了，互相看一眼，都没再说什么。

小六就是陆奇，工会里陆老师的儿子，婴儿时期胖嘟嘟的，见人就笑，谁见了都说可爱，谁知道长到两岁还学不会说话，四五岁的时候就更显出和同龄人的差异，这主要表现在他的反应总是慢一拍，对自身和周遭的世界也是无知无觉，他会在大雨天出去玩马路上的积水，会在阴沟里洗自己家里叠好的干净的衣服。他最终还是学会了说话，但基本上不爱搭理人，在工会大院里同龄的孩子们都背起书包去上学的时候，他还在淘阴沟里的泥。陆家的夫妇中年得子，竟是这个样子，都伤透了心，东挪西借地凑了一大笔钱，带着陆奇全国各地跑，遍访了名医也都说没问题，身体健康，没问题，完全正常。最后有个医院给陆奇全身上下都拍了片子，告诉陆师母说："你儿子脑子里有一根狗毛！"

"我儿子脑子里怎么会有狗毛呢？"陆师母说，"我不信！"

非但陆师母不信，工会大院里的其他人也不信，而当陆奇渐渐大起来的时候，他的娱乐范围越来越大，娱乐方式也多起来了，他开始不满足于那一条小小的阴沟，而开始转移到各位住户的家门口，扯下人家晾衣竿上的衣服，拿铁丝自制了钥匙撬门。工会里头的人渐渐都有了怨言，但看见陆师母从搬进来时那一个俏丽的新媳妇，几年的工夫熬成这样一个憔悴的半老太婆，谴责的话到了嘴巴边，都有些说不出口。

终于，在这次火灾过后，工会里的女人们派出了年长的刘姨，刘姨的话代表了工会大院里多数人的看法。

她说："陆师母，小六可能有精神病，应该送到精神病医院去看看，没准儿就查出来了。"

陆师母从来就没有这样失控过，她像一头母狮一样发出了狂叫："我儿子没有病！没有病！你们才有病！"

这一喊，刘姨的脸色也变得难看了，她随即放下了最后一点情面说："这还不是精神病？这都放火了，下回该杀人了！精神病杀人我们找谁去！"

"谁说的？谁说我儿子放火？"陆师母在尖叫。

"屠宰场的阿道，人家小孩亲眼看见的！"

"婊子养的狗杂种！"陆师母从来没有这样骂过人，但她现在已经失去常态了，她发疯一样地在大院里东西乱窜，最后拾了一截粗柴火棍子就向大院后边儿的屠宰场去了。

从工会大院到屠宰场，不过不到一百米的距离，路却难走，几十步碎石子路过去之后，夹杂着猪毛、猪粪和猪血，散发着腥臭的烂泥地，像沼泽一样包围着屠宰场。陆师母由于走得太快又太不慎，裤腿和皮鞋上都裹了厚厚一层泥，它们粘连着地面，湿漉漉地纠缠着陆师母的双脚，阻挡着她的进程。

远处一间暗暗的小屋散发出昏黄的灯光，一个小小的人影深一脚浅一脚朝她走近，是个小男孩，穿着一双成人的大胶鞋。未等陆师母开口，他先脆脆地喊了一声阿姨，又乖巧地问："陆老师回来了吗？师母要买烟吗？"

"阿道，"陆师母犹豫了一下，问，"你爸爸妈妈呢？"未待他回答，陆师母突然懊丧地叹了一口气，说声"算了"，便丢了柴火棍，走了。

那天陆师母回家时陆奇正在生火，用一只废铁锅煮沟里捞的蝌蚪，见陆师母回来了，很高兴地去给妈妈看，陆师母把他打了一顿。那天晚上全工会的人都听见了陆奇的号叫，他们再也没有提把陆奇送进精神病医院的事，但私下里却会说："没想到陆师母这个文化人，打起孩子来这么狠。"

从那以后，陆奇这孩子见人就有些怯怯的，但也许是因祸得福，他不再在院子里闹腾之后，只是安安静静地坐着，倒跟乖孩子们看起来也没什么不一样了，陆师母辞了工作，一心在家里教育自己的孩子，陆奇到了十岁时，竟然也能上学了。陆老师托了关系，让他去了离家最近的小学，读一年级。

陆奇要去上学了，他很兴奋，一会儿摸摸新书包，一会儿又开关自己的文具盒，陆师母则坐在他的旁边，一支一支给他削铅笔，又拆了旧的挂历，给他包书皮，一边叮嘱他说："儿子啊，就要去学校了，学校里跟家里不一样，有很多孩子的，还有老师，你要听老师的话，和同学交朋友，上课不要乱动，知道吗？"

陆奇高兴地点点头。

十岁的陆奇比同班同学大出一圈，高一个头，座位被安排在教室的最后一排，靠窗，他身边不远处就是一个大垃圾筐，几把竹扫把，每个新来的同学都只能在扔垃圾的时候才会看到他，发出一声"哟"或者"有个大块头"！

陆奇为此有些闷闷不乐，但他还是觉得什么都新鲜，东看看西望望，最终等到了第一个跟他说话的人，这孩子是他的同桌，瘦瘦小小，背着一个旧书包，穿着一双大胶鞋，暗黑的肤色，脸庞上有一双明亮的眼睛，五官立体而清晰，他跟陆奇对视了一眼，先认出了陆奇。

"工会的小六。"他说。像是自言自语。

“我是陆奇！”陆奇很高兴，笑呵呵地说。他也见过阿道，但早已经忘了。

“我是阿道。”阿道从来不喜欢提自己的姓，他知道陆奇，那个别人口中的小六，就是工会和屠宰场那一带街坊邻居口中著名的傻儿子。但这还是他第一次这么近距离地观察他，他觉得陆奇一点儿也不像个傻瓜，他穿着红白条纹的运动服套装，周身很洁净、很明亮，散发着一种洗衣液的淡淡的清香。这和自己形成了鲜明的对比，他和陆奇一起坐在那里，一个像是坐在黑暗里，一个像是坐在光明里。

“你好啊！呵呵……”陆奇又向他打招呼。

“你好。”阿道淡淡回应，他不习惯用“你好”这样的字眼打招呼，但他还是学着做了，说完便把眼睛转向别处，不再看他。阿道原本看不起陆奇，在他的想象中，傻子应该不是这个样子，或许应该穿得比自己更脏一些，口角流涎，可是陆奇有着这样干净的外表，漂亮的运动服，刷得一尘不染的白球鞋，还有崭新发亮的牛皮文具盒，二十六色的水彩画笔，这些让阿道对他的歧视有些无法维持。

陆奇保持着他的热情，开始费劲地掏自己的书包，陆师母谆谆告诫过他，要与同学搞好关系，在他的书包里放了一大堆零食。陆奇现在就要拿出来和他的第一个朋友分享。

“给你。”他向阿道怀里塞了一只硕大的奶油面包。阿道惊了一下，随即把它迅速地塞进了抽屉里。奶油面包的香味四散开来，钻进阿道的鼻孔里，潜入他空空如也的肠胃，他感到饥肠辘辘，但他还是强忍住了，咽下一大口口水，他不想在这里狼吞虎咽。

“你不吃？”陆奇疑惑地看着他，随即打开自己那一份，大块撕扯着往嘴里塞，奶油抹了满嘴，面包屑也纷纷往下掉。班里已经有人注意到这个和周围人有异的大块头在吞吃面包，纷纷转过头窃窃私语，陆奇还在一边吃一边固执地给阿道塞着食物，阿道看见大家开始注意，也不肯接了，低着头红着脸用手肘撞他，说：“别吃了！要上课了！”

陆奇开学之后就整天缠着阿道，他太久没有和孩子们一起玩了，而在这个集体里，阿道也是被排斥的，这样很好，陆奇不需要其他人来分享他的食物和友情。但阿道却不愿意，陆奇这样的存在给他招来了更多的目光，他知道穿着大胶鞋的自己和一个又憨又傻成天乐呵呵的大块头在一起是怎样奇异的组合。于是他想尽办法躲避着，甚至冒着被处罚的危险在下课前提前溜出去，以免放学时又被陆奇跟着。但终于有一天，陆奇的妈妈骑着自行车带着陆奇追上了他。

“阿道！你好啊！”陆师母说，微微喘着气。

阿道看见她穿着米色的女式西装外套，带着金丝边眼镜，头发微微烫了卷，脸上和手上的皮肤都是苍白的，给人一种凉意，但眼神却是温暖的。陆奇在车座上晃荡着腿，陆师母有些吃力地用一条腿斜斜支撑着，另一只脚还放在踏板上。

“你是陆奇的同桌，对吧？”陆师母笑道。

“是。”阿道回答。从来没有像陆师母这样文雅体面的长辈这样和颜悦色地向他问过话，陆师母的眼神很温柔，他不敢和那样的目光对接，也有些紧张，他低着头，回答得也很简洁，这让人误以为他很冷淡。

“阿姨跟你说啊，阿姨认识你的，你就住在工会后面，对不对？你小时候阿姨在你家店里买过烟的。”陆师母有些着急。

“对。”阿道点点头。

“我们住得很近。这样，阿姨想请你到家里吃个饭，你回家跟妈妈说一声，好不好？”

阿道想起自己家在屠宰场里的房子，还有在杂货铺里煮饭的月娥，用一种成年人的口吻对陆师母说：“阿姨，有什么事儿你就直说吧！”

陆师母被眼前这个孩子的话说得一愣，不好意思地笑了，阿道确实是个早熟的孩子，这与他给她留下的印象相符。她换了郑重的语气，对阿道说：“这个周六，是陆奇的生日，我们请你吃饭，吃蛋糕，好吗？请你的爸爸妈妈一起来。”

阿道想了想，答应了。

阿道看见陆师母带着陆奇渐行渐远，消失在工会的大铁门后面，自己慢慢向家的方向走去，在工会后面不远，就是一家大屠宰场，在屠宰场的西南角，有两间搭建得很简单的小房子。这里头住着一个四十多岁的光棍老徐，他婴儿时期被粗心的老娘掉进了火盆里，整张脸的皮肤被烧坏了，除此之外，还失去了一只耳朵。他老娘把他养到十几岁就死了，留了这么两间房子给这半人半鬼的儿子，也不够他娶一个媳妇儿。屠宰场的人看他可怜，让他做些打扫的活儿，平时杀了猪，也给他一些杂碎，让他带回去，因此家里总是挂满了猪的各种器官，这些鲜血淋漓的装饰再加上老徐一张骇人的脸，把这两间房变成了周围孩子们口中的

“鬼屋”，没人愿意靠近。哪知到了四十多岁，忽然有个叫月娥的老女人找上门来，主动要做老徐的媳妇，她是个老妓女，但不想干了，她进了门就很爽直地对老徐说：“我就想找个人过日子，我不嫌你，你也别嫌我。”

老徐嘿嘿一笑，说：“不嫌，不嫌。”

别管是什么人家，有了女人就立马不一样了，月娥倒也不含糊，拿自己存下的那么点儿钱，收拾了其中一间好一点儿的屋子，开了个小杂货铺，但由于地方窄小，只能和吃住共用一个地方，于是杂货铺里就放了张床，床底下又放了锅碗瓢盆、柴米油盐。

有点儿挤，有点儿乱，有点儿脏。但在老徐的眼里已经够好了，后来，他们生活了一段时间又觉得少了点什么，于是就有了阿道。阿道是老徐在医院后边捡来的，这样好的一个孩子会不要，他的父母亲大概是职高里乱来的中学生吧。

到了周六，阿道并没有告知月娥和老徐，而是独自去了，他们俩和陆家夫妇的差距实在太大，阿道不愿意把他们介绍给其他人。那天中午的阳光很好，他把自己的胶鞋脱下来晒了一晒，又小心地擦掉了鞋边的泥点子。

这是陆家的大门第一次为他打开，他站在门口就开始惊慌了，他擦了几遍的胶鞋在陆家客厅耀眼的灯光下还是显得又脏又破，他一会儿踩在地毯上，一会儿又慌乱地退出门去，陆师母递给他一双新的绒面拖鞋，他只得在众目睽睽之下脱下那双笨重肮脏的胶鞋，一股浓重的汗臭味夹杂着胶鞋特有的味道散发出来，阿道几乎觉得自己能看见那味道的颜色，黑色的，灰色的，在这温暖干净的房子里飘散，他想全世界都应该闻到了，但陆师母还是面不改色，她甚至还带着微笑，蹲下来帮阿道放鞋，阿道简直想推开她了，但只能呆呆站着，他看着陆师母的脸，在上面找不到一丝伪装真诚的痕迹。就在这一刻，谁也不知道紧张、羞耻、感激以及种种复杂的情绪都是怎样纠缠在一起，紧紧地攫着阿道，这个八岁孩子的心。

陆老师并不在，他在市里的高级中学工作，有时半个月才会回家一次，有时一星期，陆师母很早就辞了工作，在家中照顾陆奇，打理家务，阿道注意到，这明亮的客厅里陈设很简单，一台老式彩电用布罩子罩着，放在橱柜上，好像是弃置不用的，茶几上是一盘应季水果，还有书报夹夹着的厚厚一沓报纸。

即使是这样简单的寻常人家的一间房子，也让阿道感觉到了距离，这距离让他百般不适，局促不安，即使面对一桌子丰盛的食物，他也紧张得不敢动筷。

“吃吧！别客气！”陆师母往阿道碗里搛着菜，又说，“爸爸妈妈没来呀？”

“他们有事。”阿道说。

“噢。”陆师母反倒舒了一口气。

她很快进入了正题，说：“小六在学校里没有什么朋友，他就认识你，说你好。”

“小六也好。”阿道说。

“你和小六是同桌，家靠着又近，阿姨想请你呀，多多帮助小六。”

阿道沉默了。

“不需要你做什么的，只要平时留意一下他，如果有什么事情，回来告诉我就可以了。”陆师母连忙解释。

阿道点点头，陆师母看一眼陆奇，叫他去拿蛋糕来。她压低了声音对阿道说：“小六的事情，阿姨相信你也听说过，他小时候还放过火，阿姨就是担心他一时不清楚做出什么事来……”

阿道脸一红，低下头去。陆师母又说：“你是个聪明的孩子，阿姨看得出来……”声音竟有些哽咽，“就帮忙看着他……”

阿道听出语气的不对，抬起头看陆师母，她眼里竟有眼泪。于是赶紧说：“阿姨我知道了，我会照看小六。”

陆师母听了，眼睛里放出喜悦的光来，伸手去拉阿道的手，阿道本能地一缩，还是停住了。陆师母还是不住地夸赞：“真是聪明孩子，好孩子！”阿道低下头去，心里竟也难受了。

杂货铺里的窗向四面开着，白色的热气混着油烟从里面冒出来，月娥正在里面炒猪大肠，夏季已经过去，太阳落得早了，屋子里有些暗，她在围裙上擦一把油，把电灯拉开，灯泡挂在一根长长的电线上，晃悠悠悬着，上面包裹着陈年的油烟，黑色的，凝固着的还有一些飞虫的残骸，里层的光不能顺利透出来，只能发出一些暗黄的微光，在流动的空气中荡着，在狭窄的杂货铺四壁上歪歪斜斜投下三个人影。老徐换下那件清扫时穿着的油腻的工作服，一件遍布不明污渍的油光发亮的像雨披一样的东西，拿下来，挂在门后面的一颗钉子上。阿道则坐在床上——屋子里唯一一块相对干净的地方——做作业。

“读书有意思吗？”老徐问阿道，又自问自答，“不如去杀猪。”

阿道不说话。

老徐又对月娥说：“杀猪可挣钱了，我看那东街的小刘，那么小的个子，杀起猪来倒狠，不过也就是十六岁，哪里来的胆气？”

“那你不去杀？”月娥说。

“我这张脸，猪也吓死了，还用杀？”

“孬种，怕就怕。等阿道大一点，你跟那里的师傅说，让他去杀。”

“我不杀！”阿道把书摔到一边，愤愤地说，同时脑子里浮现出杀猪的场景，他每天凌晨都被猪临死前最后的号叫惊醒，老徐往往也在那个时候奔过去，帮着按猪、收拾，同时捡一些杂碎。在老徐的眼里，杀猪就是这世上最好的工作。“去看杀猪”，阿道三四岁的时候，老徐就常常这样逗弄他，幼小的阿道常常被吓得哇哇大哭。阿道的家里常常挂着猪的各种器官，阿道从小就目睹那些鲜血淋漓的内脏、皮肉都是怎样被熏烤、腌渍，最后发黑、发硬的，以至于他一看见猪肉就开始反胃，在家里，他只肯吃素，更多的时候，只是咸菜就着白米饭，营养不良使得他看起来又黑又瘦小。

“不吃肉！嘿嘿。”月娥就取笑他，“竟有这样的娃儿，不吃肉，修仙呀！”

大人们往往有一种错觉，认为小孩子都是懵懂无知的，听不懂他们说话，因此在家中说起是非来，往往肆无忌惮，毫不避讳，杂货铺如此的小，老徐和月娥又更是如此。阿道从小便已从他们和邻居的口里听到自己不是亲生的了。但那时候不过四五岁，对“亲生”的概念还很模糊，阿道没有半点难过，穿着胶鞋在屠宰场的烂泥里踩水、捡垃圾、玩泥巴，觉得很开心，后来上了小学，好像越来越明白了，初时想起自己不是亲生的孩子，觉得沮丧，但后来又觉得庆幸了，甚至恨不得告诉所有的人，他不是亲生的。他回到家里话也变得越来越少，有时候用阴恻恻的目光看着老徐和月娥，或者是一个人发呆想些莫名其妙的心事。他会幻想自己的亲生父母是什么样子，他拿镜子照自己的眼睛、鼻子和嘴，一点一点去还原他父母的样子，他想他的父母或许会有着体面的工作，或许就是像陆师母那样的家庭，他想，他自己怎么看都比陆奇要好得多，难道就配不上那样一个家庭吗？而陆奇这个傻瓜，什么都不懂的傻瓜，他这样的人才适合做老徐和月娥的孩子，老徐为什么不去捡一个傻瓜来做儿子，偏偏要捡了阿道呢？

阿道是捡来的，陆奇是个傻子，这样一个小居民区里，没有什么是秘密，也没有谁能藏什么秘密，修车卖菜或是杀猪，大家都是平等的，互相调笑几句，更增邻里和睦亲切。陆家却不，街坊邻里没有瞧不起外地人，倒叫外地人瞧不起。陆师母规律的生活，讲究的吃穿，洁净的习惯，甚至连那一声标准普通话的“早上好”，也让人听着难受。

“装什么样子呢?！”人们不禁要想，她怎么就不能端着碗上院子里一边聊天一边吃饭呢，怎么就不能把内衣内裤往院子里头晒呢，怎么就不能收邻居送的咸鱼腊肉呢，怎么就不能把自己磨的豆浆，烤的面包拿出来给大家分一分呢?!

说到底，还是看不起人嘛!

不过就是有点“文化”吧，也看不出有好到哪里去，一个中学老师，算个什么呢，倒有一副教授的架子，读了两本书，就装起斯文来。“装斯文”，大家都这么说，于是“装斯文”就成了这一带居民常常用的词了。又说“装斯文”有个“傻儿子”，不指名道姓，大家都知道说的是谁。但见了面，又都还是客气地打招呼：“陆师母，又送儿子上学呀?”转身回到家，看见小孩子哭哭啼啼、挑三拣四，就骂：“装什么斯文，老实点!”

只有阿道不这么想，他喜欢陆师母，也喜欢没怎么见过的陆老师，尤其在去过陆家之后，他甚至有意无意地模仿了他们，学了他们的口音，用了他们的语气，说话前用个“请”字，商量事情后面用个“吧”“呢”。他把这一套带到家里，老徐也骂他装斯文，他就等着这一句，觉得很高兴。他想想陆奇，觉得陆奇真不像是这家的孩子，陆师母那么优雅，他那么呆笨，陆师母那样爱洁净，他却老把自己弄脏。陆师母每天都要洗他的衣服，陆家的洗衣机永远都在“隆隆隆”转个不停，把陆奇一件件好看的衣服都洗得旧了，掉了颜色。阿道替他心疼，他倒不在意，反倒对阿道的大胶鞋感兴趣。

“为什么你穿这种鞋?学校里没人穿这种鞋。”陆奇问。

阿道不愿回答。

“你怎么老穿这个?”陆奇穷追不舍。

“你以为我愿意啊!”阿道没好气地回答。他最不愿意别人看他的鞋，要不是看陆奇是个傻瓜，他早就生气了。他大声告诉陆奇："是胶鞋！泥里水里都能踩，下雨天我就踏踏踏！"他说着便跳进一个小水洼，赌气似的用力踩着，泥水四溅。

"你能借我穿穿吗？"陆奇眼里全是羡慕。

果然是傻瓜，阿道想了想，说："行，但我就这一双，你可以跟我换着穿。"

于是他们把鞋换过来了，陆奇穿上胶鞋，快乐地去水里踩，而阿道则小心翼翼地穿上陆奇的鞋。这是他梦寐以求的鞋，一双白底蓝边的足球鞋，它有优美的轮廓、干净利落的线条，在阳光下闪出柔和的光，他轻轻地抚摸着这双鞋，用指尖去触碰鞋面上柔软的皮质，他缓缓站起身，一步一步向前走着，脸上是很庄严的神色，陆奇是个傻瓜，陆奇感受不到这双鞋的价值，但阿道感受到了，他认真地体验着自己的脚掌与这双球鞋的贴合。他走着，走着，跑起来了，他感觉到这双鞋成了他身体的一部分，他激动万分，又一连做了几个体育课上学会的跳高、跳远动作，又是压腿、半蹲、马步，感受着自己踏在这双鞋上所做的每一个动作。有那么一瞬间，他觉得自己不是阿道了，不是屠宰场阿道，而是陆奇，却不是傻瓜陆奇，而是一个正常的陆奇，一个聪明的陆奇，一个优秀的陆奇，一个无所不能的陆奇，而这个陆奇，正穿着这双妙不可言的球鞋，快乐地向家的方向奔跑着，沿着通往工会大院的那一条路，他的家中正有一个陆师母一样的母亲，系着围裙，准备着丰盛的午餐，在等待他的回归。

阿道快乐地遐想着，他看见远处的陆奇也同样很快乐，他穿着胶鞋，兴奋地又跑又跳，似乎也在试验胶鞋的各种可能性。阿道想，像陆奇这样不知忧愁的傻瓜，生在什么样的家庭，也不会知道难过吧，他喜欢穿胶鞋，或许也会喜欢吃猪的内脏呢？

“陆奇，我们来玩一个游戏吧。”阿道说。

“游戏，好啊，来玩游戏！”陆奇说。

“现在，你就是我，我就是你，你是阿道，我是陆奇。”阿道说。

“我是阿道，你是陆奇？好好好，这个好玩，好玩。”陆奇拍手同意。

于是阿道和陆奇把衣服也换过来了，阿道接过陆奇的衣服，暖暖的，上面是陆奇的体温，阿道把它套在自己身上，闻到一阵陆奇身上特有的气息，陆奇比他块头大一些，衣服穿在阿道身上，松松的，大大的。他们进了教室，把座位也换过来了，其实差别也不大，不过是一个从左边换到右边，一个从右边换到左边。其他人根本看不出来，他们把书包、课本、文具盒都换了，不过仅限于学校，放了学又都各归各位了，很明显的，阿道占了陆奇的便宜，但是陆奇并不觉得，他很用心地扮演着阿道的角色，模仿着阿道的言行。阿道却并不模仿陆奇，他也在扮演着一个角色，既不是阿道，也不是陆奇，而是一个全新的角色，一个新的陆奇。他变得开朗、热情，不再羞于和人交往，他聪明，学习成绩上升得很快，他赢得了一些目光，但再也不是因为他的大胶鞋。

现在每天只有这么几个小时里，阿道才能感觉到自己的存在，穿着陆奇服装的阿道越强大，换下衣服回到家中的阿道就越微弱。在校园里的阿道是一个充满生命力的少年，而在家中的阿道就像是一个孤单的游魂。

直到有一天，阿道对陆奇说："我们这样换，是不够的，我们只是在学校里换了衣服，我们应该玩得更像一点，我今天要去你家里住。"

陆奇在这个要求面前显出了犹豫，他说："我妈妈不会同意的。"

阿道说："不告诉她，我在夜里进去，你给我开门。"

在阿道不容置疑的态度面前，陆奇同意了。

这天夜里阿道在家里吃过晚饭，告诉老徐要去同学家里住，早早就出了门，徘徊在陆家的门外，他最终放弃了半夜里从大门进去的想法，因为大门开关的响动太大，他发现陆奇的窗是从里面上锁的，没有铁栏杆，便告诉陆奇说，你从里面把窗的锁打开，我半夜里从窗进去。

于是这天夜里，月亮高高升起的时候，阿道睡在了傻瓜陆奇的床上，他嗅到一种奇异的香味在这个陌生的屋子里弥漫，他把头埋在陆奇柔软的被子里，怀着一种感动的心情沉沉入睡。

屠宰场的老徐和月娥并没有在意阿道半夜里出去的事儿，阿道走了他们反倒睡得好了，他们有他们自己的一套理论和经验，养娃儿嘛，又是男娃儿，就是要贱养，管越多越不好，老徐自己也就是这么长大的。况且，杂货铺里就这么一张床，阿道如今越长越大，三个人睡在一张床上，确实挤了，大约从两年前开始，这一张床上，就只能同时睡着两个人，上半夜是老徐和阿道，因为老徐在凌晨要去屠宰场，月娥为了让他上半夜睡好，总是紧紧贴着床沿，半个身子都在外面，还不敢动弹，直等老徐打了响鼾，才敢翻身动一动。下半夜睡着的则是月娥和阿道，因为那个时候老徐已经走了，但老徐走后不久，月娥和阿道都会被不远处的猪临死前的号叫再惊醒一次。每当这时候，阿道就会听见月娥叹一声：“三点啦！”日日如此。

其实对于老徐和月娥来说，对方就是一个伴儿，没有一个伴儿，人活着实在是孤单。这俩人都是活了半辈子，也活不出个什么样儿的，所以能走到一起，都没有希望，都看不到前途的生活，反而是安稳的、平和的，彼此都没资格挑剔，因而彼此都无可挑剔，无可挑剔就只好满意，就好比他们那个小杂货店，是不赚不赔的买卖，却让人觉得有份家业一般，觉着安心。就连他们的儿子阿道，这个捡来的孩子，对于他们而言，功能也类似于那个杂货铺，无多大期盼，却也使一个家完整了，有个孩子，像个家的样子，也就增了心安。

可惜的是，阿道却不同，他是个漂亮孩子、灵巧孩子，他有希望、有前途、有盼头。这样一个孩子，身不由已地被拴在了老徐和月娥之间，怎么能够平和？能够心安？他又过于聪明，过于早熟了，他想得太多，想得太远，太不愿意认命，太不愿意甘心。

即使在陆奇温暖而干净的床上，阿道也开始睡不着了。他下了床四处走动，起先还静静待在一边，观察陆奇是否睡熟，之后就发现这担心完全是多余的，傻瓜陆奇睡着以后就像死了一样，他听着陆奇均匀的呼吸声，轻轻地在房间里四处走动。月光透过海蓝色的窗帘照进来，波纹浮动在对面光滑的墙壁上，像是一泓湖水，一只米老鼠形状的石英钟挂在上面，嘀嗒、嘀嗒地在走。乳白色的书桌上有小小的盆栽，结着几朵淡黄的小花苞，一只崭新的书包斜靠在一把精巧的折叠软皮靠椅上，在另一面墙上，是一列书架，上面歪七扭八地被陆奇贴满了变形金刚的贴纸，花花绿绿的，但架子上却整整齐齐地排列着各种图书和画报，《格林童话》《安徒生童话》《希腊神话故事》《海底两万里》《丁丁历险记》《猫和老鼠》《十万个为什么》……这些书都是新的，显然陆奇看都没有看它们。阿道却连看的机会都没有，新华书店的店员，总是能在阿道看得最入迷的时候将他赶走，出门前还要鄙夷地盯着他的腹部看有没有夹带。阿道抬起手一本一本地抚摸着那些光滑的封皮，凑近了去闻那纸张的油墨香味。他像寻宝一样去挖掘这个小小房间里的全部奥秘，他搜遍了每一个角落，又在床底下拉出一只皮箱，在这里面他发现了整整一箱的玩具，整整一箱！里面杂乱地堆放着造型各异的玩具，塑料小人儿、步兵、坦克、装甲车、端着枪的、骑着马的，足够组成一个军队！冲锋枪、地雷、手榴弹、炸药包、战车、变形金刚、恐龙蛋……阿道欣喜若狂地享受着这小小房间里的一切，在这静谧的夜里，伴随着“嘀嗒”声，只属于他的一切。

他开始越来越盼望每天零点的到来，他能够在每天零点到三点的时候来到这里，享受这美好洁净的一切，继续扮演那个在学校里的新的陆奇，他越来越沉浸在自己的幻想和角色里，他成长在这样的一个环境里，有着这样的父母，将来会成为更加耀眼和夺目的人，一个真正的人，一个成功的人！这些美好的时刻，这些成为全新的人的时刻，便成为他每一天中仅有的追求，构成了他生命中所有的意义。他沉醉在这小屋中，希望太阳永远不要升起，但时间总是在流逝，远处的鸡啼一响，他又要像一个鬼一样，落荒而逃。

他开始拿走一些东西。都是一些小东西，第一样是皮箱里浩荡大军中的一个小人儿，是个步兵，它跨着马步、端着枪，有着一张美国佬的脸，面带笑意。它因为被阿道选中而变得特别了，它并不算精致，恐怕就连它的生产者和制造者都没有如阿道这般仔细地、深情地凝望过它，更不用说那个傻主人陆奇了。它因为阿道而有了价值，有了生命，有了特殊的意义，阿道像对待一个朋友一般对待它，甚至在没有人的时候和它说话。第二件东西是书架里夹着的一枚书签，那书签是随书附赠的，上面有一些风景图案，还有一句英文的格言“Tomorrow will be better”，阿道那时候并不懂这意思，他小心翼翼地珍藏着，还专门省下了一个练习本夹着它。第三件是一支三色圆珠笔，阿道看见陆奇使用过它，但现在已经摔坏了，他知道陆奇不再需要，也不会记得，于是也拿走了它。再之后，阿道拿的东西就多而杂了，一颗弹珠、一枚别针、一根替芯甚至一朵小花苞，他从来不拿真正有用处或者值钱的东西，他拿走的东西对他自己也没有用，他好像只是为了证明自己来过。

阿道和陆奇的关系越来越好了，他们每天一起上学、放学，课后一起做作业，像是兄弟一般，但阿道是兄，陆奇是弟。阿道像兄长一般地照顾陆奇，阿道自己变得优秀了，变得外向和开朗，而陆奇也被群体慢慢地接受了，大家依然会开一些玩笑，喜欢骗骗他或者逗逗他，但都没有恶意，陆奇也乐于让大家围着自己，一起哄笑。

陆家夫妇对阿道的感激简直无以言表，因此陆师母特意让陆老师在市里的商场带回来一双球鞋送给阿道，据她敏锐的观察，这是阿道目前最需要的东西，那鞋子很漂亮，陆师母是连着包装袋、鞋盒一起送的，阿道看了价格，心里一跳。他再也不用穿胶鞋去上课了，他接过这双鞋，看着陆师母白净的双手，修剪得整齐光亮的指甲，垂下了眼睛，一颗大大的泪珠掉了下来。

阿道依旧在凌晨时分潜入他们的家，陆奇的窗户永远为他开着，陆家没有人知道，或许就连睡梦中的陆奇也未必会记得前一晚阿道来过。而与此同时，阿道的活动范围亦不只是陆奇的房间了，他会轻轻打开门，走到陆家的客厅去，他曾经作为客人出现在这里，但现在却不是了，他像个主人一样，熟悉着这屋子里所有的摆设。他有时候也会蹲坐在陆家夫妇的卧室门口，那是他唯一不敢进去的地方，他知道里面的人大多数时候也正在熟睡，但有的时候，他能听见陆师母一声悠长的叹息。

"唉……"

那是一声很温柔的叹息，一个母亲的叹息。阿道喜欢陆师母，也喜欢陆老师，这夫妇二人都有着平静的脸、温和的表情，眉眼间又有些忧愁的纹路，但对人又是开朗、热忱、豁达、友善，阿道能把语文课上学的所有好的词都用在他们身上。他喜欢他们的一切，陆老师的羊毛背心、格子衬衫，陆师母的绒线帽、大围巾，这一切都温暖舒服，和他们的气息融为一体。

阿道喜欢这个家，喜欢简单的、没有多余陈设的客厅，喜欢一尘不染的地板，喜欢干净整洁的厨房，喜欢冰箱里简单的隔夜菜。他看见卫生间里挂着三色的毛巾，立着三色的水杯，放着三色的牙刷，让他想起这是密不可分的一家人来。他看着镜子里的自己，像一个鬼影一般，飘进了与自己不相干的地方。

他突然闪过一个新的念头，他不再从这房子里头拿出东西，而开始往这房子里放东西。

陆师母最近觉得很奇怪，明明记得自己没有买过辣椒，冰箱里却多了辣椒，多的又不是那么一袋，就是那么一小把，明明记得自己没有换过垃圾袋，垃圾篓子里却好好地摆放着一只新的塑料袋，更加神奇的是厨房里的洗洁精，好像永远用不完似的，用了又满，用了又满。

“哎，老陆，我这脑子是越来越不好了，记事儿总是不清楚。”有一天夜里，阿道听见陆师母抱怨。

屠宰场的月娥，最近老是发现杂货铺里的东西不见了，丢的又不是什么大东西，无非就是几只塑料袋、一瓶洗洁精之类，她怀疑自己记错了，又怀疑是有人小偷小摸，于是平时多长了个心眼，装作在腌猪肉，眼睛却看着别处。终于有一天，阿道被抓住了。

“这娃是不是读书读傻了，还是老跟装斯文的傻儿子在一起，被传染了？”月娥问老徐。

老徐懒得理会：“拿就拿嘛，一点儿东西，以后死了还不是他的？老了还靠他呢。读书读傻了，不读了嘛，过两年就杀猪！”

“他老往陆家跑，都成别人的崽啦，捡来的，还是养不亲。”月娥说。

阿道确实也像陆家的半个儿子了，他整日里都在陆家出入，陆奇无论做什么，都要拉着阿道，有什么好东西，也要给阿道一份，陆师母并不吝啬这些小钱，她知道陆奇只有这么一个朋友，并且阿道也确实好，无论在家里还是在学校，都帮了她不少的忙，要不是不想跟月娥和老徐打交道，她还真想认个干儿子，乐得轻松。而陆奇现在除了陆师母和陆老师，就只听阿道的话，家里和学校两点一线的生活，也已经让他习惯，陆师母不再担心他出什么岔子，便复了职，还去原单位工作。陆家的日子又像模像样地红火起来，陆师母也开朗年轻了些，在邻居的眼里也不那么做作讨厌了。日复一日地，小日子平平安安地，就过了五年。

陆奇和阿道，都要升初中了。

陆家又开始紧张起来。陆奇的成绩一直就不怎么好，除了请阿道帮忙，催促他复习，陆师母隔日里便炖了补汤，给他养生，除了各种口服液、胶囊，陆师母还买了氧气机，那种东西在电视广告里刚刚出现，贵得吓人。陆师母也毫不手软地买下了，说要给陆奇的大脑补充养分，阿道跟着陆奇，常常也能分得一杯羹，他除了羡慕，也感受到了中考的紧张，但是他更加担心的，是自己也许根本不会有机会参加中考。

十四岁的阿道，已经长得很高了，虽然与陆奇相比还是瘦小，但是要干“杀猪”那活儿，在老徐和月娥的眼里，已经是足够了。

“那东街的小子十六岁就能杀猪了，还没有你个子大呢！”

前些天老徐又这样说。

阿道心里充满着恐惧。如果失去念书的机会，他就会看起来像一个街头的小流氓，“屠宰场阿道”的称呼也会变得更加难听，叫作“杀猪的阿道”，这些都还不重要，最重要的是，陆师母会怎么看？他会失去陆奇这个朋友，陆师母不会再让陆奇跟着他，跟着他做什么？杀猪吗？那样他就再没有脸出现在陆家人面前，再也没有进陆家的权利了，他原本有那么多希望，就在前些天，陆老师和陆师母还夸他，他们说：“阿道很聪明，将来一定会有前途，阿道成绩这样好，要多帮帮小六呀！”

前途，前途，前途就是杀猪吗？

他为自己不明所以的“前途”担忧着，想象了各种可能发生的情况和可能的解决办法。他可以去妇联，也可以去法院告老徐，或者，他还可以去求陆家，求陆老师借一笔钱，或者求他们来说说情……

陆家此时也在紧锣密鼓地准备着，按照陆奇这样的成绩，是不太可能考上初中的。陆师母只寄希望于奇迹的出现，短期的突击能够让陆奇考过分数线，但陆老师就理智得多，他已经筹集了一笔钱，他知道县里中学的潜规则，新来的校长苏小凰，是个极其贪钱的，这一次的中考，是他捞钱的大好机会，陆老师已经打听了行情，无奈求的人多，价钱越抬越高。最后陆老师把给陆奇存下的医药费都拿了出来，凑足了十五万元。

“这，小六的医药费拿出来，不好吧？”陆师母忧虑地说。

“小六现在已经是个正常人了，不读中学就得留级，他已经是十岁上学，再留级成什么样子？况且，明年的行情，还不见得是这个数啊！”陆老师这样说。

陆师母想了想，同意了，但还是说：“十五万啊！作孽。”

这番话阿道听见了。他心想，陆奇上中学一定是没有问题了，只要送够了钱，就连一个傻子也能上中学。他想，陆老师把所有的钱，连同医药费拿出来才凑的钱都要送给那个苏校长，那么自己，肯定是借不到钱了。念中学是一大笔钱，老徐和月娥一定不会愿意出这个血的。他开始失了希望，不再每日里去陆家，也不再拉着陆奇一起去学校了。而陆家竟也不问，就这么渐渐地，似乎把阿道给遗忘了。

但阿道和陆奇还是同桌。起初，陆奇还纠缠着阿道，问他为什么不来找他，不来他家玩，阿道只是不理，陆奇照样纠缠、询问。但忽然有一天，陆奇不问了，他变得很安静，那安静让他看起来像感到忧郁似的，不像一个傻瓜会有的表情。他不再跟阿道说话，而是每天翻着书，嘴里嘟嘟囔囔。阿道奇怪了一阵子，偷偷地凑过去听，他发现陆奇居然是在背书！他终于忍耐不住，问陆奇：“你到底怎么了？天天背书！”

“我妈妈很难过。”陆奇答非所问。

“那你背书干什么！”阿道气急。

“我快得精神病了，”陆奇说，“再不好好学习，就没机会了。”

阿道无法明白陆奇的意思，他决定这一天夜里，再去一次陆家。他已经很久不去，当他再去的时候，发现陆奇的窗子竟然上了锁。他有些失落，但没有离开，他徘徊在陆家墙外，最后在陆家夫妇的窗外，听见陆老师的声音。

“都是我不好，不该先送钱。”陆老师说。

“谁知道小六……我不相信他没有希望，送就送了，中学还是要读啊！”陆师母的声音。

“真像医生说的那样，两年之内……那么也没有必要念书了。”

阿道听见陆师母的哭声。

阿道开始同情陆奇。傻瓜陆奇就快没救了，就连他的父母也已经放弃了，他却还在拼命背书。“再不好好学习就没机会了”，阿道想起陆奇说的话，想起他那张呆笨的脸上做出的极不和谐的庄重表情，让人好笑，又令人难过。

“阿道，你说，精神病是什么？”陆奇问。

“不知道，你说呢？”阿道说。

“我也不知道，但是医生说，到那个时候，我就会不认得人，什么都不知道。”

“连你爸爸、妈妈也不认识？”阿道问。

“嗯。”陆奇说，他好像在思考什么东西。

“阿道，”陆奇说，仿佛做了一个重大决定似的，“等我得了精神病，我的玩具和存钱罐全都送给你。”

阿道听了鼻子一酸，问：“为什么？”

“因为我们是……”陆奇笑了，站起来大声说，“最好的朋友！”

“最好的朋友……”这五个字在空空的教室里回荡。

“小六！”阿道抓住陆奇的手，眼睛里有泪花，“别背书了！”

陆奇惊讶地看着他。

“人生有很多比背书更有意义的事情！你现在什么都不用做了！不用上课！不用考试！不用背书！去做你喜欢的事情吧！”

“可是……我妈妈会生气的。”陆奇挣扎着，犹豫着。

“不会的！”阿道说，“你最喜欢做什么？”

陆奇想了想，说：“喜欢玩。”

“那我们就去玩！”阿道拉起他的手，把课本丢掉了，一边跑一边欢呼，“我们不念书咯！我们去玩咯！”

陆奇很快就被感染了，他用更大的声音欢呼着：“去玩！”

就像是死囚在行刑前的盛宴，阿道也想让傻瓜陆奇在失去“正常”之前享受一下人生的乐趣。他设身处地地想，觉得最值得的办法，就是把所有想做的事情都做完，就好像把自己的人生提前过完，也就死而无憾了。他把这个想法告诉陆奇，陆奇并不十分理解，于是他们只是整天地玩，但是他们所能玩的东西实在是太贫乏了，“玩”似乎也只有在紧张学习和违反一些禁忌的时候才有意思，而此刻的阿道和陆奇却是百无禁忌，阿道知道自己不需要念书了，而陆奇也无法再正常念书，他失去了希望，感到真正的轻松和自由，但是在疯狂的玩乐和胡吃海喝之后，他们都感觉到了疲乏和无聊，这等待死刑的过程似乎过于漫长，阿道和陆奇都不知道应该做什么好了，于是他们开始终日无所事事地坐在中学学校的后山之上。阿道让陆奇从家里拿来望远镜还有收音机，他们端着望远镜四处看，又拿收音机调频，有时候收到一些广播或是流行歌曲，就特别兴奋，但更多的时候，还是只能听见一些沙沙声。

“小六，”阿道说，“我真羡慕你。”

“羡慕我，呵呵。”陆奇说。

“我以前瞧不起你，觉得你傻，但后来就羡慕你，你什么都不知道，所以整天那么高兴。”

“我高兴。”陆奇说，并不生气。

“其实你也确实该高兴，你什么都有，那么好的家，那么好的爸妈。”阿道说完看陆奇并不回答，又自顾自地说，“其实我们是同命的人。你拥有我没有的，但你却不知道，那你和我又有什么差别呢？”

“呵呵。”陆奇说。

“你念不了书，我也念不了书了，老徐叫我去杀猪，你知道老徐是谁吗？他是我爸，但不是亲爸。”

“杀猪，呵呵。”陆奇说。

“傻瓜，你这个傻瓜啊，你凭什么拥有这一切呢？”阿道对着陆奇说，陆奇只是仰着躺在草地上，一脸茫然地望着天，阳光照在他脸上，他闭上眼睛，像是在睡觉。阿道便独自说着心里的话，在这里，只有傻瓜陆奇和荒草才听得见。

陆师母好像越来越不管教陆奇了，据说，她在忙着把工作调回市里的事儿，阿道注意到，以往陆奇一日一换的衣服，现在也变成三五天一换了，上面时不时有一些油渍，有时候甚至有些难闻的味道。阿道依然会时不时去陆家，但陆师母对他的热情减少了，她常常不是在忙着做家务，就是在若有所思地发呆。而陆奇，他的话也是越来越少，或许就连陆师母也不能像阿道这样感知陆奇一天一天的变化，陆奇的话越来越少，表情也日渐单一了，但他看起来依旧快乐，因为他总是在笑，那眼神永远是看向前方，充满希望。阿道有时候想知道，陆奇究竟在看着哪里，他仔细地看陆奇的眼睛，辨别不了那目光前去的方向，陆奇在看着的，好像是正常人看不见的前方，看不见的希望。

阿道决定就这样陪着陆奇，等待他在这个现实世界被宣判为精神病，他想到了那个时候，陆奇或许会有另一个世界，陆奇已经摸到那个世界的门了，那个世界一定很美好，因为他总是在笑。

陆奇已经不能做什么需要思考的游戏了，他忘记了很多事情，但还会习惯性地跟着阿道，他们就这样日复一日地坐在荒山上，无休无止地等待。

“小六，”阿道拿着望远镜，一边转一边漫不经心地问，“你妈妈不给你洗衣服了吗？”

“洗衣服，呵呵。”陆奇说。

“你爸也不带你去医院了吗？”阿道说。

“去医院，呵。”陆奇说。

“开学了，你初中还去吗？”阿道问。

“呵呵。”陆奇笑。

“我初中不念了，我要去杀猪了。”阿道自言自语。

陆奇还是无动于衷。阿道突然想刺激一下陆奇，便说："杀猪你见过吗？就是这样！"他扑上去按住陆奇，用手做出刀的形状，捅了他一下。

"嗷嗷嗷……"陆奇跳起来，惊恐地叫着，阿道吓了一跳，连忙躲进草地里，却看见陆奇疯了一阵，自己回到原地坐下了，安安静静地玩草。

阿道明白陆奇正像他自己曾经说的那样，成为一个真正的精神病了。

他不再跟陆奇说话，又一次拿起了望远镜，他从远处的山脉看到近处的居民区，一点一点地移动着，终于看见了一个有意思的东西，那是一个小女孩，就在大约百米处他正对面的一幢小楼上，也正拿着一个望远镜四处看着，在阿道这个方向停住了。她似乎很兴奋，跳起来招了招手，嘴里还哇哇叫着。阿道也举起手，招一招，那女孩便跑回房里去了。

阿道觉得无聊，有些沮丧，没想到不一会儿那女孩儿也在这山脚下出现，正吃力地爬着坡，向他们走来，她扎着两个小羊角辫子，一翘一翘，脖子上挂着望远镜，手里还抓着一个鼓鼓囊囊的包裹。她小小的个子，看起来只有六七岁，胖乎乎的，走起路来像企鹅，站着不动又像只小熊。

"你陪我玩！"她一上来就颐指气使，用命令式的语气说。

阿道用沉默和无视表达了他的轻蔑。

"哼！"小女孩似乎无可奈何，开始在草丛里绕圈，想要划分自己的地盘，却惊喜地发现了躺在草丛里的陆奇，她伸手去揪陆奇的鼻子，陆奇被揪醒了，哇哇地叫着。

“你干什么！”阿道对她训斥。

“不要你管！”小女孩白他一眼，又笑眯眯地转向陆奇说，“我跟你玩。”陆奇也笑起来。

“我要骑马！”女孩拽一拽陆奇，想爬到他的背上，并不成功，她笨重的身躯滑落下来，摔进草里。她看了一眼阿道，似乎觉得丢了面子，又对陆奇说：“我是公主，你要跪下。”她推搡陆奇，用脚踢他的膝盖。阿道见了，冲上去一把抓住她，厉声说：“你干什么！不许欺负他！”

“他是傻子吗？哈哈哈！”小女孩反倒笑起来。

阿道更加生气，说：“你才是傻子，滚下山去！”

女孩竟然没有被吓到，也怒气冲冲地说：“这是我家的地！你才滚下去！我爸爸是校长！你们都要听我的！”

阿道简直怒不可遏，他对那小女孩大吼：“滚！”那小女孩也不屈不挠地尖声叫着：“你滚！”最后连陆奇也不明所以地跟着喊起来：“滚……”

后山上一遍又一遍地回荡着这三个声音，“滚”“滚”“滚”……

阿道是最先停下来的，他似乎想起来什么，问那个小女孩说：“你姓什么？”

小女孩也一时忘了争吵，条件反射地回答：“姓苏。”

“苏小凰是你爸爸？”

“是。”女孩骄傲地回答。

阿道随即笑了，是胜利者的微笑，他看一眼陆奇，对那女孩说：“你爸爸贪污，你爸爸欠了我们家的钱！你爸爸今天还是校长，明天就要坐牢了！”

女孩顿时哑口无言，她显然是害怕了，默不作声，用敌意的目光死死盯着阿道。

阿道轻松又得意地重复着刚才的话：“你爸爸今天是校长，明天就是犯人！”

陆奇似乎也被胜利的喜悦所感染，欢叫着重复：“犯人！犯人！”

小女孩大哭起来，一屁股坐在地上，她手里抓着的包裹也散开来，里面是满满一兜巧克力球。那些巧克力很贵，阿道在陆奇家里见过，它们用精美的盒子包装着，听陆师母说，这些巧克力是进口的，要拿来送礼，阿道没有吃，连陆奇也没能吃上一颗。

现在这些巧克力球就散落在女孩的裙子上，她止住了哭，开始做一件让阿道觉得很奇怪的事，她开始剥巧克力。每个巧克力球都有两半，一半黑的，一半白的，她一边剥着，一边把黑的那一半吃进嘴里，塞得鼓鼓的，却把白的排列好，放在一边。

莫名其妙，阿道想，这或许又是一个精神病。他就那么看着她吃，她很快就吃完了，然后从另一个口袋里摸出一把弹弓。

阿道明白了，她抓起弹弓和白巧克力，开始向阿道发射，第一弹就打中阿道的眼睛，阿道捂着眼睛蹲下，很痛，但并没受伤。她又转向陆奇，陆奇不会躲避，被打得嗷嗷直叫。女孩终于笑了，她又开心了，但阿道冲上去夺过她的弹弓，摔在脚下踩碎了。

女孩死死抓住阿道的衣服，撕扯着喊：“还我！赔我弹弓！”这小小的愤怒发出来的力量撞击着阿道，但他感觉到自己的力量要强大几十倍，于是一把将她掀翻在地。小女孩乱踢乱蹬，阿道按住她的手脚，她还是不屈服，顽强地向阿道吐着口水："呸！滚下去！呸！穷光蛋！傻瓜！猪！"她用有生以来所听到学到的所有的骂人词汇在骂，最后甚至还骂出了"婊子养的"。

阿道去捂她的嘴，不知怎么又掐了她的脖子，她的骂声渐渐微弱了，最后咳了两声，嘴角流出了黑色的、黏稠的、散发着热气的液体，是巧克力。

但是夜幕降临了，昏暗的月光下，阿道辨不出她嘴角的色彩，那挂在嘴角的液体，像极了血。

血！阿道惊呆了，他看向陆奇，陆奇帮不了他任何忙，却也在夜幕下感到了不安全，他一圈一圈绕着，口里说着："回家，回家。"

阿道脑中现在只有一个字："跑！"他脑子里闪出各种在侦探小说和电影电视剧中得来的犯罪经验，他要带走证据，销毁一切和自己有关的东西，他在草地里摸索，摸到了陆奇的望远镜、收音机，他抓起它们，然后拉住陆奇就跑。这时对面那座小楼里远远地响起一个令人毛骨悚然的声音："苏瑶！瑶瑶！回家吃饭啦！"

阿道一个趔趄滚到了草地上。

"苏瑶！回家啦！"那女人的声音还在持续。

这时候一个更让人胆寒的声音响起了："回家啦！"

是陆奇的声音！

阿道几乎要崩溃，他哆哆嗦嗦地摸索着落在草地里的东西，却摸到了几只香烟头，一个打火机。

打火机？他按了按，几丝火星之后，一个微弱的火苗蹦了出来，突突地向上跳着。

阿道的心里突然响起轻轻的声音："我看见小六跑过去了……他手里拿着个打火机……"

"我看见小六跑过去了……"他脑子里反反复复回荡着这个声音。

这句话曾经救过他一次，他抬眼看了看陆奇，傻瓜陆奇，他还在原地打转。

"瑶瑶，你和谁在一起？"那女人的声音里充满急切，她显然是听到了陆奇的回答。

"我们来玩一个游戏吧……"

"你是阿道，我是陆奇……"所有的声音在阿道脑子里回响。

"小六跑过去了……"

"小六小时候还放过火……"

"瑶瑶……"那女人的声音里已经带着惊恐了。

"小六跑过去了……"阿道终于按下了打火机。

一阵轻风拂过，阿道的后脑感到一阵凉意，他的汗水在蒸腾。向北跑！他做了决定。

呼的一声，一条火龙向阿道身后飞去了。

阿道拼命地朝前跑，他再也不想回头看了。

学校的后山竟然在那一晚烧空了，空气中弥漫着焦炭的热气。所幸，傻瓜陆奇和校长的女儿苏瑶都没有事。逃生是本能，即便是傻瓜也不例外。苏瑶的母亲看见火光之后立刻朝后山冲去，她看见一个大些的男孩牵着女儿的手站在小路边，她冲过去夺过女儿的手拉进怀里。她既惊慌又开心，甚至忘记了报火警。有一闪念她想起丈夫曾说在后山要建一个体育活动中心，现在只是草草搭建了一个羽毛球场，可惜了，她想，但她看见女儿的小手攥在自己手里，又心满意足地向前走去。傻瓜陆奇被忘记了，他背对着滚滚浓烟，一个人孤零零地站在小路上。

阿道好些日子没有再见到陆奇，他整日躲在家里，不敢出门。到了夜晚他也很难入睡，老徐和月娥的呼噜声，还有猪的尖叫，占据了他睡梦的全部。他有时候会想象陆奇在火中被烧死的情形，还有那个叫瑶瑶的女孩子。他略带不安地做着选择，烧死女孩，放过男孩。或者失去自己几十年的寿命，保全他们两个。他极认真地思考这个问题，好像自己是上帝，可以决定什么。

然而陆奇和女孩两个人都好好的。女孩回到了爸爸妈妈身边，吃吃巧克力，看看卡通片，很快就忘记了这件事情。而陆奇，他不知道怎样回家，便一直在小路上游荡着，他捡到一只烧焦的麻雀，不成形状的，散发出一点肉的香味，他饿了，就把它放进嘴里。他疑惑自己在什么地方，也不记得和谁到了这里，阿道以及一切其他人，在他的脑子里都渐渐成为影子了。终于，他跟随着一个步履匆匆的路人走出了后山边的那条小道，他走到人来人往的大马路上，看见他曾经熟悉的一切，街道、房子、商店，还有欢叫着的他的同龄人。他隐约有了些安全感，感到舒心。他游荡在这一块地方，傻笑着，手里把玩着孩子们丢掉的包装纸、易拉罐，他几乎加入那些流浪者的队伍了。那些不说话的、头发结成板块的、穿着看不出颜色的衣服的流浪者，有时候也会看陆奇一眼。

但他终于还是被找到了，陆家夫妇是受过教育的人，有良心的人。他们四处寻找，目光穿过许多正常快乐的孩子，最后定格在陆奇身上。他们好像瞬间看见了陆奇一生的命运，他们握紧了对方的双手，大声哭了出来。

工会的院子里没有谁再说陆师母不好，都说陆师母是多么讲究的一个好人，命运竟这样悲惨，也没有谁说陆奇傻了，因为陆奇已经不被当作一个正常人来看待。“傻”这个词，人们基本还是用来形容同类的。陆师母并不简单，她很快又找回积极向上的样子，她请来一个保姆，在她工作的时候帮忙照看陆奇，日子又井然有序地过起来。半年之后，陆师母的肚子忽然大起来，终于有一天，她牵着陆奇挨家挨户地道别。

陆师母要到别的城市去了，那里有更好的医院，还有更好的工作，陆师母真是个有办法的人，大家都这么说，这样的事情都没有击垮她。

阿道一家也猝不及防地经受了拜访，阿道那时候还窝在被子里，被子的一角被熏猪皮的油浸透。阿道看见陆师母背着光站在门口，身体呈现出好看的轮廓。陆师母家明亮的客厅、干净的厨房、陆奇的房间、玩具、时钟……它们像一列小火车，快跑进入阿道的脑子里。小火车鸣笛了，呜的一声，响亮刺耳。阿道来不及躲，也没有力气躲了。陆师母似乎也在这瞬间看到了阿道的命运，就好像那天在人群中看见陆奇一样。

“阿道再见。”陆师母说。

“陆奇再见。”阿道说。

他并没有勇气对陆师母说再见，在陆师母转身的时候，他看见她隆起的肚子。

陆师母依然那样好，充满希望。比他，比陆奇，都更有希望。

不归人

看枪决

二〇〇三年夏至的那一天，周同带着他的几个同伴去看死刑犯被处决。他们吃喝、赶路、扒火车，一路上说笑，询问沿路的人，最终找到一片荒草地，茫茫无边际，远远在山的一边。

“我爸爸是不会怕死的。”

周同说这话时阳光耀眼，他眼睛陷入一片光晕，耳朵边响起金属颤动时的嗡嗡声。距离枪决的时间就要到了，他和他的伙伴们却迷失在山路、麦田与荒草地里。“分头找吧！以口哨为号！”最后周同不得不说。他自己一个人朝着一个方向，拨开草丛向前走去。

草越来越高，越来越密，有些都要触碰到周同的脸颊，它们坚韧的侧面伸展开，像一个个拿着刀的战士，在周同裸露的肌肤上勇猛地划出一道道口子。

他浑然不觉，机械地向前走着，脑子里浮现出他父亲的一张脸。

他父亲的眉骨是很突出的，眼窝陷进去，瞪着眼提着眉的时候，看起来很凶，那深藏在眼窝里的眼睛发出一点光，总让人觉得是绿色的。那凶恶的神态吓坏过不少人，他记得自己幼时趴在父亲的背上，看见过对面的人露出害怕的眼神，那眼神像只躲闪的兔子，第一次让幼小的他感到自己附着野兽的力量。

他没有见过自己的母亲，他父亲十六岁就和他母亲生了他，听说他母亲那时还是个学生，把他生在医院后边草地里后就走了，没有消息。他对比过自己和父亲的身体和五官，觉得自己处处不如父亲，矮小、有些微胖，面部的棱角也不像父亲那么突出，他由此猜想他母亲大概是不怎么样的。

他在邻县的祖母家里长到六岁，祖母过世了他才被人送来给父亲，因为是没爹的孩子，他小时候没少挨其他孩子欺负。所以，他后来发现自己有这样强大的一个爸爸，是很惊喜且深感幸运的。可惜这样的好景并不长，他到父亲身边几年以后，这传说中的地方一霸就变得软弱起来。

父亲当年的事迹，他多半是从一些当年跟随父亲的叔叔那里听来的。父亲如何以寡敌众，如何单枪匹马杀入敌阵，又是如何率领自己的一帮人与另一帮人进行火并，这些被夸张得像封神榜一般的剧情让幼时的周同无比崇敬向往。但父亲总是不愿意说，也开玩笑似的叫那些叔叔不要再提，说是小时候的事情，有什么可说的，那些人却还是不放过，上家里来聚会喝酒，父亲最后只得把脸黑起来请他们出去。父亲原有一份保安的工作，也就这么被搅黄了，之后又做起女人的事情，在家门口卖煎饼，摆摊子烤肉。周同那时候十四五岁，已经在中学念书，有了一帮小兄弟，时常吹嘘自己父亲的声名，经过家门的时候却要绕着道走。拿着刀的手如今拿着铲子，简直就是奇耻大辱。周同怕父亲被人认出，为他买了白帽子和大口罩，告诉他做早点要讲卫生，建立起信誉才能博得好口碑。他父亲啧啧称奇，连声夸好儿子，如此聪慧，将来定会有出息。周同对他乖乖一笑，自己仍旧倒腾自己的，他身手灵活，会打架，嘴甜心狠，在职中里很受欢迎，围绕了一帮留守少年。他觉得自己父亲的血液在身体里流淌，他父亲周胜体内的血液就要干枯，但他会取而代之，生命就是这样延续下去的，这不算是死亡，只是新生。况且，拿着铲子的了无生趣的手，那样活着本就是一种屈辱，倒不如死了，作为一个神话被传说。

他想着，无方向地在草地里走。他开始觉出脸上和手上的疼，那是一道一道被草叶划开的小伤口，从里面渗出新鲜的血液来，瞬间又凝固。

听说被枪决的人，或者是打在脑袋，或者是打在胸口。无论是打在哪儿，都会轰出一个大洞，随后便会飘散出一种只有动物才有的呕人的腥臭，或许就像熊场里的熊一样。周同见过的，栖安镇里唯一的熊场，那是父亲周胜当年一个要好的兄弟开的，他们都找到赚钱的活法儿，都比周胜要强，去年他邀请过他们父子去参观那熊场，还未进门周同便几乎要呕吐出来，他为了测试自己的勇气抢在父亲前面进了门，却只看见一只熊，就只有一只！便能发出这样浓烈的腥臭，他用手电照着，看见那熊的肚子上被插着管子，周围的皮毛上尽是结成块的脓汁。那黑熊低着头不停地晃荡着巨大的无精打采的脑袋，气味一阵一阵荡漾开来，周同竭力控制着自己向上翻滚的胃酸中半消化的食物，看见自己的父亲也紧闭了嘴，眼睛里竟是泪光闪烁的，他顿时觉得丢了脸，很勇猛地直起背来吸了口气。“这就是有名的活熊取胆啊！”那位叔叔炫耀地说，“听说被枪毙的人，发出的味道就跟这个一样。”

周同心里想着，胃里又有酸味泛起来。

他父亲是否也会散发出这样的味道？他想，他父亲长久以来身上都只带着油烟的气息。这味道，是否会比这油烟气更英雄些？他想，却不由自主地一阵干呕。

风起了，麦田和青草的气息灌入周同的鼻孔，周同用力呼吸着，他周围的荒草好像生长起来，越来越高，挡住他的视线，他辨不清方向，他害怕了，他怕他冷不防就会在这荒草里，撞见他父亲死亡的躯体。他看不到自己的同伴，听不见他们的声音。在这里只有草木、鸟、虫，还有风，还有他自己。他想吹口哨，却发不出声音。突然砰的一声巨响，他猝然向前扑倒，无力地落在了草丛里。

暴雨来了

不知道是从七月的哪一天开始，栖安镇的上空开始接连不断地降雨，在降雨持续十天之后，沿河的住户们终于在一个暗黑的夜里，借着微弱的月光，惊奇地发现自己的床板浮了起来，随后，便是他们的饭桌、砧板、锅碗瓢盆，还有煤气罐、电视机、洗衣机……原本一切严整有序的摆设此刻都在一片暗夜中轻轻跳动起来，毛笔和带鱼、木锯和台灯、煤球和香水……这些本是老死不相往来的事物如今都碰了面，好奇地互相撞击着，享受着自由的乐趣。

“跑哇！”不知谁喊了一声，人们像是梦醒了一般，都敲起铁脸盆来，大咣小咣霎时连成一片。罐头厂十八号姓方的住户家里飞跑出来一个少年，他从窗户里矫健地一跃而出，但落在齐腰的水里就完全失去了灵活性，他细瘦的长胳膊和长腿在水里无助地扫着，像是在水里挣扎的一只树蟋。他徒劳地抓着各种水中的漂浮物，最终傍上一棵树，便牢牢抱住不动了。

黎明的微光渐渐泛起来，他眼前的世界渐渐清晰，他看清楚自己抱着的是西门路口的那一棵大树，而树的四周也都牵扯着各类的污物，他不忍多看，这时候有人开始嚷嚷，水退了水退了！水往医院那边拐了！又有人说。

栖安镇医院那边近期正在建新楼，挖地基，又陷下一个天坑去，水就顺道填那一边去了，罐头厂街道的人们顿时松了口气，但其中一些人猛然想起家中有人住院，又跳脚往医院那边跑。医生护士们得到消息，都把病人推楼顶上去了。病人们久居病房，忽然上了开阔的楼顶，又听闻洪水要来，都怀着些世纪末的喜悦，兴致盎然地等待着。有几位老人，平时奄奄一息，说话都困难，现在竟也聊了起来，说着一九八七年的洪水，一九九八年的洪水。“最多呀！也就一楼那么高，我们在上面还看不见呢！”一个像核桃那样皱巴巴的老人蜷在轮椅里头说。旁边一个老太太也露出期待的神色，说：“显圣了！这是主啊！要洗清人间的罪了！”于是一帮老人都专注而期盼地望着医院楼下。可惜那水一层一层涌来，却越来越低，填了天坑，都陷入地下去了。由于抽取地下水而导致的天坑，此时又被水填满。老人们都有些失望，只有那老太太依然高兴，嘴里依然说着，显圣了，显圣了，这是主在拯救你们啊……

传言说是百年一遇的洪水，就这么过去了。

失踪人员不明，死亡人员不明。人们都投入洪水之前的生活中了，沿河的住户比较麻烦，因为他们的房屋在水退之后都积压了半人高的河泥，室内的电器和家具受损也最大。他们振作了精神，纷纷拿起铁铲动手挖出屋子里的河泥，只有罐头厂十八号家的孩子方知道没有这么做，因为他的父亲埋在这河泥里面。他略略收拾了一下家里还算值钱的东西，他父亲把它们放在一只老式橱柜顶上的皮包里，房产证、离婚证、一只手表、一条金项链、几张黑白照片和一些杂物。他看一眼离婚证，掏出房产证、手表和项链放在书包里，其余的仍旧不动，他搜索他父亲留下衣物的口袋，一无所获，他家里已经没有一分钱。

几个年轻人在外头喧闹，很不客气地打开了他家的竹篱笆门，他们手里抓着笔，拿着几张纸，挎着牛仔包，来调查受灾情况。方知道看着他们进来，后面还跟着一个畏畏缩缩的女孩，那女孩走到门边便止住了，不安地在外头转着圈焦急地等待。调查人员都很年轻，看起来都不超过二十一二岁，一边填调查报告一边嘴里跑火车开玩笑，方知道被要求配合了半天，又填了调查问卷，问他们有多少补助，他们却都嘿嘿笑起来，说："要补助？找政府啊！"方知道被搞蒙了。他们拿出学生证一晃，说："我们是东汉大学社会学的学生，洪灾是我们的暑期调查报告。"方知道露出无助的样子，说房子里头积了半人高的河泥，没法儿住。一个大学生笑了，说："有困难，找政府。"另一个故作严肃，说："等我们当政，这事儿肯定给你解决！"说完几个人哄笑一阵拿着报告便走。方知道看着他们的背影，低低骂了句"妈了个逼"。

院子外边那个女孩见人走了，欢快地转身走进来，方知道看见她衣角飞起来，他的喜悦也飞起来，但是他告诉女孩不要进来。里面一屋子的河泥，他说，会弄脏了你。

零号房里的依雯

职中里的人都知道，繁华街有间未上漆的小砖房。上面没有门牌号，里头住着一个女孩子叫依雯，她那个地方好些男孩子都去过，因为没有门牌，所以就被叫作“零号”。“繁华街的零号”常常出现在职中男孩子们的黄色笑话里，这样的状况在职中的小老大周同住进她家之后结束，依雯的名字是周同给她改的，她刚来的那会儿十三岁，还叫作阿雯，阿雯和爷爷住在一间废弃的祠堂里，如果不是九月里的一场火，她恐怕不会知道，越过这间烧掉的老房子，街对面就有一所学校，正是栖安镇职业中学。

阿雯这个年纪的孩子，大多都在学校。但是她不能去，爷爷供不起她，她也不忍心让爷爷供。阿雯的爸爸妈妈在美国，这本是爷爷骗她玩的，但是爷爷年纪大了，老是记错事、说错话，下一次阿雯问起来，爷爷又不记得了，说在山西、在湖南、在安徽。但是阿雯相信爸爸妈妈就是在美国，因为美国最远，美国最好，最远，所以回不来，最好，所以不回来。所以下次阿雯再问时，便只问美国怎么样？美国在什么地方？爷爷说，远，在太阳那一边，咱们这是白天，那边就是晚上。

阿雯从小便跟着爷爷四处走，爷爷是泥瓦匠，给人盖房子、修屋顶、糊水泥，哪里有活儿就在哪里干，可是村子里现在出去的人多，住的人少，瓦房也渐渐少了，爷爷也老了，再没有人找爷爷做活。刚来这镇里的时候爷爷身体还好，阿雯和爷爷每天都在四处捡砖，这地方也四处在拆，沿河的老房子都被推倒，一堆砖散落在河沿，都长了青苔，爷爷都叫阿雯捡回来，爷爷看中的是一条老街里的一个破祠堂，这条街里到处都是这样的破房子，木的、砖的、半木半砖的，爷爷看这破祠堂无主，便打算利用这祠堂角落里的一面墙，搭出一间房来。

人活着只要不懒，不愁没有饭吃。爷爷总是这么说，他指着街边一些乞丐，告诉阿雯，都是懒的，不要同情。阿雯从心底里佩服爷爷，爷爷真是个好泥瓦匠，他就用这么一些人家不要的破砖，给阿雯造了一间小房子，阿雯快乐地把自己的铺盖放进去，四处瞧一瞧、摸一摸，新造的墙面松，老祠堂的墙面却坚实，阿雯四处敲敲，突然看见这墙上有一个小小的圆圆的洞，刚刚够阿雯的手指头伸进去。爷爷说，这是弹孔，阿雯的眼前便倏地掠过一颗子弹，再把手指头伸进去，多了几分崇敬的感觉，弹孔粗糙地摩擦着她的手，竟感觉到有了热度。爷爷见她那样子，笑她，稀罕什么！上面还有好多！

阿雯便后退几步，仰头去看，果然这高墙上还疏疏落落散布着弹孔，有窗的地方就密集些。爷爷绕到墙的那一边，叫阿雯，你到这边来才好看，阿雯急忙跑过去，才一仰头，一万道光都刺过来，阿雯大笑着张开双臂，让阳光穿过弹孔射在自己身上，假装自己是个受伤的战士，叫爷爷来看。

两间小屋有了样子，爷爷就出去找活儿干，他在山上采摘野菜，也蹲在菜市场外头卖，只是没有人买，老人蹲在这陌生地方，眼睛里缺乏自信，灰扑扑的样子反而像个乞丐。阿雯则还是四处捡些砖、木头、钢丝什么的，等爷爷有空来充实这屋子，她也常常捡些塑料瓶、易拉罐什么的存着，有时候她捡到半张英文的报纸，或是什么破损的英文教材，很惊喜地收在口袋里，总觉得这和自己有些渊源，她还想学英文，她唯一会的两句美国话，是“hello”和“bye bye”。这是跟这条街上“夜来香”的老板娘学的，其实倒也不算学，就是天天听见，也就会了。

“夜来香”是一家洗头房，后来做大了些变成按摩厅，再后来又添上几个KTV包间，里头有很多漂亮的小姐，每个人都有一个植物的名字，比如小野菊，比如含羞草，与这些植物不同的只是她们在白日里休息，在夜里才放出斑斓的光来。“夜来香”的老板娘，是十二岁的阿雯见过的最厉害最有学问的人，她穿的衣服都鲜艳好看，有时候还印着洋文，她提的包上边也有些看不懂的外国字儿。她的店里总是放着外国电影，她的客人都被叫作老板。阿雯想，她一定去过美国，一定认识美国字，阿雯想和她套近乎，想要讨好她，想让她教自己几句美国话，让自己也看一看美国电影。但是“夜来香”在白天总是空无一人，门窗紧闭，而晚上又太热闹，阿雯没有机会去接近。

阿雯想要上学，想学美国话，她在无数个夜里梦见自己坐在教室里说着自己听不懂的话，当祠堂对面的老房子在九月的那个夜里被烧掉之后，第二天的正午，阿雯在耀眼的阳光下，被那一群穿着校服如潮水般汹涌而出的少男少女惊呆了。

栖安镇职业中学

阿雯看到的就是栖安镇职业中学。那时候栖安镇里一共只有两所中学，一所是普通中学，一所是职业中学，县政府以户口所在地来安排两所中学的生源，东边从火车站到农贸市场，归职业中学。从农贸市场到县政府，归镇中学。于是大部分火车站的居民都必须把自己的孩子送到职中去，职中由是成为车站少年们的天下。在镇中学的老师和孩子们眼里，职中，几乎就是狼窟，那里的孩子热衷于运用青春期极度发达的想象力与创造力模仿各种成年人的犯罪。而正经要强的人家都拼了命托关系把孩子送到那所普通中学，剩下了没有办法的人家就只能让自己的孩子去读职业中学。

栖安镇那些年还没有什么居民们消费得起的娱乐场所，大多数的成年人都在打麻将，少年们就更加无处可去，火车站坐落在山与大片稻田的一边，蜿蜒驶出大山的火车每每让少年们生出些兴趣和遐想，车站因而成为一帮少年混混的聚集地。这附近的孩子成长起来比别的地方的孩子快，见识也不一样，三教九流的中转站，总有些耸人听闻的故事，火车站的孩子们从父母或是邻家叔婶那里听来，就添鼻子加眼睛往外头传，吃过人肉没？人肉什么味儿知道吗？火车站的孩子就会告诉你，酸的！跟猫肉的味道差不多！

火车站的孩子们被周同收编，那是二〇〇〇年的事，二〇〇〇年有好多个称呼，又是两千年，又是千禧年，又是新世纪。家家户户的电视里喧腾的是世纪晚会，群星歌唱的是繁荣安定和谐进步发展，高射炮烟火绽放在栖安镇新年的夜空，这一天火车站的孩子们没有香港电影和武侠片可看，纷纷装了零食在外头撒欢。或许是过分的热闹让某些绝望的人更加绝望，这天车站的孩子们看见一个人摇摇晃晃走上铁轨去，对着远处的火车张开了双臂，那是一个拥抱的姿势。

这样的事情在铁道上并不稀罕，自火车通行开始就有很多人采取这样一种方式结束生命，能够观赏这样的场景给了车站的孩子们向同龄人炫耀的资本，他们由此证明自己高人一等的勇气，而自己和他人共同制造的一类气氛和幻觉更让他们觉得有理由在学校的同龄人里面横冲直撞、颐指气使。

周同早就看不惯，他在金庸的武侠小说里学会了以彼之道还施彼身，他在铁轨附近蹲点已经有好一阵子，这天他在铁轨的另一面从更近的距离观赏到了这一切，他清楚地看到一个倒霉的醉汉站到铁轨中间的情景，这个找死的人面向着眼前逼近的庞然大物露出幸福的微笑，几分钟后他的一只断臂落在周同身旁，手里还牢牢抓着个破碎的啤酒瓶颈。周同打算用这个醉汉同这些喘着气赶来的小伙伴开个玩笑，他笑着走向他们，给他们展示手里的一条碎肉，之后用手捏着顶端，缓慢地放进嘴里，缓慢地咀嚼，然后喉咙一动，吞了下去。“以后你们不要再说人肉是酸的，一点儿都不酸。”他说。

周同吃人肉的事情很快在职中里面传开，火车站孩子们的臣服给他建立了威望，小混混们也自动过来叫同哥，但负面的影响也有，挺严重——没有女孩子再愿意和他接吻。

你知道我是怎么和周同在一起的吗？依雯后来告诉方知道。很简单，我在铁轨上和他接吻。

周同在人肉事件后换了一个又一个的女友，理由都只是一个——她们不愿意和一张吃过人肉的嘴接吻，虽然她们很享受被叫作大嫂的风光，但一到关键时刻，总是扭扭捏捏，故作矜持害羞，全身上下都可以摸，就是紧紧咬着牙关不放松，仿佛那才是最后一道防线。三番五次的，周同觉得好笑，故意在人多的时候逗她们，一帮人拥挤着要看周同和女友在铁轨上接吻，那女孩的脸憋得通红，依雯上前去将她一推，自己把嘴贴了上去。

在铁轨上的一吻，这是依雯至今想起来依然感到由衷快乐的一件事，她羡慕那一刻自己的勇气，也爱着那一刻的周同，她清楚地记得他那一刻的表情，眼神从来平静的周同露出了惊喜，他搂着她向那个目瞪口呆的女孩儿说，看到了吧？我和她是一样的人，以后你们不要凑热闹。由此依雯的人生在十五岁这年被周同划了一道界，在这之前，她是供人取乐的破烂女孩阿雯，在这之后，她是周同的女朋友依雯，是职中全体小混混口中的大嫂。

栖安镇被低低矮矮的山环绕着，周同曾经跟依雯说，栖安是鼻屎一样大的地方，连山都没一点气派，窝窝囊囊，我将来肯定离开这儿。依雯想得到周同肯定要离开，周同有能力离开，她为周同能够离开而感到欣喜，她甚至没有想到自己。经过栖安镇的火车在这里短暂地停下又匆匆上路，穿行在横贯两山之间的钢铁桥上，这是栖安镇最高的建筑，在上面可以俯瞰整个小镇的风景，但这个地方寂寞得只有拾荒者和铁道工偶尔出现，周同发现它之后，这又成了少年们玩耍和聚会的场所。对于十几岁的少年来说，无聊或许比死亡还要可怕，至少，他们把这样的句子挂在嘴边，也常常实践。栖安职业中学早恋的女孩子们有一半被男朋友带到过这里，这些男孩借着火车经过时呼啸的风展开外套，把女孩们装进怀里，又对着远去的轰鸣发出自己的叫喊，内容大致是“某某我爱你”或者“某某我一辈子对你好”之类。女孩们这时往往羞怯幸福地低下头，主动地往男孩怀里钻，到此就完成一个栖安镇经典浪漫的恋爱场景。

依雯不喜欢这样，她能够想象有多少个女孩曾经这样让周同搂在怀里，她希望自己被记住，她和任何一个女孩都不同，她拽着周同跑上铁轨去，抱住铁桥的护栏让火车从她身后经过，她笑着问周同怕不怕死，怕的话就自己下去，山洞那一边响彻火车鸣笛的回音，她听不见周同的回答，只看见他在风中笑了一下，周同用自己的外套裹紧了她，整个铁桥都随着他们的心脏剧烈跳动起来，依雯的长发在身后强大的气流中飞起来，它们在车灯的照耀下闪烁，像是伸向夜空的一只只触手。你真美！周同在她耳边说。

这又成为栖安职中流行起来的经典段子，之后有一对情侣也去模仿，但不知是身体配合风向不对还是时差把握不好，那女孩的头发丝往反方向飘，结果被卷到铁轨下死了，那男孩被血肉溅了一脸，直到被发现时还死死抓着护栏，大小便糊了一地。

依雯还记得周同后来取笑自己，知道你不一样，犯不着这样证明。

周同是什么时候开始变的呢？

周　同

周同是个挺聪明的孩子，要是他不嗑药，要是他爸爸不曾是个流氓，他或许会在两三年之后考上大学，七八年之后找到好工作，十来年后小有成就，脱干净这小镇里的一身土气，咬文嚼字地跟他工作上的伙伴、事业上的朋友、生活中的伴侣在喧闹都市中安静的咖啡馆里谈天，他眉头会时而舒展时而紧锁，嘴里会不时蹦出些幽默和智慧的火花，他会很快忘记自己成长过的小镇和自己年少时候做下的一些糊涂或者快乐荒唐的事，他会和其他一些没有到过这个小镇的城市人一样幻想自己生活过的地方，然后称它是“一座人迹罕至的美丽小城”。可惜上天没有给他这个机会，他自己也没能给自己这个机会，他所做的事情将使他永远停留在青春期，停留在他对这个世界，对这个小镇狭小的印象里。

他这短暂的一生都在努力地复制他的父亲，他眼中的英雄，这个英雄最后用烤串的竹扦子刺穿了客人的喉咙，判下了死刑。那个被刺死的倒霉蛋长得像头猪，在城市建设局工作，每次吃完都不给钱，他不知道父亲为什么对这种货色还要点头哈腰，他父亲左边兜里是一包大前门，右边兜里是软中华，每次见了这肥猪，都掏右边兜里的烟。周同想开个玩笑，有一回偷偷把烟给换了，父亲果然没注意，那肥猪却瞪起眼睛来，说这摊子上的卫生差，又说羊肉串其实是老鼠肉，借着酒劲发起威风，和手拿烤串的父亲推打起来。周同没有想到自己的恶作剧会带来这样的后果，他父亲用竹扦子插进“肥猪”喉咙的那一瞬间，周同甚至觉得无比快意。但这“肥猪”颈项里流出来的却不是白花花的猪油，温暖的鲜血在寒风中散发着热气，夜风中飘散的甜腥味惊走了所有的路人，那一瞬间全世界只有这父子俩和一个渐渐微弱的生命在寂静中站着，周同看见父亲转过头望着自己，睁大的眼里是说不清的恐惧。

父亲进监狱之后周同就成了职中的老大，虽然很顺利但还是经过了一些仪式，也就是象征性地跟学校里几个小老大单挑了一下，那些人都没怎么反抗。之后的日子周同就在跟自己的各个小弟一起摆平各种事，比如小弟的女朋友被人抢了，就带一帮人去揍他一顿；哪个学生传了大哥的谣言，揍一顿；哪个人背后吐唾沫，揍一顿；哪个人给教务处通风报信，揍一顿；哪个人看不顺眼，也揍一顿。周同揍人揍得拳头上都起老茧，渐渐觉得没意思，他离开了职中，就快要十八岁，他看不到这个世界上还有什么路走，他父亲留下的钱已经不多，他所拥有的只是一个落满灰尘的烤肉摊。

你有我啊！女孩依雯提醒他，他似乎才发现这个人的存在，怔怔地望着她，女孩对他一笑，领着他把烤肉摊子往自己家里推。整整三天周同都在擦洗那个烤肉摊，女孩依雯打来一盆又一盆的水，撕下一段旧毛巾递到他的手上，他神情恍惚地接过来擦，鲜肉要赶早去买，蔬菜要一掐就出水，冻肉直接用刨刀方便，调料里面得有十三鲜，大刷子刷油小刷子刷酱……他擦着铁皮摊子上混着灰尘的油渍和铁锈，那些画面全都在他的脑子里闪，十四岁之后周同从未和父亲单独相处超过十分钟，他不知道自己为什么能够如此清楚地记得这些。

周同学什么就是什么，烤肉勾人的香气在整个巷子里飘，一到晚上，对面的“夜来香”就成为摊子上的最大客户，老板娘出来都是三十串、五十串起叫，渐渐地，老板娘都不出来了，直接在里边儿叫，她不知道周同的名字，叫阿雯老公，阿雯老公！一楼房间二十串羊肉二十串牛肉两只烤鱼！阿雯老公！二楼房间五十串里脊四只茄子！叫的是阿雯老公，跑进去送的是依雯，依雯是周同改的名字，现在周同却也觉得阿雯听起来顺溜。从此依雯又变成了阿雯，周同变成了阿雯老公。

二〇〇三年六月二十一号那天夜里，几个十几岁的少年略显稚嫩的脸出现在烧烤摊周同对面的袅袅白烟里。要什么？周同忙不迭地刷着肉，头也不抬。老大！对面几个低低叫了一声。烤肉在炭火架子上发出吱吱的声响，周同被烟灰呛出了眼泪，他低下头眯着眼仔细辨认牛肉和里脊的颜色是否熟透。老大！对面提高了声音又叫了一句。周同终于听出这声音是冲着自己，直起腰抬起头来。老大！对面说，大叔上路的日子就要到了！我们都想去送大叔一程！

阿雯老公！一楼房间十五串鱿鱼八对鸡翅！对面在叫。几个少年迅速交换的眼色游动在浮光夜色中，闪烁在周同腰间的围裙和向上翘的油腻发梢中。

阿雯老公什么也没有听见。

方知道

方知道是旮旯里头一只灰老鼠。

他异乎寻常的普通几乎赋予了他隐身的功能。火车站的孩子们不知道他，栖安职中的孩子们不知道他，就连罐头厂街道的人们都不知道他。

他的父亲是个比他还要不起眼的酒瓶底眼镜，坐在街角捣弄着各种自行车零件，一身油污加上从未洗干净过的脸使人毫无兴趣看清他的相貌。或许十年前会有些人知道他的母亲，那个一身肥肉却有着一张娇小的圆脸和一对杏眼的女人，她不知凭着什么本事闹到了职中外头一个废弃的临街小间，在那五六平方米的地方开了个大窗，做起了零售。因为被职中的小混混喝出矿泉水里半个饭粒，零售店外的水泥墙上被涂改液写满了“婊子”。之后不久，职中一老一少两个保安被捉住在零售店里头鬼混，他母亲便坐实了“婊子”的称谓。

酒瓶底从那时候开始怀疑方知道不是自己亲生的，他先是无心修车，整日里叹气呆坐，以前他虽然脏，但是认真勤恳手脚不停的样子至少还让人觉得他有几分专业，现在他一脸一身的脏污，泥菩萨一样蹲在一堆破零件里，在路人眼里看起来简直是个收废品的了，他的生意一日少过一日，修理的技术也越来越差，他的心长到眼睛里，修车摊子往职中对面挪，想看看哪个男人长得像自己儿子的父亲，结果被自己的老婆发现，当街左右开弓打脱几层脸皮。

酒瓶底的老婆搬出那个比零售店大不了多少的罐头厂十八号，住进了零售店，她是个有良心的女人，她把五岁的儿子方知道也带去了。酒瓶底过了一段以泪洗面的日子，终于决定要做个男人，他闯进职中外头那个小零售店，指着那对母子结结巴巴地说出这一生他说过的最大胆的一句话：“你、你、搬到这里、好、好做、婊、婊子是吗？”他老婆坐在一张狭小的铁床上，激动得满身肥肉都颤抖起来。他又乘胜追击地指着方知道说：“这、是、是老子的、种、种吗？”

很快，职中外头的小商户、住户以及职中里头的保安都听见这小到鸡笼一般的零售店里传来各种打砸的声音，一个女人尖厉地呼喊着杀人啦，外面看热闹的人围了三圈，不时有人将目光投向穿了制服的职中保安，他们却都红着脸躲进了值班室。

那天除了五岁的方知道谁也没有受伤，方知道的右眼皮上被穿了一颗钉子，酒瓶底和他的女人都被吓傻了，谁也解释不清混乱中钉子是怎么穿过孩子眼皮的，总之方知道被送进了医院，他回来之后右眼皮再也合不上了，即使睡觉也像被吊着一只眼皮，那只眼睛再没有看见他的母亲，他满身油污的父亲从此睡在了他的身边。

谁也不知道这只睁着的眼睛整夜里都在想着什么，方知道在五岁之后十五岁之前都在打人和被打，他吊着的一只眼让他显出了几分与其他孩子不同的凶相，他也用他父亲对待他的方式去对待其他的人，很多时候都有效，时间长了他找到了更加便捷的诀窍，就是向人攥紧拳头，同时瞪起眼睛，做到这两步基本上就没错，他的眼睛因此成为他的护身符和他的骄傲，而这一切则结束在他唇边的绒毛开始变得坚硬浓密的时候。

他是职中里第一个注意到阿雯的人。他在罐头厂边的垃圾站见到她，两年前她也有这般高，却还梳着小辫子，一副小孩的样子。五月的天气，她穿一件不合身的棉服，松松罩着，里面隐隐约约露出一件男式背心。他从小到大也没在合适的季节穿过合适的衣服，这装扮让他心里隐隐约约对她生出些亲切。那时候他也偷着捡破烂换点钱用，在街上看到个塑料瓶就假装踢着玩儿，没人的时候再捡起来藏到书包里，有时候空空的路上就那么一个瓶子，他就把它踢回家去。冷不防碰见她，这个女孩拎着个比自己还大的蛇皮袋子，眼巴巴地望着他脚下那个塑料瓶，可怜兮兮。他便装作不在意，一脚把瓶子踢开，自己吹着口哨走开，却紧张得吹不成个调子。

那以后方知道便像是见了鬼，三番五次跟她碰见，才发现是她自己故意在学校外头转悠，她眼睛盯着上下课的人群，谁都觉得她在看自己，方知道也这么觉得，心里头慌，脑袋恨不能转得像电风扇，好让她看不见自己的那只吊眼睛。方知道为解决这个问题费了大心思，他在一个早晨偷了他爸的酒瓶底眼镜，结果他爸像个瞎子似的摸到学校把戴着酒瓶底眼镜同样趺趺撞撞的他揍了一顿，最后终于在香港影视剧《古惑仔》热播之后，方知道找到了解决办法，他要留一个像陈浩南那样的头，这样就可以用一边的长刘海挡住那只吊眼，而在头发长到那个长度之前，他决定都躲着阿雯。

遇见周同之前

当又一年的春风吹褪了栖安镇职业中学少年们厚重的棉衣裤，空气中照例滋生出一些令人不安的情愫，一些男孩在刚刚经过的冬天里身高飞蹿，一些女孩则在渐渐变薄的毛衣里加上一件小小的胸衣。

不知什么时候起女孩阿雯也开始出现在职中校园里边，方知道在上学放学时常见她在校门口张望，体育课上也能见到，她几乎在每个班每节体育课的时候都出现在操场，大概是来学校里捡塑料罐，一上体育课，可乐矿泉水瓶子都不少，她总能有大收获，这么来来去去，职中里倒有一大半人见过她。学校里的学生盯着她看，她也看人家，目光对上，她总能看得人败下阵去，看到人家走了，目光还跟到教室里。到了夏天，她戴一顶爷爷编的大草帽走在操场上，身上大汗淋漓，穿的还是那件男式背心，不知道洗过了多少遍的背心，薄透得能看见刚刚发育的一对乳房的轮廓，风一过胸前那两点就尖尖翘起来。课间女孩子们拿着棒冰、可乐遛弯，见了她就笑，就躲，指指点点，见她盯着自己手里的饮料，像是恶心似的，咕嘟咕嘟一口灌下去，远远一丢，让她去捡。男生们倒故意去买了可乐、雪碧什么的，眼睛乜斜着她，故意喝得慢慢的，瓶子拿在手里把玩，逗引她过来要，有时候还准备几个笑话，连瓶子一并送给了她。时间一长，阿雯看女孩的目光怯怯的，看男孩的目光热热的，仿佛晓得只有男孩子会对她好。

方知道那时候头发已经留到额前，总想在阿雯眼前晃荡晃荡，只是没有钱买饮料，不知道怎么去吸引她的注意。他不知道阿雯已经学会从饮料罐子的价格上看人。那时候他一个矿泉水瓶子还要留着装开水，心里却想，要是有一瓶饮料他肯定连瓶子带饮料一起给她，才不会像那些男生一样慢慢地喝，让她一边在太阳下面渴着一边等。这种心思被方知道写在了脸上和一只吊眼睛里，女孩阿雯对来自他的注视感到极度反感，她敏感地察觉到方知道是一个不受人群欢迎的人，她憎恨他对自己的注意。于是一种女孩与生俱来的本领使女孩阿雯完全忽视了他的存在，并成功地做到在他的面前展现出自己对其他异性的好感。

捡破烂的女孩阿雯竟跟操场上那帮男孩子调笑打闹起来，这在一开始就成了奇观，但似乎又极其自然，很快她就开始穿男孩子的衣服，跟着他们跑，并且管他们叫哥哥。她性格开朗起来，说话也大声，奔跑起来很有存在感，栖安职中里头的人便常听见她在操场上尖着嗓子叫，整个操场，这个也是她哥，那个也是她哥。女孩子们由此更加厌恶她，经过她的时候故意捏鼻子，拿个练习本子扇来扇去，不停说骚，真骚。

方知道真想揍她们一顿，这些装腔作势的东西，但他确实成功地被女孩阿雯刺痛了，他知道他的长发并不能完全挡住他这只眼，他由此恨上了他的父亲酒瓶底。

方知道从此不再尾随着女孩阿雯，女孩阿雯却不知道这正是自己悲剧的开始。一个虫鸣风清的夏日黄昏，在碎煤渣跑道上踢着自己夕阳下倒影的女孩阿雯，在喝过“哥哥们”递过来的汽水之后，接受了他们的邀请，去他们的出租屋里看一场电影。

女孩阿雯本来有很多机会可以跑，因为这些“哥哥们”觉得她脏，甚至让她先回家去洗个澡，他们体贴地问她想看什么电影，他们去碟片店里租，女孩阿雯很仔细地考虑了，然后欢喜地告诉他们想看美国片。

女孩阿雯确实很久没有洗澡了，她被提醒之后也闻到了自己裤子上带着尿骚味的汗臭，她到家里拿了唯一一件干净的衣服，找到了栖安镇的河边，那条小河叫作安溪河，从西边流去东边。女孩阿雯在水里荡漾开半块毛巾，用力地搓洗自己的小身子，天边的云彩像鲜血一样红，倒映在粼粼的河水里，倒映在阿雯通红的皮肤上，女孩感觉到快意，不自觉地在温柔的流水中哼起歌来。

当女孩阿雯洗完澡，半湿的长发披散在肩上出现在男孩们的出租屋时，男孩们都是一愣，其中一个甚至红了脸，面前这样一个干净漂亮的女孩，他们无法联想到半个小时前那个捡破烂的女孩阿雯，他们顿时变得有些手足无措。

算了吧？有人说。什么算了？有人回答。不过是看个电影而已！有人在笑。是啊！我们看电影吧！女孩阿雯说。对！有人笑起来，我们看A片吧！不看美国片吗？女孩阿雯说。就是美国片，一个声音说。A片就是美国片！对！A片就是A-me-ri-can！你先还是我先？有人说。拉窗帘和锁门先！有人回答。抽皮带和脱裤子先！有人补充。

那天是女孩阿雯难忘的一天，她就这样被彻底纳入了职中少年的群体，半年之后她在铁轨上遇见了周同，不久之后周同也约她去看电影，那是栖安镇唯一一家电影院，其实就是一个简单的小放映厅，但那一次女孩阿雯看的是一部真正的美国片，她甚至连那部电影的名字都不记得，因为她从电影的开始到结尾一直在哭，那只不过是一部搞笑的喜剧片而已，周同觉得莫名其妙，但他还是很好地尽了男友的职责，一直握着她的手表示安慰。

牛仔裤、溜冰场

女孩阿雯和周同在一起的消息长了翅膀在职中里飞，方知道看见女孩阿雯穿上了紧身牛仔裤，和周同一起进出镇里唯一一家溜冰场，那个夏天方知道过得像冬天。

职中的校园里女孩子们穿的牛仔裤有三种，萝卜裤、喇叭裤和紧身裤，男孩子们穿的有两种，直筒裤和阔腿裤，这几种裤子大致可以把职中里的男女学生们都分门别类。穿萝卜裤的女孩们大多还只是贪嘴不知事的小孩，她们的牛仔裤大多是贸易市场那边买来的大号童装，膝盖上往往有着各种花样的卡通形象或是布娃娃，那种裤子里面可以同时塞下一条棉毛裤和一条“开司米”，走路时磨擦出声响，不管冬天夏天，这种裤子让人完全辨不出她们的性别与身材，因此它们的主人也完全不在异性的目光里。穿喇叭裤的女孩则是刚刚开窍，属于左右摇摆不定但具强烈右倾倾向的类型，喇叭裤很好地诠释了女孩们臀部和大腿的线条，但到膝盖之下便温婉地松散起来，夸张者仿佛裙摆随着步履摇曳。这一类的女孩们就如同她们的喇叭裤一般徘徊在开放与保守之间，是职中的男孩们重点攻克的对象。至于贴身的紧身裤，则属于职中里的女王级别，不是什么人都能够驾驭，紧身裤的主人在心理和生理上都需要相对高一档，既要勇于面对目光的聚焦，又要有姣好的身材经得住这目光的推敲。一个女生从脱下萝卜裤到穿上紧身裤，往往就走过了她的花季雨季青春期，还有些女生终其青春期，也未穿上一次紧身牛仔裤。而男生们就很好区分了，混？阔腿裤。不混？直筒裤。

萝卜裤们偶尔与直筒裤们打交道，基本上不参与阔腿裤与紧身裤们的社交，但却是最热情的谣言制造和传播者，方知道从她们这里知道阔腿裤们和紧身裤们最常去的娱乐场所是一家溜冰场。

这是一家半个篮球场大小的旱冰场，怪异地夹在一座单元楼的二三楼之间，从外部看无论如何是找不到的，只有熟悉的人能够凭借一地的烟头或者是地板的震动而找到它的位置。五元一小时的价格使它隔绝了大部分职中的学生，那个时候五块钱在栖安镇的网吧可以上五个小时的网，在游戏机室可以买二十五个游戏币，在冷饮店可以请妹子一起喝两杯奶茶加两串炸鸡排、两串豆腐干，在夜宵摊子可以吃两碗米粉丝和水煮笋片、千张豆腐、皮卤鸡蛋。总之，花五块钱去溜冰场一小时是不划算的事情，这样的事情只有对生活质量追求较高的阔腿裤和紧身裤们才会做。

方知道在数次目睹女孩阿雯和小老大周同进出溜冰场之后也萌生出这样一个念头，去一次溜冰场。

方知道没有钱，也没有阔腿裤，他看见溜冰场楼下的停车场里总是纠集着一帮人，黑压压在角落里骚动，缭绕的白烟是他们在吞云吐雾，明明灭灭的是散落一地的烟头，人声、叫骂声、嬉闹声混成一片，方知道决定从这里开始，在黑暗中他挤进去凑个热闹，会有人递给他一支烟，问他是哪一派的，他说不是，那人又问他来帮谁，他又说不帮谁，那人便火了，提高声音说那你凑什么热闹滚一边去！方知道闭了嘴，闻到墙角一股浓浓的尿骚味，便说，我是来撒尿的。那人还瞪着他，他便慢慢踱到墙角，悠悠地撒出一泡长尿。

方知道很快有了自己的外号——“吊眼”。他没有费什么力气就很自然地融进一个松散的少年帮，这让他大为意外，那些少年，还不知道他的名字就攀上他的肩膀，叫他吊眼哥或者老弟，打架的时候都会说“叫上吊眼”！吊眼也有兄弟了！吊眼也穿阔腿裤了！吊眼也进溜冰场了！吊眼打架的本领还没有忘，吊眼又学会了抽烟喝酒，吊眼如今也是个人物了！

吊眼喜欢职中小老大周同的马子依雯，那女孩正在舞台中央的频闪灯下甩着一头长发，周围的人滑过来滑过去，谁都要向那女孩看一眼，旱冰场就像是一个巨大的水族馆，迅速滑动着的人们都是些跟随灯光和音乐穿梭的鱼群，而那个甩着头发的女孩，则是一只虚弱无力的水母，它随着频闪灯变幻着鲜艳的色彩，曝露在日光下，惨白干瘪如同一只环保袋。

表白

方知道有了自己的外号之后，也学会了抽烟，他吸的第一口，呛得很，又吐出来，一旁的兄弟告诉他，你这不叫吸烟，看我的。于是猛吸一口，方知道看见那烟头亮起来，很快短了一截，那人闭了眼，又微微仰起头，徐徐吐出个烟圈，露出享受的表情。方知道看得呆了，那人又说，要不要我教你？方知道连连点头，那人的手在他肩上一拍，给哥去买包烟！

方知道插在口袋里的手一抖，迟迟拔不出来。那人的脸色立刻变了，正要说话，却又被人从头上一拍，那人伸着脖子一扭一看又缩了回来，讨好地叫了声同哥。方知道这才看见周同，周同也瞥他一眼，似乎对他那只吊起来的眼睛好奇，旁若无人地用手在他额前的发上一拨，方知道的眼睛跟周同的眼睛一对，周同眼睛里闪的是一丝孩童般的好奇，方知道的眼睛却因为残疾而掩盖住了所有的感情，跟着周同随后走来的就是依雯，周围有人叫她大嫂，她憎恶地瞥了方知道一眼，同样也辨不清那只奇怪眼睛里的温情。

依雯收到人生中的第一封情书，那是郑愁予的一首诗，“我打江南走过，那等在季节里的容颜如莲花的开落”。这一页薄薄的纸就粘在她家的粉色窗帘上，纤手一拉它就随着清晨的阳光掉落下来，她没有念过中学，不知道这是中学课本上的一篇课文，她把它小心翼翼地折好收起来，目光停在“亦愁予”的落款上，这真是一个诗意的名字，她不得不对这名字的主人做出一番想象。只有学校里的女孩子们才会收到情书，所以依雯认定这也是学校里的男孩子写的，是谁这样大胆，敢向小老大周同的女朋友表白，这一点就足以让这个女孩心动了，况且，周同也不曾有这样情意绵绵的诗。女孩依雯的生活从此开始了些隐秘的变化，如果说周同是她在被动状态下不得不主动做出的聪明选择，那么这一封小小的信件则给了她另外的希望。她以前总像块泡泡糖一样粘着周同，现在却开始有意无意地疏落他，周同不以为意，这就更坚定了她的决心，她为自己挣得了独立的时间，便去职中周边四处地转悠，她绕开才子文具店，从职中的后门进入，到周同等人不会去的煤渣操场，悠闲地坐在低低的护栏上，晃动自己纤细的腿，她在四处寻找，目标便是那个把自己当作目标的人，她垂肩长发迎风动，眼波流转千回，看她的人是不少，只是到了夕阳把她影子拉长，风也转凉了，也没有一个人上前去跟她说句话。最后她踢着落叶走回家，已经没有半点来时的骄傲，费心穿上的一条短裙子，却让她受了凉，不断地打着喷嚏，灰心丧气地走到门口，伸手一拉，门缝间掉落下一颗纸折的心来，她一惊一喜，忙冲进去问爷爷谁来过，爷爷靠在一张破藤椅上睡着了，半睁着眼看她一下又闭上了。

“蒹葭苍苍，白露为霜，所谓伊人，在水一方”。依雯不管他，自顾自高兴。接下来的一些天里，她隔两天总能发现些新东西，有淡淡香味的小纸条、小信封，在晾衣服的竹竿上，在墙角竹扫帚的筒子里，在窗外肥皂盒的盖子里。她和这个不相识的小情人像是玩起了游戏，在不同的地方寻找这些小纸条的踪迹，成了依雯每天最快乐的事。阿雯想和什么人说说这件事，有时候像只小麻雀一样欢喜地跳到周同身边，周同问她什么事，她差一点就要说出口，这样一种喜悦怎么可以和周同分享，过后她只庆幸自己没有得意忘形。她决定静静地保有这样一个秘密，她对写信人的身份做出了各种各样的猜测，从他细瘦的笔迹，从圆珠笔在纸张上散发的淡淡香气，从他的每个字里猜测他的性格、喜好甚至是身高和长相。她脑子里出现一个童年就有的模糊形象，事实上那来自她看得不多的宣传画、包装袋、广告和电视剧，总之那是一个很不错的男性形象，她相信给自己写信的就是这样一个男孩，这男孩总是在默默关注她，他会在信里告诉依雯，今天穿裙子的她像是公主，或者说，看见她在某时某分倚着窗子发呆，在想什么呢？有没有一点是想我呢？信中的那个人终于也褪去羞涩要弄起情趣。依雯很满意有这样一个追求者存在，他呼应了自己内心深处对自己的幻想，她值得这个，这叫作，她想起一个普通但从未和自己扯上关系的词：浪漫。她终于感到自己和过着校园生活的那些青春少女没什么不同。她害怕又期望周同也知道这件事，周同成日里都在外面打架，她觉得周同眼里并没有她，或者周同能因为信中人重新发现她的价值，她依雯在别人眼里也不是一钱不值的，但信中人又怎么办？万一周同发了火找出信中人打一顿，那不是害了人家？可自己和信中人这样传递来往，又会发展成什么样？女孩依雯每天就被这么一些问题搅扰得睡不着觉。所幸，这个写信的人并没有要求进一步的发展，依雯每一次看信又松一口气，之后却也有些怅惘。偷偷见一面也不是坏事？她努力压抑着自己心中这个想法。

吊眼做了周同的小弟

方知道不能与依雯见面，他把这一切归咎于周同，但他那只有伤疤的吊眼才是真正的阻碍，陈浩南的发型并不能完全遮挡他的本相，只有六百度近视的人才会觉得他还不错。他心中的郁结无处发泄，眼睛盯着才子文具店里头的周同，那个有着一张白净小脸的家伙似乎也为自己过于白净而苦恼，方知道看见周同叼着烟仰着脸在太阳底下晒。还想晒成古天乐？方知道掐着自己的膝盖，他想或许他应该找周同打一架，至于打一架会带来什么结果，他不清楚，也没想过，反正他身体里就有那么一股力量，推动他所有的细胞去进行挑衅。周同和他的小弟们长期盘踞在职中门外朝东的才子文具店，方知道就成天把几个混混往朝西的霸王鸡排店引，这样就形成一种与对面周同的团伙势均力敌的视觉假象。周同几个老是坐在文具店柜台后边抽烟，方知道看不见他们，但能看见站在柜台前的老板娘身后升起一圈圈烟雾，他藏在宽大裤腿里的腿抖动起来，极不自然地撇了撇嘴，对旁边的人说，欸，你也去买包烟。老花我们的钱，自己买去！那人回敬。方知道无奈地把手伸进兜里，他只有中午吃饭的五元钱，这已经是酒瓶底的大方了。打架都是我上，你怎么不说！方知道涨红脸说了一句。那人瞥他一眼，方知道吊着一只眼圆睁着，只是看对面。行！那人摸摸屁股口袋，一摇一晃走进零售店。等等，方知道说，上那边买！他指着对面的才子文具店。

麻烦！那人嘴里嘟囔，还是走到才子文具店。买包烟！他一边走一边叫，在柜台上丢下五块钱，柜台底下坐着的几个人都抬起头来了。周同穿着件职中里的人还没见过的大风衣，食指中指间夹着七块五一包的某牌香烟，眼微微眯着，露出半个眼珠，他的几个同伴，都穿着嘻哈风，头发像刺猬一般竖起来，眼睛也都微微眯着，其中一个很享受地向上吐着烟圈。

买什么？柜台前的老板娘问。烟……买包烟。那人有些自惭形秽，只想迅速离开这里。我说什么烟！老板娘说话居然也不客气。但他失了勇气，只小声说，随便。老板娘在柜台里摸出一包五块的红双喜，随意一丢，一只手接起来啪地给它丢回去了。要那个！方知道出现在他的身后，又拍出五块钱，指向一排十元价格的烟。

柜台里的人都抬起头来，无声的那瞬间画面定格，在飘散的烟圈中倒计时五秒，柜台里的少年和柜台外的少年都腾空跳起来，柜台里的少年是向前跳的，他用一只穿了假耐克的脚踢中了柜台外少年的前胸，柜台外少年是向后跳的，这一动作使那只脚的力量削弱了一半，之后两个人都半蹲着稳稳落地，看的人都在心里叫了声好。有两下子，柜台里跳出来的少年周同笑了，其他几个在里边抽着烟的也慢慢出来，摔着烟头说，怎么样？揍他？方知道身边那个人早跑了，方知道看着他们几个，甩甩自己额前的刘海，说出自己练习已久的台词，有种单挑。

小老大周同真的接受了和这不知名的吊眼单挑，时间定在晚自习课后，地点定在才子文具店边的停车场，职中的人都很久没见过周同的身手，纷纷前往观赏这一盛况，才子文具店的香烟瓜子差点卖断货，人们里三层外三层站着，只是看的人站在路灯的光明里，打的人站在停车场的黑暗中，看的人只听见自己在嗑瓜子，打的人只感到突然的一点疼痛。只是架势这么大，不见点血怎么好意思出去谢幕呢？方知道被周同一只脚踩在墙角里，鼻子里呼吸着一种陈年累积的尿臊气，他感到自己左半边脸和后颈上都湿湿滑滑的，不知是墙角积留的尿垢还是尿垢滋长的滑腻青苔。周同一只脚踏着他的脸，不是很用力，两个人都似乎在走一种形式，方知道的手四处摸索，摸到半块砖，他向上抛去，没有砸到周同，他听见周同用手挡了一下，那砖又跳起来落到很远的地方去了。好像没什么意思！周同忽然说。方知道在黑暗中点点头，周同似乎感觉到他的配合，松开了脚，又伸出一只手把他拉起来。回去洗洗，周同说。方知道点点头，向出口处走了几步，见到一丝光亮又连忙退了回来，周同笑了笑，说，从后面也能出去，让那帮傻逼白看吧！方知道也笑了。他莫名其妙地被周同的笑和语气感染，甚至生出些感激，他们一道向着停车场的黑暗深处走，又从黑暗走进光明，路灯将他们的影子拉长又缩短，周同用手攀住了方知道的肩膀，方知道一路上嗅着自己头发和脖颈上的尿臊气，周同的手搭上来，他不由得一抖，他感觉到周同的手掌轻轻在自己肩上按了按。唉！他听见周同叹了口气，人活着是为了什么呢？

方知道的春天

人活着是为了什么呢？方知道还真没有想过，他跟周同的第一次正面接触就是打架，但打完以后他发现自己一点儿都不讨厌周同，即使是自己被周同踩在和着尿的泥地那一刻，黑暗中他与周同两个人也都很平静，连呼吸都没有乱。周同的态度让他觉得自己在做一件无意义的事情，而周同本身也是一样，他似乎是很不情愿甚至是逼不得已地把脚踏在了自己的身上，当周同轻声说出对不起的时候，方知道心里感觉不到怨恨。周同长得一点都不像个流氓，他穿上衬衫把校服拉链好好拉上，就应该走到升旗台上去拿奖状，他拿上话筒戴上眼镜，就应该去主席台上朗诵讲话，他甚至也没有什么力气，方知道感觉到，记忆里在黑暗中压住自己的那只手也柔柔弱弱的。周同一点都不愿意过他现在的生活，即便那是方知道梦寐以求的，周同过不了他自己想要的生活，那么他和方知道就一样的无助可怜。这样想，方知道就更加没有理由怨恨他。他乐得跟周同在一起，他做了周同的小弟，现在的生活跟他理想的差不多，方知道现在每天都可以见到依雯，他也得叫她一句大嫂，里面有一种旁人听不出的轻佻，而依雯对他却总是视而不见。方知道跟着周同的日子里，没有再给依雯写信。

没有半点繁华的繁华街，一间灰扑扑的无漆砖房里住着女孩依雯和她的爷爷。岁月敌不过，人一老起来就特别快，这位老人身体功能的退化从耳朵开始。一天早上醒来，依雯看见她的爷爷在窗口张望，依雯一边收拾屋子，一边问爷爷吃什么，老人只是呆望，半天转过来看见孙女的脸，目光移到她的唇上，才说，煮点稀饭。依雯不知道爷爷是从什么时候起听不见的，当她从一个小孩长成一个少女，和老人之间的话就越来越少，她不再天真幼稚地问美国日本飞机坦克，也不再关心从未见过的父母，不再在意入冬时分一些昆虫动物的死活，她的担心从具体的变得更具体，抽象的变得更抽象。具体如哪个学校的塑料罐多，哪个垃圾站给的价钱高两分钱，哪个米店可以买到最便宜的米，哪里找一块磨刀石来磨一磨生锈的菜刀；抽象的如对面按摩店里放的流行歌，唱着“我的未来不是梦”，唱着“再靠近一点点我就跟你走”，唱着“一千个伤心的理由”。

她不可能和爷爷过一辈子，她觉得自己就像是一只长大的猫，总是孤寂地在屋顶上走，她想要有自己的群体，但是和她差不多大的人都在学校里，那是另一个世界。

她把周同带回来的时候爷爷是很高兴的，女孩大了就是要跟人走，在爷爷眼里，阿雯已经够大了，他看见她，并不记得她是十几岁，但是她身子也长大了，洗衣煮饭，已经是一个女人样子。

方知道做了周同的小弟之后，送给依雯爷爷的见面礼是一只小公鸡。依雯的爷爷眼睛里有惊喜，依雯记得周同见爷爷的第一次，送的是烤鸡和黄酒。那时候爷爷也高兴，但比起烤鸡来，爷爷似乎更喜欢这一只活的小公鸡。在依雯眼里这只公鸡真是无比的丑，长得既不像母鸡那样温柔饱满、羽毛光泽，又不像大公鸡那样趾高气昂、威风凛凛，有彩虹般倒垂的大尾巴。这只小公鸡又瘦又长，两条腿笔直，眼睛瞪着一副呆相，毛色又枯又杂，走起来脖子一伸一缩的。最讨厌的就是鸡，又脏又臭，到处拉屎！依雯在方知道面前毫不掩饰对这只鸡的厌恶。但爷爷喜欢，爷爷说你别看这只小鸡现在丑，嗓子又哑，将来毛长齐了好看得不得了，就像那些大公鸡一样，身上红的黄的墨绿的毛会发光，嗓子也会又高又亮，方知道听了，好像老人在夸自己一般高兴，依雯见了更加生气，指着那只小公鸡骂，蠢东西！高兴得脸红脖子粗！我们家没有米给你吃！爷爷还只是高兴，他只看见依雯指着鸡骂，觉得这个时候她又像个小孩子。

小公鸡待在依雯家，却还是方知道养，他每天在家里的米缸里抓一把米放进口袋，像一个慈母一样去依雯家里喂养小公鸡。周同总是不在的，依雯见了他也立刻走出去，他就只能见着依雯的爷爷，依雯的爷爷喜欢他，叫他阿道，方知道不知道跟老人说什么话，只是扫扫地，拿米逗鸡，喂了鸡也不愿意走，眼睛四处看，这房子异常简陋，饭桌是两张学校里的旧课桌拼成，墙上钉着几颗生锈的钉子，挂的是人家丢掉的旧挂历，一面简单的塑料框镜子悬在旁边，一只红得刺眼的塑料小梳子插在两颗突出的钉子上，方知道走过去，看到镜子里的自己蒙着一层灰，便用手掌擦去了，又看到梳子上有一层污垢，依雯怎么能用这样脏的梳子呢，他又捡了一只破牙刷把梳子刷刷干净，老人眼睛追着他，嘴里常常不停说话，也听得不是很清楚，他努力地听，听懂了就答，听不懂就笑，有一回老人指指他的眼睛，他惭愧地低下头去，老人又连连拍打他，他抬起头看见老人不停地摆手，嘴里似乎说没关系没关系，后来一句话方知道听清楚了，听得很清楚，老人说，你比阿同还要好！

你比阿同还要好！方知道带着这句话回到栖安职中，回到才子文具店，站在周同身边，整个人神采飞扬，周同笑他，什么事情高兴成这样，依雯也难得出现在文具店，她站在周同身边，狠狠瞪方知道一眼。

失恋的一千种可能

方知道已经可以每天见到依雯，他在人群里远远见到依雯，目光不由自主就胶着，等到依雯走近了，又故意把眼光转开，余光却不放过，他在依雯到身边时微微往她那边一倾，手指掠过，刚刚好擦到她袖子的一角，他心里便也一动。依雯跟周同走在一起，他也和其他人一样跟在后面或是走在旁边，只是总要贴得近一些，脚步急一些，有时候就轻轻踢到依雯的脚后跟，他望着依雯白色帆布鞋后面被自己踏脏的一点点印迹，心里又是一动。他起初不敢和依雯说话，见了她就往右边躲，好让她看见自己完好的左眼，但大家叫惯他吊眼，时间长些他也无处可躲，这个时候他又开始像个强迫症患者似的故意在依雯面前露出带着疤痕的右眼，这和一个人明知牙齿上有韭菜叶还非要笑给人看不同，他在自己心目中的女孩面前展示自己无法掩藏的残缺，是自觉有些勇敢和真诚。

依雯有些伤心，她还不知道那个给她写信的人是谁，却不再收到信，她的幻想没有因此减少，反而愈渐增多。她怀疑是自己的回应太冷淡，不够热情，或是字句上不合适。她有些羞愧，自己并没有念过几年书，只会写简单的句子，她只能尽量少写一些，以免写出更多病句，她对对方不再给自己写信的原因做了一千种设想，开始徒劳无功地陷入抑郁，眼前蒙上一层灰，看什么都是黑白的、黯淡的，鼻子动不动就感觉一阵酸，眼泪就要往下掉，莫名其妙，她说自己，为了什么难过呢？一个没有见过的人？可笑，她骂自己是神经病。没有理由的难过更让她自觉可悲，或许她就是想要难过，一直都没有一个合适的理由，现在终于抓到这么个理由，她没有放过，便好好地同情了自己一把，或者也期待些其他人的同情。

随之而来的却是令她深感厌恶的结果，周同完全没有察觉到她有什么不同，方知道却成天向她投来一种忧郁而深情的目光。这目光在那张丑陋的脸上显得矫饰而做作，有一种令人恶心的热情。依雯避之不及，在心里做出连自己都觉得害怕的毒咒，让这个丑陋的东西死去吧！她甚至会想，他的目光脏了自己，全是不愉快的回忆，她在记忆中找出了这个身影，那个在她十二岁的时候就老是在不远处徘徊的身影，那个和她一样喝不起可乐，拿着被开水烫得变形的塑料瓶装自来水喝的人，那个在路上踢着空矿泉水瓶，见了她便不好意思跑开的人，就是他。

要怎么样让这蠢东西明白自己的厌恶成为依雯最头痛的事

情，她无法直视他超过三秒钟，见了他也只有躲的份。她本以为这样就够了，可在方知道的眼里，这却有可能是害羞。方知道对依雯的了解停留在那简短的几封回信上。信中可以提取的信息少得可怜，但怎么说都不是讨厌。方知道决定要在现实中去接近她了，他每一封信都写得辛苦而尴尬，并且从她的回信里那歪歪扭扭的笔迹中，也体察到她一样的心情。

他现在每日只靠一个心思活着，去跟依雯说句话，或是碰一碰依雯的什么东西，然后仔细去回味着每一个细节，便值了这一天。他每天早晚跑来依雯家里喂一喂鸡，擦桌子扫地，有一次他来早了，就见依雯端着盆子在过道里洗脸洗头，依雯头倒着伸在水里，双目瞪着他，脸通红，胡乱弄几下就把头发甩起来，水全泼在他脚上。他躲也不躲，依雯就更生气。他回家去自顾自高兴，再来时却总见不到依雯，他只拖着时间在这屋子里待着，擦桌子扫地，捡到些长头发丝，都趁老人不注意揣在自己兜里，带回去洗了灰尘，夹在笔记本里。

依雯发现方知道做了田螺姑娘，整天把自己家弄得很干净，她发现自己的毛巾被洗干净，梳子上的污垢也被清理了，再也无法忍受。她去找周同，想要周同把方知道揍一顿。

揍一顿

你给我揍他一顿！依雯说。谁？周同问。那个独眼睛，依雯说。你说方知道？周同问。对！依雯说。为什么？周同问。依雯说不出。

他怎么你了？周同问。依雯想了想，摇摇头。周同看着她笑了一下，笑意里的轻蔑让依雯心里一痛。这是周同惯有的表情，但依雯还不曾在他注视自己时看见过。她清楚自己有些失态，这破坏了自己在周同心目中的形象，可是她不再想要维持，她无须扮演什么单纯善良的角色去讨人喜欢，她就要按照自己的想法做一次，话已经说出口，她也不必再收回，她深吸一口气，更坚定地说，我就是看他不顺眼，你去给我揍他一顿。周同再一次转过脸看她，她专注而愤怒的神情让他记起在铁轨上的那一次亲吻。他笑了，站起来说，好。

依雯走在前面，周同跟在后面，两个人没有说一句话一直走到依雯家里的小砖房，方知道真的还在那里，拿米逗着小公鸡，依雯的爷爷在一边坐着看着聊天。周同走过去跟他们笑了，然后对方知道说，对不起了兄弟，我今天得揍你一顿，她的意思。周同说，指指依雯。方知道望望微笑着的周同，又望向他身后的依雯，依雯这一次并不躲避，恶狠狠地盯着他，那目光让方知道震惊过后感到绝望。揍他！依雯说，死死咬着下嘴唇。周同又笑了，好像是他自己觉得好笑，这态度把愤怒的依雯和痛苦的方知道都变成了傻瓜，他笑着对方知道解释道，是她的意思，我得揍你一顿，不过揍完之后，咱们还是兄弟。

方知道服从地点点头，他放下小公鸡之后把口袋里的米掏出来撒在地上，跟着周同走到了后面一条无人的小巷子里，他们选定一个墙角，方知道刚刚站定，回头就被周同一拳打在脸上，他一个踉跄肩膀撞在灰砖墙上，又被抓住一只胳膊掀翻在地，随即周同的皮鞋在他的臀部不轻不重地踢了几下。好了！周同说，快意地拍拍手，拉起地上的方知道，拍着他肩膀上的灰说，这不算什么，我们还是兄弟。

这一次三人的游戏里，输的是依雯，因为这游戏结束后，什么都没有改变，周同依旧整天在外游荡不知所为，方知道依旧成天跑到她家去喂鸡、扫地。只是他现在只跟依雯的爷爷说话，依雯或是经过或是在一边做些什么，他一概装作看不见。

方知道的秋天

七八天前罐头厂十八号从来没有外人踏过的篱笆门被一个伸着脖子的邻居推开，哎哟哟我还以为没有人住哩！那女人说，看着那小砖房子里拱出来的酒瓶底。酒瓶底还是一身油污，手里拿着个扳手和一个破铃铛。那女人说，你有没有看到我家的鸡呀？旁边几家都没有，是不是飞到这里来了？没多大的一只鸡！酒瓶底摇摇头，那女人大着胆子将屋子四周都看看，又咯咯叫几声，既没有得到活物的响应，也没有看见死物的羽毛或是骨头，她快快地往外走，回头看酒瓶底几眼，又问，烂铁锅你收不收的？

酒瓶底又把修车摊子挪到了职中对面，他一边摆弄着车轮子一边往职中校门口看，方知道天天早上六点就出门，但七点左右才晃晃悠悠在学校旁边出现，方知道在家从来不说话，也没问他要钱，不知道从哪里搞来一条臭气熏天的破牛仔裤穿在身上，走路的样子都开始变了。酒瓶底看见他的儿子走路时先晃动左肩半个圆周，然后伸出右脚呈八字形向外迈出，随后右肩和左脚以同样的方式跟上，这样的一种步子使走路的人看起来行动十分缓慢，但是酒瓶底看着他儿子的背影，不但没有觉得可笑，反而看出几分优雅。他愣愣地盯着方知道，这孩子不知道从什么时候起高大了许多，他两条竹竿似的长腿在阔腿裤里扫荡出风，酒瓶底望一望自己的罗圈腿，越来越确定方知道不是自己的亲儿子。他拖着自己的修车摊子往回走，全身都失了力气，步子踩在棉花上，冷不丁软下去，酒瓶底的酒瓶底眼镜摔碎了，酒瓶底摸到家，摸着米缸洗手做饭，发现米缸又浅了许多。

方知道的口袋里总是附着一层白色粉末，酒瓶底这一天看见他儿子从米缸里掏一把米带走——站住！他叫住方知道。方知道的身子在原地转两转，眼睛扫他一眼算是回答，又往外走。你手拿出来！酒瓶底说。方知道不理他，继续往外走，他冲过去使了力气拽，方知道已经比他高了，但还是踉踉跄跄被拽得向后倒了几步，口袋里的米撒得满地。方知道瞪眼看着他，他一巴掌拍在方知道的脸上，方知道用猪油定型的刘海被打散了，软趴趴挂在脸上，像个怨愤的女人。酒瓶底突然想起那个圆脸杏眼的胖女人，婊子，他说，杂种，他又说，我打死你，他又说，抓起一个自行车后座往方知道背上砸，砸了二十来下，方知道被砸得跪在地上，酒瓶底开始喘气，丢了自行车座，觉得仪式还没有完成。他想了想，又踹方知道一脚，说，叫你不读书！这时候方知道突然把脸抬起来了，定定看着他，他吓了一跳，方知道给他一句莫名其妙的回答，人活着为了什么呢？然后站起来用水抹了抹头发，将刘海拨到一边，在米缸里又抓了一把米，出去了。

方知道像是中了邪，酒瓶底跟着他一路走，看见他走到繁华街，走到一间没有门牌的小屋里，抱出一只鸡，后来又走出一个老人，方知道就和那老人一起，在太阳底下喂鸡，方知道对那鸡的态度像是对亲爹，老人对那鸡的态度像是对亲儿子。倒是祖孙三代。

真是中了邪了。

这一天依雯回到家，老人一声不响地坐着，家里没有鸡。鸡呢？依雯说，四下里找了找，没找到。没有更好！脏死了！永远别来！依雯说。

这一天方知道回家，听到熟悉的咕咕声，酒瓶底在喂小公鸡吃烂菜叶。

方知道一连几个月都没再去依雯家。

周同的冬天

周同在繁华街停留的次数越来越少，常常几天见不到人，依雯不得不去栖安镇职业中学外面找他，看见他叼着烟，失神地坐在才子文具店的柜台里，叫他一句，他应一声，眼神里没半点热情，态度上也没半点欢迎，旁边几个人都看着依雯，见周同不热情，也不与她招呼，她只得又悻悻走回去，自己生着闷气。她不敢问周同什么，周同向来都是这个样，高兴与不高兴永远都是不咸不淡。她一个人走在路上，路边的干货店里在放流行歌曲，唱着“你怎么舍得我难过”，她听着就那么哭了，走得离干货店近的时候，借着放大的歌声，她还狠狠抽泣几下，干货店的音响却突然停了，她被自己的哭声吓了一跳。小流氓！拔我插头！身后响起一个中年妇女尖锐的骂声，一个熟悉的身影闪在依雯眼前笑。哭什么？周同说，笑着，伸手在她眼睛边上一弹，她好像觉得有水滴飞出去，立刻笑了。

回家收拾收拾东西，我带你去玩。周同说。去哪儿？依雯问。

九龙湖吧！周同说，那边在下雪！

九龙湖是栖安镇附近一座山上正在开发的景点，因为还未开发完全，路也没有修好，又是冬天，就连管理人员也没有一个，依雯跟着周同坐了六个小时的大巴到了那里，依雯惊喜地叫出来，真的在下雪！

漫山遍野的雪，九龙湖的上面结了冰，冰面上是蓝的天。真好看！依雯张开手挥舞着，小手冻得通红，周同拉过她的手，给她套上一对新的羽绒手套，依雯惊喜得要叫，又被围住一条大红的羊绒围巾，这也是你的，周同说。依雯被包住半个脸，只露出两个笑得弯弯的眼睛，两只戴着手套的手像两个包子，只能夹住周同的手，周同反捉住她，她又挣脱出来，把手套也摘掉。你干什么？周同问。你的手比手套要暖，她拉住周同的手说。

周同就要从职中毕业了，职中的少年混混们又将被新一代代替，他现在身上带着他父亲给他留下的所有的钱，只剩下两百五十一块。他买了大巴的往返车票，买了手套围巾，吃了两顿火锅，住了小旅店。离开之前，依雯说要再去一次九龙湖边，许个愿。许什么愿？周同问。电视里都是这样，有湖的地方，丢个硬币，许个愿。可是这湖是结冰的。那还不简单，依雯搬起一块大石头砸出个洞。周同笑了，给她一枚一元硬币，她举起来在太阳底下看看，硬币闪闪发光。她大声喊了一句，周同，我和你永远在一起！把硬币抛向湖面，硬币砸在厚厚的冰上，弹跳了几下，打了几个转，安静地躺下了，没有滚进那个洞里。噢，依雯有些沮丧。周同又笑，冰融化了就掉进去了，他说。

这是我最后一块钱。周同说。你还有我，依雯说。

都是子承父业

自酒瓶底把小公鸡抱回来以后，方知道没再跟他说过一句话，他没脸去依雯家，没脸见依雯的爷爷，他仍旧跟在周同的后面，脸色阴晴不定。酒瓶底为了不让他用大米喂养小公鸡，每天早上捡烂菜叶子把小公鸡喂好，又为了不让小公鸡乱跑，尤其是跑到隔壁，酒瓶底用一根塑料绳拴住它的腿，拴在吃饭的桌子脚下。小公鸡吃了烂菜叶，经常拉些绿色的稀稀拉拉的屎，臭不可闻，酒瓶底毫不在意，就着那味道吃饭吃得很香，他用一只自行车后座收服了坐在他对面的这个儿子，虽然这可能不是他的亲儿子，但这个比他高一个头、壮一圈的少年被他收服了，他感受到自己的力量，感受到人生的胜利。

周同他们一批人就要从职业中学毕业了，方知道也一样，大多数人都不知道要干什么，还是哪里来的回哪里去，栖安镇本地不需要这样一些人，居民们上上班，打打牌，养鸡种菜，没有多少课本上所说的第三产业，这些少年都得外出打工，栖安镇的小老大们也将由更年少的来代替。周同已经没有一分钱请客，他的小弟们也都忙着找事去，依雯拉着他摆上烧烤摊，从此他不去才子文具店里头买烟抽烟了。而方知道这边，他父亲酒瓶底告诉他，不管是不是亲生，酒瓶底养他十多年了，现在酒瓶底什么都不做，轮到方知道养他了。

方知道不再需要去学校，他也把酒瓶底的修车摊摆到了街角，为了不让职中的人认出他，他还给自己戴了一顶大草帽，他尽量不抬头，或者装作睡觉，以免有人来找他修自行车，时间长一些之后他发现自己是多此一举，他看起来根本就不会修车，没有人来找他，也没有少年混混经过街角的时候会去看他，他已经被遗忘了。

被遗忘的日子更加难熬，方知道每日望着人来车往扫起地面的尘烟，他想周同在干什么，依雯在干什么，依雯的爷爷又在干什么呢。他又每天在兜里装一把米了，他把小公鸡带到修车的摊子上去解闷。

一人一鸡的日子比单独一人的日子要热闹，而且小公鸡比人还要活泼得多，方知道把米撒成不同的形状让它吃，它就是不肯老实按线路来，用爪子把围成圆形或三角形的米粒都排开，脑袋左一下右一下地吃，只有直线形才能让它一路吃下去。真是蠢，依雯没说错，这就是一只蠢东西。方知道抓起一枚石子丢它，它跳起来扑闪着翅膀躲避，又跳回来啄一啄石子看能不能吃，最后昂起头哦哦叫了几声，嘶哑而不连贯，毛还没有长齐就学人家打鸣，方知道笑了，这样一只蠢东西就只配像母鸡那样咕咕叫，方知道就给它起了这么个名字，咕咕。

方知道没有收入，酒瓶底真的开始收些破铜烂铁，他远远坐在街角的另一边，借着一个报刊亭挡着，偷偷观望着方知道和咕咕。观察咕咕成为方知道每日里唯一的乐趣，而观察方知道和咕咕则成为酒瓶底的消遣。酒瓶底对自己的人生几经怀疑，在这世界上也没有任何人可以信任，而这个不是亲生的儿子，不管他是爱是憎，反正是他生活中唯一的东西。方知道不肯跟他说话，他无法跟方知道交流，只能随身带着个自行车座，他用它敲打方知道的后背，去做饭！他敲一下。去洗衣服！他敲一下。吃饭吧，他敲一下。早点睡，他也敲一下。敲的时候只有轻重能够稍稍传达一些感情。比如用自行车座轻轻拍方知道的屁股，酒瓶底自觉是很温情，他不知道在方知道的眼里这却是羞辱。

而方知道，他只有咕咕了，咕咕身上的羽毛一天一天鲜艳光泽起来，倒映着他曾经一段美好斑斓的时光。

酒瓶底之死

栖安镇是个什么地方？地图里找不到，新闻里看不见，不是交通要道，不是能源重地，不是旅游景区，不是革命基地，它什么都不是，若干年前，或许有人为逃避动荡的日子而来这里隐世，却不曾想他们的后代也就永远隐在了这里。到了太平繁荣的年代，栖安镇便也是一个这样无足轻重的地方，亦如栖安镇中的某一些人，无足轻重到即使消失，也不会被人发现。

酒瓶底的好日子到头了，一天早晨醒来，他蹲在茅房里，屙出一摊像咕咕屁股底下一样的稀屎，妈的，他骂，用手纸擦了擦，才站起来没一会儿，又想拉，一天之内接连拉了四五次，浑身无力，这是吃坏什么啦？他想，躺在床上拿自行车座敲得哐哐响。那是暴雨降临的前夕，砖、瓦、墙壁、桌、椅、床铺什么都一层湿，方知道在罐头厂十八号的家里，瑟缩着问酒瓶底要四十块钱的补课费。酒瓶底那时候已经在床上躺了整整三天，他的额头和全身都滚烫，闭上眼睛是红的黄的纷繁的梦，梦见小公鸡咕咕的羽毛，羽毛下面是一摊绿油油的稀屎，他的儿子长高长大，长出一脸的胡须，粗壮的手脚掐着他踩踏着他，给我钱，这粗壮的野孩子说，他鼓着眼告诉野孩子方知道，没钱！骗子！他喉咙里低低地发出声音，滚！他又说。方知道滚了，他回厨房去给酒瓶底烧茶水，做早饭，他家里用的是六十年代的土灶，他劈柴，木屑飞溅到他眼睛里，他用手去揉，不得出来，更痛，他哭，把木柴粗暴地捅进火里，火星飞出来，燎在他的脸上，他浑身发烫，头顶如烧开的水一般冒着白烟，他哭着把那壶开水提到酒瓶底充满馊味的房间里，酒瓶底闭着眼，大张着嘴呼出难闻的气味，他抓起开水壶一把浇了下去。酒瓶底猛地睁开了眼，难以置信地看着他，嘴张大叫着，却发不出声音，咕噜咕噜地冒出白气，眼珠子都要迸裂出来，看得方知道心惊，他哆嗦着把开水壶整个砸向酒瓶底圆滚滚的眼珠。

他做完这些事情就走了，到职中去，照样上学，他甚至还去澡堂洗了个澡，把头发也梳得整整齐齐，他看人不再躲闪，走路腰背都挺直，他等着警察来抓他，他想好了，到时候只说一句话，“是我干的”。他可以以这种方式被记住，成为一个神话，或者一个段子，随便。他大摇大摆地去操场上玩，摸了几个女孩子的屁股，被骂神经病，又冲到一帮打篮球的人中间，抢了一个球，跳起来灌篮，居然跳得那么高，进了，有人甚至为他喝了彩。他轻快地跳了几下，舒展了身体，走了，坐在教室里继续等待，但是一天、两天、三天，他要等的穿制服的人始终没来。他累了，饿了，只好回家。他推开门闻到一股恶臭，他去看了看他父亲，以奇怪的姿势倒在床下，脸已经烂了，旁边有老鼠，一见人就吱吱叫着逃开。那个倒在地上怪模怪样的物体并不能让方知道联想到自己的父亲，他除了恶心之外连恐惧也不曾有过，他去厨房铲了一铲灶灰，扑在那腐烂的脸上，就自己生起火做饭，他甚至做了两个人的饭。他一直安静地坐在灶边看，看着锅里白花花的蒸汽把板栗木的锅盖熏透。他揭开盖子盛出一碗白米饭，撒了几粒盐蹲在篱笆墙内的树墩上吃着，微烫的饭粒被他的口水包裹，他咀嚼出些亲切温暖来，鼻子用力一吸，眼泪鼻涕随着饭粒一起吞咽下去。

方知道在他父亲死了的那张床下挖了个半米深一人宽的洞，让他父亲酒瓶底的身体躺在里面，又把家里所有的被子床单和衣服都拿出来压在酒瓶底身上，他起初是在夜里不敢进屋，后来到白天也不敢进，只能抱着公鸡咕咕一起蹲在鸡窝里，跳蚤蚊子让他脸上身上都起了红色的疙瘩，他整夜整夜地抓，挠出一道道血痕。

方知道要离开这里，他锁好了门，拿了钱，背了半袋米，走到繁华街去，他看中的是依雯和她爷爷住过的那个旧祠堂。

旧祠堂里留存着前人住过的痕迹，方知道从这里可以看见零号房外头飘起的白烟，曾经的小老大周同在烟雾缭绕中挥洒着汗水，挥舞着调料刷，女孩依雯给她的小丈夫系上围裙，戴上鸭舌帽和口罩，小老大周同皱着眉，眼睛里有闪闪的水光。女孩跑前跑后，老人坐在身后咳，没有人注意祠堂角落里盯着他们看的方知道，方知道抱着他唯一的亲人小公鸡。

小公鸡长大了

方知道不敢相信，不过他真是好久没看见依雯了，他那一次发现，依雯的肚子居然隆起来，像个小山坡。但身形还是一样的瘦小，她看起来不安得很，时不时就出门看看，眼里闪烁着慌乱，又像是以前捡破烂的阿雯，而作为依雯的骄傲全然不见，方知道看着她瘦弱的背影一摇一摇地去了，身后的小公鸡咕咕突然昂首啼叫起来，那是一声清亮婉转高昂的啼叫，是一只成年雄鸡的啼叫。

酒瓶底已经死了，方知道决定将小公鸡咕咕送回繁华街依雯家。他兜里揣着米，怀里抱着小公鸡，踱步到繁华街。正午的太阳晃着方知道的眼也晃着整个繁华街，依雯和爷爷那间没有上漆的灰楼在阳光下闪耀着，方知道不敢上前，躲进了旁边那一座废旧的古祠堂里。

方知道在这祠堂里发现许多依雯留下的痕迹，灰白色斑驳的漆墙上有依雯用铅笔头拼写错的英文单词A-ma-li-ka、ha-llo，有她抄写的一首诗："我打江南走过，那等在季节里的容颜如莲花的开落，东风不来，三月的柳絮不飞，你底心如小小的寂寞的城，恰若青石的街道向晚，跫音不响，三月的春帷不揭，你底心是小小的窗扉紧掩，我达达的马蹄是美丽的错误，我不是归人，是个过客。"

一百多个字里一个错别字没有，这是他曾经写给依雯的情书，从教科书上抄下来的，那年夏天开学，学校里来了一批新老师，教语文的老师是新婚，女老师里就属她穿得最漂亮，每天上课都换不同的衣服，男生的眼光也都在她身上，她的眼光却也格外厉害，柔柔地往讲台下面扫，一个角落也不肯放过，方知道就这么被她挖出来，当时就学到这一首诗，她问他这首诗是什么意思。"什么意思？什么什么意思？"方知道把头低得不能再低，整个人都弓成九十度，嘴里咕噜咕噜发不出连贯的声音。

"为什么说马蹄声是个错误？是什么错误？"女老师在笑，方知道听出那声音里的鼓励和友好，但他摇摇头，把头垂得更低。

"诗人说，不是归人是个过客，又说，是个错误，这是个怎样的错误？"女老师进一步启发他。方知道想说认错人了，听错了，含含糊糊嘟囔着，觉得不对，更小声了。女老师笑着让他坐下。她是唯一一个向他提问的女老师。方知道看着墙上那首诗，拿出自己的铅笔，在错误后面打了个问号，在归人后面打了个问号，又在过客后面打了个问号。

方知道在旧祠堂里一直坐着，他看见太阳往一边屋角落下去又从另一边屋角上升起来，他突然意识到自己的生活已经完全改变，与过去的一切划裂了，那个职中外的小零售店，他母亲的那些男人，他母亲接待他们的时候对自己总是特别大方，零售店里平时不让吃的不让玩的，这时候她都拿出来给他，道仔，坐到门口去玩，有人来就说不在。他母亲说。现在想来，那些男人里面或许就有他的亲生父亲，他隐隐约约记得的熟面孔有卖水果的老吴，卖煎饼的老蔡，还有校门口的老保安。老吴老蔡的水果和煎饼他没有少吃，老保安最是小气，不过他期望过老保安是自己的父亲，因为老保安高大，有制服穿，看起来威风。那些都是过去的事了，可笑，他想，反正酒瓶底不是他的父亲，他也看不起酒瓶底，除了酒瓶底给他的右眼那个永远的印迹，他们也没有什么关系。现在他完全自由了，他想要活得有意思，他在凉风中静静地看着不远处那间没有门牌的砖房，那就是他接下来生活的意义。对面热闹的夜来香里投射出斑斓的光，安静地小屋上是斑斓的影，像是一个音乐盒，依雯安静地睡在里面，她醒来时就会是那个在盒子上跳舞的少女。之后夜来香的灯也暗下去，早起的卖菜人和挑粪人的声音从未知的方向传来，小公鸡咕咕醒了，它有力地抖一抖夜里沾上露水的光亮羽毛，昂首挺胸啼了三声。好亮的嗓子！路人一声叹，天彻底亮堂了。方知道揉揉眼睛，从袋里掏出一把米，细细撒成一条线直到依雯的门口，门边的铁皮水管凸出一块，又在上面撒了一小堆。他跑回祠堂，放下怀里急不可耐的小公鸡，自己跑开了，小公鸡咕咕一路上叫着啄着米，女孩依雯在里面帮爷爷穿衣起床，突然听见门外边笃笃笃的声音。她疑惑地走去打开门，看见一只羽毛鲜亮红冠直挺的大公鸡。爷爷！她叫，来看！大公鸡！

周同不会回来

那天是周同最后一次摆摊烤肉，周同和那几个少年坐下喝起酒来，商量着去看枪决的事。依雯送了十五串鱿鱼和八对鸡翅去了“夜来香”，在端到房间门口的时候发现八对鸡翅里面有四对的一面烤焦了，十五串鱿鱼里面则有五串没有熟。她脑子里是周同魂不守舍的样子，来回在走廊上走了几步，到夜来香的冰柜里赊了一瓶啤酒，在房间外面停了停，做好笑脸走进去。

包厢里面三个男人一个女人，听着声音闻着味道却像是有三十个，阿雯走进去就不由自主缩紧了鼻孔，她闪出的第一个念头是这么多人才点这么些烧烤，小气，她瞥了一眼坐在旁边的女人，那个女人坐得离他们有点儿远，似乎不大高兴，低着头一言不发，穿着打扮流行得过了分，她把东西放下就先赔笑说几位老板烧烤有几串烤坏了，怕耽误时间先端来，老板先喝啤酒喝啤酒，这是我送你们的，一个肚子大得够刮下几桶油来的胖子瞅一眼，抓起一只鱿鱼放进嘴里，呸，生的，他说。又抓起鸡翅，呸，焦的。他扔在地上。依雯赶紧开瓶倒酒，旁边两个娃娃似的跟班眼睛滴溜溜地转，起哄道，这又是什么酒，谁敢喝。依雯有些窘迫，眼睛看向包间里唯一一个女人，那个女人不像是他们带来的，依雯猜想她是“夜来香”里面的阿姐，她现在求助地向这个女人望着，希望她能够为自己打个圆场，但那个女人一动不动像是睡着了。自己一口气喝了，我们就原谅你，胖子说。我不会喝酒，我叫我们老板来给你道歉，依雯说着就往外走，拉开半扇门就看见周同的脸，怎么还在这儿？周同说，今天生意不做了，回家准备一下。依雯松下一口气，头发却被人从身后一拽。周同对这个意外怒不可遏，他身后站着几个兄弟，他们冲上前去踹开门又反手关上，啤酒瓶、话筒、茶杯和拳脚一起飞溅。胜负未分之时对方报出家门，西城聋子是我老弟，有种我们约时间再战！

栖安镇少年们的混乱就从那一天夜里开始，接下来的半个月里，先是西城聋子二表妹家生锈的铁门被踹断，接着又是东区胖哥川菜的玻璃窗被砸烂，紧跟着就有职中的少年在厕所里被恐吓要挟，混乱中少年们又迅速地拉帮结派，新的旧的老的嫩的各方认识的不认识的混混们都纠结在一起，就连方知道也因为一只吓人的吊眼而重新被人记起。

跟我们走！几个少年提着酒瓶对修车摊上的方知道说。我们要干件大的！

方知道拎着只扳手就跟着去了，之后才发现很多人带的都是刀，战争开始的时候拿着砖头、酒瓶、木棍、扳手的人都变成了挥舞荧光棒的观众，他们热情地在一边呐喊，直到钻进人群的血腥气息终于让他们本能地感到不安。于是这年春天栖安镇的孩子们出了事，西城的一个老大被砍死在北门口的大道上，据当时有幸并有胆子在远处观看的群众描绘，原本镇中的一帮孩子是劣势，因对方都是二十岁左右的青年人，只是不知什么时候起两边都有人抽了刀出来，一阵胡砍之后对方阵营中有个人脑袋耷拉下来，其他人便都跑了，这个耷拉着脑袋的人不知被谁砍断了脖子，又被拖了一路，这些杀红眼的孩子还在拖着砍，血流了二十多米。验尸报告出来之后，七十八处刀伤，致命伤只有一刀，就是脖子上那道，直直砍断骨头，颈上只连着一块皮。

混乱中每个孩子都挥刀砍了，不砍的不是兄弟，有个声音在那血腥中说，谁都知道这是什么意思，于是大家都砍，砍一刀砍两刀有什么区别？砍在哪儿又有什么区别？既然砍了，索性就多砍几刀，人这一辈子，什么时候又能砍一次人？只是现在激情热血已过，要人命的就是这一刀，这一刀也将要了另一个人的命，是谁砍的呢？

始终都握着扳手的方知道很安全，但是周同却不见了。周同不见了，那一刀便是周同砍的，是周同，少年们众口一词。

大肚子依雯

女孩依雯终于挺着肚子找到了学校，那正是上午第二、三节课的课间，全校都在大操场上跳广播体操。她在广播的音乐中趺趺撞撞走到人群里，向周围做着跳跃运动的孩子们哭，她泪眼模糊，看见一张张脸上来又下去，你们为什么说是周同？她问向周围的人。不是周同我可怎么办？她问。很快就有男生认出了她，借着广播体操的动作夸张地跳着，撞击旁边的男同学，说："欸欸欸！你老婆带着你儿子来了！""去你的！你儿子！""你爷爷！""你姥姥！"广播体操的队伍里一阵骚动，依雯在广播体操的音乐中哭得很凶，周围的人还是看起来很欢乐地跳着。看见没有？那个女孩！男孩们一个比一个跳得高。她男朋友是周同。记得吗？就是以前在我们学校捡破烂的，那个砍人的周同，他要死啦！

一张一张脸认真地辨过去，她知道人群里不会有她想要找的人。伤害过她的少年们毕业了，喜欢过她的少年也该毕业了，她的年纪现在比这操场上跳着的孩子们都要大，她还大着肚子，这群人里再没人有兴趣引逗她，也没有兴趣欺负她了，她不再是个少女，而是一个没有丈夫的妈妈，谁来照顾她和她的孩子？她在这群孩子中间鲁莽地钻来钻去，她不辨方向，她希望这些跳动着的人们都来撞向她，撞向她肚子里的孩子，让她解脱掉这个负担，让别人给她背上这个负担，让这肚子里的蠢东西去死吧！她冲撞着跑起来，引起一阵惊呼，她只听见人们叫着“小心孕妇”，一只手伸进这慌乱的队伍里把她拉了出来。

她知道那个人是谁，眼睛一眨，掉下来一颗大大的眼泪。

周同会回来的，我陪你等他。方知道说。

方知道一路跟着依雯回家，他进门喂鸡、擦桌子、扫地，动作娴熟连贯得像做着自家的事情。没米下锅了，你帮我去买点米吧！依雯说。方知道很快背回一袋米来，她却已经把他在祠堂里的铺盖包裹都收拾进来了，脏的衣服裤子也洗好了，整整齐齐晾了一竿子。哎！你怎么就只买了米呀！还有油呢？菜呢？她说。他于是又出去了一趟，却空着手回来了，我没有钱，他说。依雯笑了，她从兜里掏出钱来，问他，你会烤肉吗？

这天夜里，方知道也系上围裙戴上鸭舌帽和口罩站在了烟雾缭绕的烤肉摊子后面，对面“夜来香”的老板娘远远看见他，笑着打招呼，阿雯老公，又出来烤肉啦！他压一压帽子，用力点点头，依雯在旁边洗菜、切肉、穿竹扦子，到了十来点钟，对面又有人叫了，阿雯老公！二十串烤肉十串豆干！阿雯老公！两只茄子三只烤鱼！

阴雨天气

夏天还没有到，栖安镇却燥热难当，周同一个人走在去刑场的路上，那是他父亲的刑场，他终于决定去送别他的父亲，尽管他父亲已经在两年前就被处决。

他还需要回去吗？不需要，他没有家。他只要漫无目的地走，不躲藏也不逃避，总会有一颗子弹来带他走。

他不再需要费心思索自己该干什么，或者干些什么有无意义，在孩童期之后青春期的一段时间内他的生活有方向，成为一个谁都不敢惹的大流氓。但他在刚刚成为一个小老大时就失去了兴致。有父亲的时候他和父亲作对，父亲曾是个有名的流氓，却不让他做流氓，他和父亲水火不容地过日子，反抗父亲就是他成日里生活的全部，除了做个流氓以外，这耗费他全部力气，等到父亲判了刑进了监狱，他一腔的怒气没有了去处，心里又变得空荡。他与父亲就是任何一个矛盾的两级，一个反抗另一个，但一个消失了另一个也随之无意义。他在街头打架，打得头破血流，期望多事的人会跑去告诉他的父亲，他父亲丢下手里的事，会提着一只火钳来找他，他父亲不想他做流氓，但也只会用流氓的方式管教他，他被父亲追得满街跑，心里快意而充实，他会继续去找人打架，被打伤的人有时候会找到他的父亲，要求赔偿，他父亲会报复似的把他也揍一顿，要是他伤得重了，父亲也骂骂咧咧送他去医院。他始终不愿意承认的是，他父亲为他活着，而他也为他父亲活着。

“死亡”这个词在他父亲被判刑之后第一次出现于周同的意识，他从未发现死亡与自己如此接近。他没有去看过他的父亲，他想早一点适应他父亲的消失，他希望这个人从未存在过，他甚至不知道父亲的刑期。

老大，我们想去送叔叔一程。周同的兄弟们总是这样说。他是唯一一个有死刑犯做父亲的孩子，他带着他的兄弟们去看了枪决，但那是谁的枪决？他不知道父亲的刑期。他有时会惊恐不安地想，或许他父亲早已经执行枪决了。

他父亲会在死亡的前一刻思念他吗？会想见到他吗？他不敢去想，直到他自己走向通往死亡的路上，他想，这就像是去送他父亲一样。在高而茂的草地里走着，呼吸着自由的空气，他的身边不紧不慢地跟着一颗子弹，它随时可以把他带向想去的地方。他抬起头，看见天空中有一股强劲的风裹挟着大团的乌云向栖安镇飞去，他知道栖安镇就要下雨了，燥热将会结束。

两年之后，栖安镇中的很多孩子都听说一个凶残的案犯被捕获，这个人曾是他们学校里的小老大，他们成群结队来到烧烤摊子上，喝着啤酒，商量着去看行刑的事。烧烤摊子的主人戴着发黑的鸭舌帽和口罩，在白色烟雾里呛得连连咳嗽，一个抱着孩子的女人端着杯水闻声跑出来。“擦擦汗，喝口水！”她温柔地说。“别管我，调料没了，赶紧去超市，去贸易中心的大超市，打车去，再批发几箱啤酒！”那戴着口罩的人连连挥手，“快去！”女人笑着点点头，转身走了几步，又回头看了看那群叽叽喳喳兴奋不已的孩子。

这些孩子在第二天的清晨就出发，他们都找到了行刑的那个地方，远远地站在树木丛生的山腰上，激动地等待那非同寻常的一刻，这一次要被枪毙的英雄，他们都认识，都曾无比地接近，看传说中的老大被枪决的经历，将给他们接下来的生活增添新的勇气。他们踮着脚，像猫鼬一样伸着脖子往前看，却什么都没有看见，只听见砰的一声响，无数的鸟儿从草丛里惊起，扑着翅向蓝天飞去。

有人带头跪下了，朝枪响的方向磕下头去，他们努力想要磕出声响，但这柔软的草地扫了兴。

丽花的悲伤

春天刚来的时候，丽花被班里的大队长约去了她家里，大队长请她吃两颗话梅，然后让她坐在沙发上，自己则站在她面前，一件一件地换衣服。丽花不安地坐着，嘴里咂着两颗话梅核，舌头把它们卷来卷去，两颗话梅核渐渐没了味道，但丽花还是闻到那股沁人的香气，她忍不住用牙去咬它们，但是大队长马上就递过去一个烟灰缸，说："吐里面吧！"丽花受宠若惊，即便不舍，还是迅速地吐了出来。两粒发白的话梅核在茶色的玻璃缸中打了个转，便沾上烟灰不动了。丽花恋恋不舍地看了几眼，把视线转移到大队长的身上，大队长手上套着她母亲的戒指，身上裹着许多衣服，里边是夏天的各式裙子，长长短短几件叠着，裙摆像伞一样蓬起来，外边是冬天穿的黑呢子短斗篷，厚厚地在肩上压着。在丽花的眼里，大队长整个人在客厅的大吊灯底下熠熠发光，活像一个历史课本里的法国贵妇。

"你说，明天校运会，我穿什么衣服好？"大队长问。

"你怎么会有这么多衣服？"丽花问，又说，"我记得老师说要统一穿白的，带队的那一个，白衣服，黑裤子。"

"噢，对，对。"大队长恍然大悟。她扭扭脖子，抬手看了看自己那块电子表，说："五点多了，我妈要下班回来了，你赶紧走吧。"

丽花站起来就往外走，瓷砖上的凉从她穿着薄袜的脚底心蹿上去，她打了个冷噤。

出了门更凉，丽花把衣服裹紧了，穿过一家家住户搭建的简棚，各家的烟火都起来了。丽花有些遗憾，这个时分，没有人会看见她从大队长家里出来。她落寞地穿过新亮起来的路灯，地上的影子长了又短，短了又长。

大队长对她显然不如一个月前那么热情，那时候大队长第一次请她到家里来，请她吃的是夹心巧克力，课间在教室里，大队长也会绕过讲台和重重课桌来找她，只是来看看她在做什么，大队长俯下身子，很仔细地看丽花随手在作业本空白处画的花样，连连说好，而丽花总是红着脸、低着头，唯恐大队长看见自己窘迫的样子。丽花知道，这些都是因为前天自己在语文课上答对了冯老师的题。那真是丽花一生中最快乐的一天，接踵而至的又是各种优待，大队长、中队长、小队长，还有那些个耀眼的人物，那些人都看着丽花了，好像那一天才认识这个人——林丽花。

可是这效应在消失，被什么东西给冲淡了。是时间吗？丽花伸手在前方的空气中抓一抓，满是黯淡。

那天晚上，丽花只是翻来覆去地睡不好，偶尔闭上眼睛，又被跳落在蚊帐上的老鼠惊醒，有几次，老鼠简直就是在丽花的耳边叫了，丽花终于发怒，把失眠的原因全归咎于老鼠，她不懂为什么这天夜里老鼠格外胆大，但她不能打开电灯，因为这样会惊醒一帘之隔的祖父和祖母。她只能坐起身，在黑暗中挥舞起枕头，想像赶走蚊子那样赶走老鼠，她挥舞着，不一会儿就满身是汗，丽花劳累地倒下，在被窝里喘着气，一只老鼠又惊慌地从头顶挂帐子的竹竿上掉下来，丽花无力再理会，把身体缩在小床的中心，蜷成一团。

“喵。”丽花学着猫的叫声，呼唤着窗外可能游荡着的野猫，野猫没有出现，别家院子里的狗却吠起来，“汪汪汪，汪汪汪”。柴门几乎是被撞开的，丽花听见木片折断的脆声，屋子里响动了，灯亮了，院子里传来男人有力的咳嗽声，负了重的脚步声，丽花的父亲回来了。

丽花披起衣服到客厅里来看，一个灰黑色的人影被她狼狈的父亲摔在地上，那是二十多天前离开的女人，女人上下牙磕碰着发出一声脆响，大张的嘴还在重重喘息。丽花的祖父裹着一件粗厚的旧布衫，被这动静扑腾起的灰尘呛得连连咳嗽，丽花的祖母则颤巍巍蹲下身，看着那满身泥土的女人，说："哪里找到的？"

"龙坝车站！他娘的婊子！能跑！装疯！"

"龙坝车站？"两个老人的眼里都露出恐惧的神色，"那是大地方！没有碰见警察？"丽花的父亲不理，蹲下身去，眼睛还直勾勾盯着地上那个女人。那女人咬着嘴里的麻绳，像只泥鳅一样扭动着，汗水从脸上和脖子上黑色的污垢中蒸腾起来，散发出难闻的味道，两只黑眼睛透过胶着泥块的头发滴溜溜地看，丽花悄无声息地退了两步，她知道女人的目光搜索的是她。

"找她回来干什么？这个样子也帮不了手！跑就跑了，又不能再生。"丽花的祖父说。

丽花的父亲迅速抬起头，瞪圆了眼睛吼叫："这是我的女人！什么跑了就跑了？你有钱给我再买一个！"两个老人相互看一眼，都不再说话，转身慢慢走到屋子里去。丽花也慌忙要走，却被父亲叫住了。"丽花！"他说，"带她去洗，洗干净。"丽花只好走过去牵住捆那女人的绳子，女人的目光立刻捉住她，避无可避，她只能任由女人的目光烧灼着后脑，拉着绳子一步一步走到后院的柴房里去。

丽花把女人拴在柴房外的压水井边上，开始一件一件给她脱衣服，最外面那件藏蓝色的棉衣，在她出走时还是完好的，一个多月的时间，竟已破得不成样子，里面的棉花翻出来，黑黄黑黄的，发出刺鼻的恶臭，丽花松一松绳子，把它整个扯出来。女人有些配合，丽花看她一眼，惊讶地发现她里面穿着的那件红色羊毛衫还是干干净净的，丽花打了水，拧了毛巾，捧住女人的后脑，先从她的额头擦起，擦完脸跟脖子，女人在月光下显得明亮起来，乱糟糟的头发和周身的衣服却在夜色中更浓稠地暗。丽花不由得吃惊，她静静看着女人，想象自己照镜子的样子，她和女人还是相像的。出了一会儿神，她顺着女人的脖子又擦洗下去，女人的乳房像两个旧塑料袋垂荡着，在她手里轻轻颤动，一丝悲哀在丽花心头弥散开，她难以相信，这便是自己婴儿时吸吮过的地方。

校运会这一天，满操场都是白衣服和黑裤子，只丽花穿着盘扣布袄子，灰白牛仔裤。布袄子是祖母扯了布做的，牛仔裤是祖父国庆节在集市买的，买的时候很长，卷了几个边，这条裤子丽花很喜欢，每天穿，只在风大的夜里洗，现在颜色已经掉光，松紧带也完全没有了弹性。到了春天，丽花为此烦恼，因为穿的衣服少，裤子便大了，直往下掉，走两步就得往上提一次，从回答冯老师提问那天起，这就成为她最大的烦恼，因为看她的人多了起来，男生也会开她玩笑了，她每一次提自己的裤子，脸上便针刺一样烫，最终她发明了一个办法，时刻把手放在衣袋里，走路时暗暗提着裤子，这样表面上看不出来，只是有些累，丽花每次走到教室坐下，手拿出来就是薄薄一层汗。

丽花站在班级队末，她没有报名参加比赛，她要是跑步裤子便会掉下来，她忐忑不安地看着队伍的最前方，大队长扎着马尾，穿着白衣黑裤举着一杆蓝旗，朝气蓬勃地跟冯老师谈笑风生，她害怕冯老师会问她为什么不按要求穿衣裤，又害怕冯老师不问，心下一直排练着怎样告诉冯老师，出门前摔倒了，衣服裤子都是泥，只能换下。丽花卷起袖子，一直推到腋窝下，她的手肘上有一块硬币大小的伤，这是她清早起来用木柴擦的，擦了十来遍。冯老师似乎向丽花这边扫了一眼，丽花赶忙低下头去，没有动静，冯老师终究没问。

丽花从队尾离开，不为人注意地挪到操场边的树荫下去了。她坐在一块冰凉的石头上，双手扶着头，想着前些天的事情，想着冯老师的那个把所有人难住的问题，那个问题实在简单，却在那次难住了所有人。冯老师那天显然非常生气，她把所有的人都留在了教室，放学时间已经过去半个小时，努力讨冯老师喜欢的那几个小组长、小队长，早早就站起来抢答，没能出到风头，全都做了炮灰。接下来就是那几个积极分子，中队长、大队长，他们在冯老师的殷切盼望中勉强举了手，却只会嗫嚅着重复前面的错误答案，丽花想着他们一个个垂头丧气的样子，平时的嚣张都到哪里去了，只可惜没人能把这画面留下来，丽花会画，但是画得不好，画得不像。

丽花坐在这树荫里，到现在还没有人在意，她远远看着那一列黑白的小队，小队里面的人也渐渐分散开，似乎是自由活动了，三五成群的，都揣着口袋里的零钱走到食堂里的小店去。丽花的口袋里常年放着一枚五角的硬币，她拿出来在阳光下看，黄灿灿、亮晶晶，像一颗小太阳。丽花继续想，在冯老师课上，冯老师点名，把班里成绩略好些的都叫遍了，站起来都是木头。丽花终于抬起头来，跟冯老师的目光对上了。

黑板上是一道填空题：

“卖火柴的小女孩划了三根火柴，因为她____，在点燃第一根火柴的时候，她看见了一只鲜美的烤火鸡；因为她____，在点燃第二根火柴的时候，她看见了一棵挂满礼物的漂亮圣诞树；因为她____，在点燃第三根火柴的时候，她看见了她已经过世的祖母，微笑着张开双臂向她走来。”

丽花不需要努力，她轻松快乐地回忆起每一个同学的回答，包括他们每一个人犹疑的语气，面部表情里颓丧的细节，他们无一例外都这么说：“因为她想吃火鸡，因为她想要礼物，因为她想念祖母……”

“错，错，错！”冯老师的教鞭在课桌上抽起一层又一层的粉笔灰，她真的是要发怒了，“我说了错！你们还是要这样回答！你们都是草包！想吃火鸡就看见火鸡？那为什么想吃火鸡？！为什么想吃火鸡?!”

丽花真是要笑出声来，但是丽花不会笑，丽花还是一脸担惊受怕的样子，好像随时都有人要伤害她，好像谁要与她说话都是伤害。如果不是丽花终于不逊地直视了冯老师的眼睛，恐怕冯老师再叫上十个人，也不会轮到她。

丽花想着，回味着那天自己的冒险，冒险得到的快乐，她在手边拾起一片落叶，用它柔软的茎在沙地上轻轻地画，火鸡、圣诞树、礼物、老祖母……

这一天中午，丽花回到家，女人已经和其他人一起围着桌子坐下，丽花进门，女人穿着灰布衫，纤细的后背正对着她，她看见女人的头发已经剪掉，头上推得平平的，脖子上后脑上也干干净净，差不多是个尼姑模样。

“剃了干净，省得生虱子。”祖母望着丽花说道。

丽花点点头，也到饭桌边，挨着女人坐下，过去也是这样，只要女人正常，便上桌吃饭，和丽花坐在一起。丽花没有想到，这一次女人第二天就上了桌，她看看父亲，知道昨夜里他必定和女人好了，她又看看女人，脸上白白净净，眼里平平静静。桌上五个人，四个人碗里有饭，女人没有，祖父说，日里就是四个人吃饭，现在多一个人，谁养她，谁给她碗里拨饭。说着，从自己碗里搛了一筷子饭放在女人碗里，祖母也跟着搛了一筷子，丽花的父亲拨了两大口，丽花端起自己的碗，往女人碗里倒了一半。祖父望着丽花，点点头说：“可以，她也能干活。”祖母也点点头，说：“还像以前一样，丽花，下午就带她到菜地里去，捡菜叶子，喂鸡，喂猪。”丽花点点头，扒完碗里的饭就要带女人走，父亲又叫住她，递给她一卷麻绳，女人的眼里闪过一丝惊恐，父亲把麻绳推到丽花背后，温柔地看女人一眼，轻声对丽花说，要是犯病，捆在衣服里，别给人看见。

丽花就这么带着女人走了。她们走的还是过去那条老路，从丽花家的后院延伸出去，会通过去，一条人和牛踏出来的小径，经过一条小河，经过一些旧屋子，那是一条长长的黑土路，上面铺着淡淡一层绿，那是常年积累的牛粪渣子，带着青草气息，道路两边是行人脚下幸存着的黄的紫的粉嫩小花，不远的地方就是小河，宽的地方六七米，窄的地方三四米，运气好的时候，里面会有不到一指长的鱼虾。丽花带着女人穿过这条路，过一座水泥和石块搭成的小桥，就到了农田，一望无际的农田。丽花在这里长舒了一口气，没有人会在这里看见她和这打扮怪异的女人在一起，她是安全的，她们是安全的。她回头看一眼，女人小心翼翼地紧跟着她，她冲女人笑了笑，在田地里张开双手，兴奋地、踉跄着转了个圈，四下无人，她看着女人，慢慢地走到一片菜地里去，踮着脚踏上了农民们新种的嫩苗，挑衅地望着田垄边挎着竹篮的女人，女人被她望着，慌张了，胡乱地挥舞起双手。她轻快地跳下来，又抓住女人，到一个粪池边上，做出洗手抹脸的动作，推一推女人，女人蹲了下去，很快又站了起来，用力拽着她退后两步。她笑了，看着女人的眼睛，说："你是个疯子吗？"

女人不能回答她。不管女人是有病，还是听不懂，女人不是这地方的人，丽花听说，女人的家乡在别的国，一个比丽花的家乡还要穷得多的地方。丽花的祖父说，要是丽花家在那个地方，得是数一数二的富户，还说那个地方的女人，连一道像样的菜都没见过，见到白米饭，就像疯了一样用手往嘴里扒。丽花不敢相信，世界上竟有这种地方？丽花为女人来自那个地方而羞耻，却又不禁有些向往那个地方，因为祖父那句话——丽花的家若是在那个地方，便是数一数二的富户。那个地方叫什么？达贡？他贡？她问女人，女人不能回答。

女人并不是唯一一个那里来的人，在丽花原来的村子里头，好些这样的女人，她们来了几年，多少都学会说几句话，就是这女人不能，不但不能，干活也不如别人利索，别人家的女人能担三十来斤的东西，她就只是四五斤，别人家的女人一天能砍百来棵竹子，她就是十几棵，还扛不动。这些也都算了，别人家的生了男娃，她只产下一个女孩，再后来，还发了病，砍了人，丽花家就这样连夜出了村，再不能回去，对于这些过去，丽花的祖父只能悔不当初，贪了便宜。丽花想着，看看女人，女人弯下腰在专注地拔草，她或许以为这是自家的田地，丽花不理会，兀自走到一片油菜花地里，摘下几朵，剥去花瓣咬在嘴里，一丝不为人察觉的甜味细细荡漾开，丽花吞咽口水，感觉到肚子里的空虚。卖火柴的小女孩饿了，才会想到火鸡，这么简单的答案，也不知道是同学们都被吓怕了，不敢回答，还是真的不相信，冯老师要的答案就这么简单。

丽花在班里原本有个朋友，叫六芳，家里是卖鞋的，在菜市场。同是卖鞋，在菜市场卖和在街边的干净店铺里卖，就不一样，比如班里的小队长家里也有一家鞋店，开在商业街下面的店铺里，玻璃橱窗，闪亮闪亮，小队长的鞋子也是一天一个花样，大队长家，冯老师家，没有不去她家买鞋的，小队长的妈妈来接小队长的时候，丽花不止一次听到她对冯老师那谄媚的笑，说新款又到了，冯老师来买鞋吧！小队长因为这家鞋店，在班里享尽了风光，而六芳，没人知道她家也有一家鞋店，她脚上也从没穿过一双像样的鞋。她在班里不交一个朋友，回家路上也多绕一圈，就是怕人看见她进了那家垃圾站一般的鞋店，那家用四根竹竿撑起来，顶上铺一块塑料布的“鞋店”。后来六芳跟丽花做了同桌，像发现了宝贝一般，不到三天就跟丽花交了底，她太喜欢丽花了，因为即便她如何述说自己的不幸，丽花依然露出羡慕的表情，丽花是最适合做她朋友的人，唯一美中不足的是，丽花只听她说，却不拿自己的事情作为交换。不过六芳并不很在意，因为她对丽花一点都不好奇，而她跟丽花的目光，也都像班里的其他人那样，常常集中在冯老师和班里的几个队长身上。

一个下雨天，大队长的妈妈拿着伞，夹着一个崭新的包装袋冲进教室，从里面掏出一件鲜亮的鹅黄毛衣，往大队长的头上套。“我不要我不要！”大队长娇嗔的声音在教室里响。“冷啊！听话，穿上！”那母亲说。大队长总算是扭扭捏捏穿上了。冯老师在一边笑，说：“今天下雨，是有些冷哟。”

班里人都安安静静在看，丽花低下头，只在想她们那样拉扯，毛衣扯坏了没有。六芳眼睛里也显出落寞，低声说：“那毛衣挺好看的。”又突然恶狠狠地说：“狗腿子！”丽花一惊，问她，你说谁呢？六芳笑一笑，说：“都是，大队长是冯老师的狗腿，冯老师是大队长妈妈的狗腿。”丽花疑惑地看看她，六芳又补充一句，说：“大队长爸爸，好像是个什么局长。”丽花又问她是怎么知道的，六芳犹豫片刻，突然做出冷冰冰的样子，说：“我家给他送过礼。”

丽花感到更加悲伤，六芳和大队长、大队长妈妈、冯老师之间，究竟还是有些关联的，除了他们，还有中队长、小队长，还有那些顽劣的男生，他们之间必然都有关联。六芳看起来可怜，竟然也可以给大队长家里送礼，既然是送礼，他们之间必然也有一些交往、一些秘密，丽花想起六芳冷冰冰的姿态，那姿态里满是高傲，和她隔绝起来。她脑子里出现一张大大的网，这张网把这班里的人都织在一起，大队长和冯老师在小队长家的店里买鞋，中队长讨好大队长，大队长讨好冯老师，冯老师讨好大队长妈妈，六芳给大队长家送礼，班里的男生给中队长送橡皮筋，送小盒子装的茉莉味道的香豆。她想起中队长麻花辫上的那只塑料蝴蝶，中队长家里又是做什么的？丽花努力地想，只记起体育老师喜欢拍中队长的屁股，体育老师应该也在这张网上，只有丽花，她不在这上面，她对这张网也了解得太少。丽花感到孤独，也感到害怕。卖火柴的小女孩之所以会在幻觉中看见圣诞树，是因为她想要快乐，想要朋友，丽花站起来回答冯老师。

冯老师眼睛里有些不一样的亮光显现了，那是一种欣赏、喜悦，丽花常常在冯老师的眼睛里看到，只这一次是为自己，丽花眼前有些晕眩，但她坚持住了，她知道这一刻不是冯老师一个人在看着她，也知道这一次和别次的不同，拖堂的半个小时，鸦雀无声的教室，站起来的十多个优等生，害怕而低着头伏在桌上的其他同学，发怒的冯老师，这一切都为丽花的出场层层叠叠做了铺垫，丽花一下子升到云端去了，她突然明白不久前学过的那首诗，“高处不胜寒”。丽花享受这在悬崖边上的快感，她渴望这一刻从时间中抽离出去，就让她永远留在这悬崖上，她看着冯老师的眼睛，上天是公平的，她想。而此时能与丽花的喜悦相较的，只有六芳的恐惧和痛苦，她预感自己要失去丽花，这只是最表层的结果，重要的是那些衍生出来的后果：失去在这里唯一的，来自丽花对自己的羡慕、畏惧、尊重，还不止这些，尽管这些已经足以构成六芳极大的痛苦，造成极严重的后果，足以摧毁六芳此刻的人生，然而六芳相信，还会有更多东西将要改变。

当大队长第一次向丽花示好时，六芳给她写了张小纸条，上面说："丽花，人们不是真的爱你，而是爱你拥有的一切。"丽花一笑，把这纸条揉碎在手心里。

女人第一次跑，是在霁月村的竹林里砍了人，砍的是村长的小舅子，伤在大腿上，报信的人说有半尺宽，险些要了命根子，路肯定是不能走了。事情传到家里，丽花的祖父当下就决定跑，丽花的父亲借了书记的摩托车，穿过夜里的山路，到几里外的杂货店打电话给镇上的工友，安排好一切，他让丽花和祖父祖母先走，自己却钻进那竹林去。七八天后，丽花的父亲才带着女人来到小镇，这一家人在县政府门前的桥洞下重聚在一起，丽花看见父亲和女人两个都瘦脱了形，衣衫褴褛像是叫花子，脸上是山上草叶子割的一道道疤，又像唱戏的画花了脸，丽花祖父立刻向女人的脸上啐了一口，祸害！

丽花一家在她父亲工友的帮助下租了间邻河的老屋子，这屋子比不上丽花在霁月村的家，但养猪养鸡，丽花家的日子又过起来，家里的女人在柴房里关了几天之后也安静了，她被放出来，只允许在院子里走动，一段时间之后，未出什么事故，家里对她的看管也不那么经心，她就沿着院门外的那条路摸索，一直摸到大马路上去。

丽花这时候刚刚上学，她和比自己小几岁的同学一起走在回家的路上，看见女人两腿叉开蹲在马路中间，黄色的尿液像条蛇一样从她身下蜿蜿蜒蜒爬出来，顺着凹凸不平的地面打几个漩涡，又分开几个岔道。丽花的同学拉着她说："你看，女疯子。"

自那天起，丽花每天放学都在这条路上看见女人，女人就在这路上反反复复地走，直到看见丽花，咧开嘴笑。丽花恐惧极了，她想尽办法躲着女人，她找各种理由甩开同学，贴着街边的店铺走，或者蹲下躲避女人的目光，她在家里也躲着女人，祖母让她带女人去田地里，她不带，父亲让她给女人洗澡，她不洗，实在躲不过，她就用一只手蒙着脸，或者在脸上套个塑料袋，再躲不过，她就别着脑袋，用后脑向着女人，只为不让女人看见她的脸，她相信这样坚持下去，女人就不会再在人群里认出她，并且一定会忘记她，忘记她们俩之间的那一点关系。

丽花挨了父亲的打，因为她这样的举动让她看起来也像一个疯子。祖父祖母说是女人传染了丽花，要赶走女人，丽花的父亲不信，他认定这是丽花自己胡闹，他把丽花绑在平日关女人的柴房里，抽出一根坚韧的竹条在她眼前晃着，女人先是觉得新奇，瑟瑟缩缩跟在父亲身后看，待到竹条抽在了丽花手上、脸上，丽花发出了叫声，女人也惊恐地号叫起来，她叫得比丽花还要响亮，还要凄惨，那叫声让丽花想到霁月村的夜晚，想到霁月村大山深处的野兽。

丽花父亲只好把丽花放了，那天晚上丽花和女人一起睡在柴房里，丽花看出女人很兴奋，她把褥子让给丽花，而自己则像一只狗一样蹲在丽花的床边，久久地看着丽花，丽花的眉毛、眼睛、鼻子、嘴巴都深深映在女人的瞳仁里，丽花长久以来的坚持都落了空。丽花并不愿意睡觉，她睁着眼躺着，等待女人睡去，女人却比丽花更加精神，始终蹲在那里，眼睛放着亮，丽花心里升起一股厌恶，她不能睡，她害怕她睡着之后，女人会挨近她身边，像狗一样伸出鼻子来嗅她，或者舔她，她必须警醒着，不让这女人跟她发生任何接触。于是四只眼睛，都像探照灯一般，在这黑夜里向对方射去，最终还是丽花败了，她看到女人眼睛里流露出炽热的情意，惊觉这维持着距离的目光也是一种接触，她已经被这女人占尽便宜。她再也不能忍受女人对她的侵犯，坐起身抽出插在柴堆上的一把镰刀，向女人靠过去。

女人眼睛里的满足变了样，她惊慌地看着丽花拿着刀逼近，在她身前停下，丽花卷起袖子，用那光亮的刀刃紧紧抵着小臂，一刀，一刀，血顺着丽花的手腕流下来。女人的喉咙里发出气体剧烈冲撞的声音，丽花用柴火堵住她张大的嘴说："滚，从我家里出去。"

在第二日的清晨，丽花向父亲展示了手腕上的伤口，女人已经不见。

自那一次冯老师的课后，大队长的目光时时留意着丽花。六芳看见几次大队长从丽花边上经过，悄悄塞纸条在丽花的手里，而丽花从不当着六芳的面打开看，甚至从不跟六芳提起这些。六芳憎恶丽花拥有这样的秘密，她原先不在乎丽花有秘密，现在在乎了。

"丽花，"六芳说，"大队长鼻子上有个痣不见了，你看见没？"

"看见了，"丽花说，"用药水点掉了，在人民医院里。"

"丽花，"六芳说，"体育老师又摸中队长屁股了，你看见没？"

"没看见，"丽花说，"你肯定是看错了。"

六芳对丽花的态度感到愤怒，她有恒心也有信心重新掌控丽花，丽花激起了她的斗志，使现在这个丽花屈服，比让之前那个可怜兮兮的丽花崇拜她更有意义，征服现在这个丽花，就是间接地羞辱了大队长、中队长、小队长，或许还有冯老师。六芳与同龄人相比，有着非凡的智慧，她对丽花冷淡下来，却在暗地里跟随着丽花，一直到她发现丽花最大的弱点。

“丽花，”六芳说，“曹田路有一个女疯子，你看见没？”

沉默了片刻，丽花说：“没看见。”六芳紧接着就说：“我看见她跟着你，她认识你，她还跟着你到你家里去。”丽花全身都绷紧，咬紧了嘴唇不说话。六芳直直盯着丽花，又接着说：“你家住在老菜市场里面，我没说错吧，我妈去过那边买菜，那里有个女疯子，人人都知道，现在穿得像个尼姑，以前我也见过她，好久以前，她光着身子在街上走，全身黑漆漆的，被花子抢着拉去睡觉！”丽花强忍着痛苦，剧烈地咳嗽起来，她用尽力气在咳嗽，以至于全身都抖动起来，以至于眼睛也红肿起来，渗出眼泪。

“你怎么了？”六芳说，又恢复以前那冷冰冰的样子。丽花说：“我病了……那个人，是我一个远方亲戚。”丽花觉得自己并没有说谎，又补充说：“很远的亲戚，是我妈的娘家的表亲。”六芳点点头，并不说话。丽花又说：“她有病，我们家给她一口饭吃。”六芳依然不说话。丽花接着说：“你以前看到的那个光着身子的人，不是她，绝对不是。”

六芳和丽花的友谊恢复了。丽花和大队长的友谊在另一边进行，大队长邀请丽花去过家里之后，又在体育课上让丽花加入了她和中队长的小组，一起打羽毛球。“可不可以带六芳？”丽花问。大队长和中队长迅速地交换了眼色说："一起来玩吧！"

六芳和丽花一整节体育课都在捡球，丽花已经感觉到，时间正在把冯老师那节课的效应冲淡，丽花的幸福在一点一滴逝去，她感到无力。

那个光着身子在街上走的黑女人，确实就是丽花家的女人。那一次女人在曹田街上出现，距离她出走已有一年，丽花不知道她在这一年的时间里是怎么过的，吃什么，喝什么，又是怎么走回了这个镇子，走到了这条街。丽花不无害怕地想，或许这女人从未离开过这地方，只是以一种不为人知的方式存在着，就在丽花身边，监视着丽花的一举一动。丽花看见她的时候，正在杂货铺里买一包盐，杂货铺的老板在递盐给她的时候手悬在半空中，停住了，目光胶在不远处的马路上，丽花顺着他的目光看过去，就看见了女人，一丝不挂的女人，遍体的黑色污垢就像一件贴身的皮衣一般附在她身上，为她遮挡了些羞耻，女人扬起手臂快乐地走，头发高高地蓬起，身体的曲线一览无余。

丽花提着那袋盐，不动声色地回了家。

当天夜里，丽花拿着手电，尾随父亲找遍整个小镇，最终在水电厂下面的出水管道里找到她，那里蜷着几团灰蒙蒙辨不出男女的乞丐，丽花父亲一眼就认出她，她光着身子缩成一团，一只小腿上系着条看不出颜色的破布，丽花父亲一把抓住她的手臂，她哇哇叫着，被整个提起来，又被脚下的布条绊倒，丽花和父亲这才看清布条的另一端，系着她脚下熟睡着的一个男性乞丐，丽花害怕地望向父亲，她希望父亲不要再带回这个女人，她相信女人不会再被什么人认出来，或许，女人不会再活多久，或许只需要等到冬天，一切问题都会解决。但是丽花的父亲已经掐住那个男性乞丐的脖子，那个男性乞丐重重咳一声，惊醒了，他睁开眼睛就明白发生了什么，这种事在他绑着女人的夜里发生过不少，他摇晃着站起来了，一团巨大的黑影在丽花和她父亲的面前升起来，他足足高出丽花父亲一个头，肩臂也宽厚一倍有余，他像一座山一样压下来，把丽花的父亲坐在身下。丽花的父亲和这男人扭打起来，丽花身后的女人尖叫起来，丽花的父亲被掐住了脖子，丽花冲上去，用手电筒击打那乞丐的头，丽花的父亲夺下发亮的手电，照着男人的眼睛敲去，男人终于捂住了脸，管道里其他的乞丐纷纷起来，一重重的黑影逆着光向丽花和她的父亲移动，女人跑了，丽花的父亲也翻身追出去，丽花跟在父亲后面跑，几步跑出管道，丽花惊讶地发现，天亮了。

天亮了，女人、父亲、丽花、乞丐，一切都无所遁形。

丽花的父亲衣服已经被撕破，他还是不顾一切地追着那个黑女人，丽花追着她的父亲，她在哭，她知道所有人都在看她，而她此刻看起来最像是一个正常人，她穿着整齐，头发梳得光亮，衣服上别着校徽，她为什么要跑呢？她的父亲追着那个黑女人，她又在追着什么？丽花停止了哭泣，抹一抹脸，到学校里去了。

冯老师还真的注意过丽花，她喜欢两类孩子，一类有好父母，一类有好成绩，在这带了几年的班级里，冯老师培养的苗子都是这样的人，而最让她感到得意的，是把有好父母的孩子培养得有好成绩，比如深得她欢心的大队长。但是她也喜欢树立一些别的典型，别的标杆，让大部分的孩子有希望、有自信，比如丽花。

可惜的是，丽花就是不积极、不主动、不配合，冯老师看得出来，她自卑，但是上次答题她看冯老师那眼神，分明又是自负。冯老师不管那么多，有什么题，别人答不出来，她就叫丽花，可惜丽花接下来的表现，十次里倒有九次让她失望。

“坐下吧。”她淡淡地对丽花说。

这直接影响了班里同学对丽花的态度，其实大部分人都不存在什么态度，他们只是把丽花忘了而已，丽花很清楚地记得，他们曾经在丽花背后发出赞叹，丽花曾经让他们那样惊讶，那样欣喜，可转眼他们就把她忘了，丽花拼了命在这平静的小水潭上激起的一个小水花，没荡起几个波纹，就消逝了。大队长对丽花也变得淡了，丽花看得出，聪明的大队长在拿捏着“淡”的分寸，毕竟她在不久之前还跟丽花说“要向你学习，真心对你”，她绝不会这么快就变脸，但她的笑容分明不同，她不再特地找丽花，一天天跟开鞋店的小队长好起来，即使去冯老师办公室，也让小队长陪着，丽花借着去厕所的工夫，看见小队长骄傲地等在冯老师的办公室外面，脖子伸得长长的，像只窝里有蛋的母鸡。

但丽花还是在大队长的学习小组，并且六芳也被她带进去了，六芳不像丽花那样低眉顺眼，很快就被厌恶了，这连累了丽花，六芳和大队长暗地里较着劲，丽花需要站队了。丽花看着大队长，大队长眼里出现久违的温情，似乎给丽花表心迹的那一张张纸条，此刻都挂在大队长火热的目光上。丽花又看看六芳，六芳眼睛斜斜地回应，嘴角浮起一丝满不在乎的笑，满脸只写着两个字："你敢？"

丽花把头低下去。大队长对她冷笑一声，起身收拾东西走了。六芳看着大队长的背影，也冷笑一声，还是那句话："狗腿子！"说完，又转向丽花，说："你也是狗腿子，知道吗？"

丽花的眼前天旋地转，她觉得自己病了，借着眩晕她大着胆子站起来提了提裤子，她知道身后有一双双好奇的眼睛在看着她，她在这些目光的推动下走进了教学办公室，那里有许许多多隔开的桌子，坐着许许多多的老师，他们都呆呆坐着，人偶似的一动不动。她找到冯老师，冯老师还是那张惯常的笑脸。"什么事？"冯老师问。"请假，我病了。"丽花机械地回答。

一切都很顺利，丽花失魂落魄地走回家，她渴望此时能下一场雨，好让雨水浇在自己身上，痛痛快快生一场病，又希望能有一辆车撞向自己，让自己的腿受伤，好在床上躺十天半个月，她反反复复绕着家门走，走到后门外的小河边，走到那座石头桥下，她脱了自己的裤子、鞋子、袜子，藏在草丛里，小心下水去，移步到桥下，又脱了衣服，把衣服围成一圈，绑在头上，顶着，慢慢向水深的地方走，走到水漫过大腿的地方，丽花停住了，慢慢蹲下，摸索这河里的石头，坐下，水恰好浮动在丽花的下巴处，丽花想起那个光着身子的黑女人，现在她也光着身子，但没有人会看见她，她就静静地坐在这桥下，在这春日黄昏，在这冰凉彻骨的河水里，想着自己的心事。

等到丽花回家的时候，衣服都是干燥的，但全身每一处的皮肤都火烫，没人知道丽花怎么得的急病，但她总算是如愿地病了。

丽花在霁月村生活了八年，在曹犁县生活了三年，她去过最远的地方是龙潭市，龙潭市里最大的车站叫作龙坝车站。

霁月村的日子是宁静的，霁月村的日子是孤单的，如果丽花家有人想吃一个包子，得在天将明未明的时候起床，走一个多钟头的路，到隔壁的镇上去买，好在丽花家没有人吃包子，也省去这许多麻烦。丽花家养鸡，丽花家的鸡生蛋，丽花家养猪，丽花家的猪下崽，这些也都跟家里的人没什么关系，蛋得等到集齐了个数，猪得等到长够了斤两，都由丽花和父亲一起，在天将明未明的时候，走一个多钟头的路，带到隔壁镇上的早市去，卖一个好价钱。一年里头，只有那么几次，丽花是挎着篮子去的，她在早市上，看到自家的蛋，自家的猪，那都是丽花挖空心思，做好记号的，丽花搜寻着它们的踪影。

日复一日，霁月村的时间在缓慢重复，丽花所有的乐趣，只是听故事，霁月村里除了山，只是故事多，村里老人都喜欢讲故事，讲的故事多半是山神鬼怪，或是日本兵杀人，丽花不爱听这些，丽花喜欢听不那么遥远的，脑子里能想见的事情，比如谁家的女人在油菜花地里看见竖起来一人高的大蛇，谁捉回来的小猫头鹰被自家的猫当孩子养了，谁家的猪跑出去跟山里的野猪配了，这些事情都有意思，但要说丽花最感兴趣的，还是听村东边那户养熊的人说熊的事情。那户人家从最南边弄了只小猪一般大的黑熊养着，养了半年，剩下的一年半却都在想办法丢了它。他们用摩托车载着它到二十里外的林子里去，黑熊走了半夜就回来敲门。他们又给它蒙住眼睛，用货车给带到百里外去，过了三五天，它又回来。到最后，这户人家几乎是倾尽家产，把黑熊装上火车，送到隔了几个省的原始森林里去，那时候，黑熊总算不再回来。那户人家就此过上安宁的日子，只是后来逢人就要说：“送走一只熊瞎子，真难。”

丽花带女人去龙坝车站只用了不到一天的时间，因为女人的配合，丽花的计划实施起来很顺利。那天丽花的父亲不在，丽花天不亮便起床，烧起大锅热水，提到女人的柴房去，给女人洗澡，女人从未用热水洗过澡，一开始便吓得嗷嗷直叫，丽花自己伸手在水里拨弄，女人才安静了，不一会儿就在迷雾般的水蒸气中高兴起来，丽花又用了香皂、洗发剂，给女人仔仔细细洗了身子、头发，女人温顺地配合着，直到丽花请她从木盆里出来，擦干，给她换上她最好的一件衣服，大红色的羊毛衫，真正的羊毛衫，是丽花的父亲在丽花出生那年买给女人的，一直没穿。女人欣喜地穿上，丽花又给她一只黑色的人造革皮包，那是丽花用一整年存下的钱买的。包里还有一个塑料发卡，一支小小的口红，丽花把它们也拿出来，细细盘起女人的头发，发卡给女人小心翼翼别上，口红均匀涂上，像是在打扮一个新嫁娘，做完这些，丽花在女人面前举起一面小镜子，女人愣愣看着，突然笑了，笑得好看，笑得无比正常，这让丽花吓了一跳，恍惚中思想错乱，分不清那个排水管道中的黑女人和眼前这个女人，哪一个是她原本的样子。

丽花带女人去曹犁县的火车站，拉着女人在售票窗口前边站着，学着小队长甜脆的声音喊：“阿姨，我帮妈妈买张票。”这举动惹得后面带着孩子的父亲母亲注目，他们忍不住训斥自己的孩子：“看前面的小姐姐多懂事！”

去龙坝市的一路，丽花都紧紧拉着女人的手，从小到大，她从未这样做过，她和女人的手握得那样紧，以至于两只手都出了汗，汗水从指缝中渗出，一滴一滴落在地上，丽花感到手很滑，她想抽出手来擦擦汗，只轻轻动了一下，女人的手却用力抓紧了，丽花看向女人，女人好像并不在意，只是死死盯着窗外的景物痴看，丽花任由女人抓着，任汗水滴着，也抓紧了女人的手，也随女人看向了窗外，窗外是一片飞驰的绿色，她在这景物中感到舒适和喜悦，她想起物理老师在课上说过的话，物体的速度越接近光速，时间就会越慢。她不知道光速是什么，但她幻想这火车再快一些，再快一些，她和女人或许就能够飞出时间去。

丽花曾经听父亲和祖父祖母说过，龙坝市是这整个省里最乱的地方，龙坝车站又是龙坝市里最乱的地方，那里连通南北，什么人到什么地方都要在这里停一停、转一转，人贩子、毒贩子、偷抢骗的东西，在龙坝市这里最多。丽花想象女人的命运，或许女人留在龙坝车站，不久就会被什么人带回那个叫他贡或者达贡的地方，在那里女人会遇见生养她的父母，她的父母或许是正常人。

丽花在车站旁的小店里买了两只玉米、四个包子，拉着女人找到最近的一个桥洞，丽花让女人坐在那里，把玉米和包子放在女人怀里，女人眼睛一亮，抓起玉米啃了两口，又突然止住，把它们推还给丽花，丽花再一次把它们放在女人的怀里，用一件旧的藏蓝色棉服给女人盖上，然后伸手进去，再一次握紧了女人的手。

“妈妈再见。”她说。

丽花在床上躺着，没有想到出路之前，她不愿意自己的病好，不愿意吃药，她甚至不敢吃饭，不敢喝水，她害怕自己的身体太过于健康，太过于强壮，留不住这小小的病毒。每天清晨醒来，丽花深吸一口气，只要感到呼吸通畅，身体不那么热，脑袋也不那么疼，她就惊慌失措，抠着自己的喉咙，踮着脚尖跑到茅房，把吃下去的东西偷偷吐掉，又缩进被子里。没有人发现她这么做，除了女人。

女人还是只会大喊大叫，丽花的病一天一天沉重起来，丽花在这伴随着疼痛的昏沉中找到一种自由，她每天都在锻炼自己的忍耐力，她清楚感觉到自己的身体状况与前一天的差别，那种差别有时候细微，有时候严重，无论如何丽花都能很快找到忍受它的方法，她时刻预备着，竟渐渐让痛苦成为习惯。

丽花曾经听霁月村的老人说，人在接近死亡的时候会迅速回忆起自己的一生，小时候的事，刚出生时候的事情，甚至是自己平时都不知道，不曾注意到的事情，都会在临死前记起来，快要死的人把这些事情都经过一遍，然后就看见早已死去的人，那些对这人好的，或者仇恨他的人，这个时候都会出现。丽花等待着，她的生命中还未接触过死亡，她并不期待自己能看见什么人，但她期待自己能回忆起一些事，那些刚出生时候的事，那些幼小的时候，连自己都不知道的一些事，那里面或许会有些辉煌的东西，有些灿烂的，令人快乐的事情。让丽花在走向另一个世界的时候，觉得高兴，觉得安心。就好像卖火柴的小女孩，被爱她的祖母接走，去那个有火鸡有圣诞树的地方一样。

丽花等待着，比这些先一步到来的是六芳，还有六芳带来的冯老师，这比死亡更让丽花恐惧。丽花的父亲还在上工，丽花的祖父祖母还在地里，丽花挣扎着爬起来，想要把女人锁进柴房，但她的腿一触地便软了下去，丽花无力地瘫倒，不知所措。六芳的脚步近了，冯老师的脚步近了，丽花此刻恨极了六芳，这可怕的六芳，丽花恨不能让女人将她掐死，眼前却闪出送走女人的那些天。

女人失踪的后一天，丽花的父亲搜遍整个曹犁县无果，随即踏上了寻找之路，他背着巨大的行李，拎着一捆被褥，带走了家里一半的积蓄，留下话说“哪怕她走到天边”。不顾丽花祖父母的劝阻，他去了整整二十一天，徒步走遍每一个邻近的县、村、镇，甚至冒险回到了霁月村，什么都没有找到，他带着绝望的心情踏上了龙坝市的火车，决心找遍最南和最北边，却在车站拥挤的人流中看见女人。女人腰上系着破棉袄，却梳着整齐的盘发，穿着艳红的羊毛衫，紧紧握着一只黑色小皮包，跑着步，急急地向过往的火车里看，一个窗一个窗地看。他几乎不能相信这就是女人，他扒开人群冲下去，直冲到女人面前说：“你还跑哇！”他流着泪叫喊着，揪着女人的头发，拳头抡起来，重重地打在女人的身上。

二十一天还是太短，丽花不明白，女人一直在原地没有走，她没有离开龙坝车站，她怎样在这个龙蛇混杂的地方坚持了二十一天，并且最让人吃惊的是，在父亲找到女人时，女人依然保持着好好的盘发，穿着干净的羊毛衫，拿着崭新的皮包。丽花一直在思索，思索之后她感到害怕，她害怕女人有记忆，她害怕女人盯着她看，害怕女人对她好，害怕女人没有疯。

六芳的脚步踏过了门槛，冯老师的高跟鞋跨过了门槛，她们的脚步激起了丽花家客厅里厚厚的尘土，丽花倒在地上，惊惧地凝视着对面的房门，六芳站定了，冯老师站定了，六芳喊叫丽花的名字，冯老师说话了，她对着空无一物的屋子询问："有人吗？"对面的房门打开了，丽花看见女人缓步走出来，脸上带着紧张的笑，身上换着那件红色的羊毛衫，已经长到耳边的头发上好好地别着一个发卡。

丽花再一次感到强烈的眩晕，这眩晕伴随着剧烈的疼痛，疼痛使丽花保持着一阵一阵的清醒，她半边脸扑在尘土里，看见冯老师和女人坐下了，六芳坐下了，冯老师在说话，六芳也时不时地说话，女人也在说话？不，丽花听不见任何声音，她睁大眼睛看女人的嘴唇，女人的嘴紧闭着，但一直在笑。丽花的鼻子牵连着眼睛一阵酸痛，眼泪和鼻涕一起顺着嘴角流下来，丽花忍住想要咳嗽的欲望，一直大睁着血红的双眼看着女人，她脑子里嗡嗡不止，她努力想要捕捉到一点声音，都是徒劳。丽花最终看见冯老师起身要走，六芳跟了出去，女人也跟了出去。丽花努力地用手支持起半个身体，艰难地向房门爬动，像蠕虫一般在身后的灰尘里流下一条长印。

丽花看见冯老师在走出院子里的小篱笆门的时候又回了一次头，六芳也跟着回了头，她们嘴巴没有动，但似乎在笑，丽花拼命看向女人的脸，女人背对着她，她什么都看不见，却忽然听见轻轻的一声"慢走"，在黑夜里飘动起来。

不是号叫，不是哭喊，那一声无比清晰的"慢走"，是女人的声音，还是丽花的幻觉？丽花分不清楚。

霁月村的月光倾泻在广阔的田地上，在好些年前，丽花跟着其他的小孩一起向河边洗菜的女人丢小石头，这是霁月村里女人的命运，更是丽花家女人的命运。丽花家的女人与别家不同，也应享用更多孩子的石头，丽花发现女人只要是蹲着，就一定会撒尿，女人无论是在家里洗碗，还是在河边洗衣服洗菜，洗着洗着，裤子就全湿透，站起来便是一股难闻的骚气。丽花把这发现报告出去，散播在孩子们中间，女人成了孩子们的玩笑，丽花做了孩子们的功臣，孩子们跟在女人后面，追打嘲笑，丽花总是跑在前面，丽花笑得最大声，捡的石块也最大，好像这样做就可以撇清跟女人的关系，可到了最后，丽花还是被取笑，被大一些的男孩子们扒了裤子，检查上面是否也有尿液。丽花的裤子是干燥的、洁净的，男孩们把丽花的裤子铺在地上，轮流撒了尿，让丽花穿上它回家去。在丽花的记忆里，她无数次穿着浸透男孩们尿液的裤子，迈着大大的八字步，一步一步走在霁月村的月光下，走在回家的路途中，去和她家的女人一起领受父亲的巴掌。

细碎的记忆在丽花的脑袋里流淌，她看见幼小的自己把苍耳缝进女人的裤子，看见女人蹲下身子时似哭似笑地咧着嘴；她看见女人干活回家之后，带着裤子上斑斑血迹，坐在桌边囫囵吞下她拌在米饭里的蜒蚰；她看见女人的被子在炎热的夏天里爬满苍蝇，直到父亲在那发臭的棉花里扯出一条腐烂的小蛇，她闭上眼睛不愿意看。

丽花的病一天一天好起来，她回到学校，大家都已经知道她的母亲就是那个曾经光着身子在曹犁县里走，大白天在马路中间撒尿的人，那些散乱在人群中的目光又重新聚拢起来，迅速地追随着她，集中在她身上，丽花恍惚中觉得自己的裤子又湿了，她的腿小心翼翼地躲避着那些不洁的尿液，缓慢地迈起了八字步。但是当她走进教室，迎接她的是掌声，是冯老师，是大队长。

女人那天的表现非常好，如果不是最后冯老师起身要走的时候，看见女人湿答答的裤子，闻到那裤子上浓郁的尿骚气，她几乎就以为女人是个正常的、不爱说话的乡下女人。冯老师看着那下滴的尿液，在那一瞬间读懂了女人微笑中的一切，她配合着女人一路走到院门口，回过头来跟女人挥手再见，她看见女人喜悦的神色，女人甚至微微张了嘴，说出一句“慢走”。

“这就是母爱的伟大，”冯老师说，“一个神志不清的可怜妇女，是怎样为了自己的女儿，在陌生人面前竭力地扮演出正常人的样子。”班里的同学都被冯老师叫起来，谈一谈自己的感想，他们中间有一半人说起父母对自己的漠不关心，最后哽咽起来，哭着说：“羡慕丽花有这样伟大的母爱。”

大队长又开始写纸条给丽花了，冯老师把这一周的周记题目定为“母爱”，大队长想要采访丽花，从丽花那里获得更多关于她母亲的信息。冯老师把丽花的事情上报学校，为丽花减免了部分学费，还募集到一些捐款。六芳也写了纸条给丽花，上面写着：“吃水不忘挖井人。”平时不怎么在意丽花的中队长和小队长也买了彩纸，折了星星送给她，赞美她的坚强。

丽花一张纸条也没有回，她没有什么好失去。在旁人的目光下生活了半个多月，丽花在一个温暖的午后走上了黑土路边的小石桥，在桥的中心一跃而起，以一个轻巧的姿势跳进了小河里。

丽花屏住呼吸，在清凉的河水中缓缓沉没，她大睁着眼睛，看见荡漾的天空，格外的蓝，天空中的云，格外的白，格外的大，它们一起在丽花的身边轻快地流动着，闪着光，丽花欣赏地看着这一切，直到河流的上方晃动起另一个人影，那个人影在远处迅速晃动，又被水波隔断，在丽花的眼中分出四五只细长的影子。丽花冒出水面看着它，它像是一只硕大的母蜘蛛，焦虑慌张地在石桥上爬动，丽花觉得有趣，她又沉入水里看着它，蜘蛛在丽花的眼前迅速变大，在丽花不远的地方激起巨大的水花，它也掉落下来了。丽花身边的水重重地晃荡起来，腥咸的河水从丽花的嘴里、鼻子里灌进去，丽花需要呼吸，她像鱼一样灵巧地翻了个身，浮到水面上大吸一口气。在丽花身后的水里，一只巨大的黑色蜘蛛漂浮着，滑动着它细长的双腿向她追来，丽花挥舞起双臂，推开一阵阵水花，奋力地向前游去，她知道前面的河流还有很长很长，她要沿着曹犁县的这条小河一直向前游去，游过霁月村，游过他贡，游过龙坝市，一直游到大海。

“妈妈再见。”丽花说。一串细小的泡沫漂浮着，环绕着丽花，可她并没有向身后看。

荒草地

汪薇和蒋小嫦都记得，当年她们一起住在常乐路的建设新区时，长青公园还是一片荒草地。那片荒草地后来被汪薇画了下来，现在依然挂在老房子客厅的墙上。汪薇不在的时候，蒋小嫦总是坐在一只藤编的摇椅上晃荡，盯着那幅画看，她觉得汪薇画得真好，那些荒草那样张扬飞舞，那片绿那样浓稠幽深，就好像藏下了什么秘密。

常乐路的房子是当年汪薇父亲留下的，在他离开之后，蒋小嫦开始注意到国道对面的荒草地，那片荒草地看起来像是布满了最常见的铺地黍，又不全像，它们长得更高也更坚韧，带着极其旺盛的生命力，它们在阳光下叫嚣，在一条尘土飞扬的国道上划出一道断断续续的痕迹，愤怒地迸发到国道的另一边去，并在那一边也迅速繁衍起来，一直舞动到汪薇家的楼下。

蒋小嫦厌恶这片杂草，她常常焦躁地在落地窗边踱来踱去，抱怨那片杂草挡住了自己的视野，抱怨杂草中间聒噪的虫鸣影响了她的心情，抱怨杂草里的气味令她想要呕吐。

汪薇也注意到了落地窗前的杂草，她去超市买了除草剂，打算把这些草同母亲的抱怨一起除掉，但正要这么做的时候，她突然发现了这些杂草的源头，它们以一条极细微的路线撤退，大本营则是国道对面的荒草地，那片广阔的绿生机昂扬，阳光在一个个绿色的镜面上闪耀，旋转，形成一个巨大的旋涡，像是某种神秘力量的中心。汪薇由此产生了一些浪漫的想法，这屋子后边的杂草越过重重阻碍到了这里一定有它的目的，它或许是来传达什么讯息，或许是在向什么人送信。

汪薇在一个午后走入了国道对面的荒草地，那是她第一次踏足那块陌生的地方，她的脚尖一触到地面就感觉到与土地的契合，荒草在她耳边迅速生长，隔绝开嘈杂的道路和飞扬的尘土，隔绝开不远处的人声、电器声、水管阻塞声……汪薇欣喜地走着，用足尖丈量了这一整片草地，这里足够建十个游泳池，不对，应该是二十个。她舞动双臂做出游泳的动作，先是蛙泳，然后是狗刨式，她欢快地游着，从游泳池里游了出去，进入了河流，又顺着河流到了海，她潜入深水区，查看下面的鱼群，它们在深绿色的海水里发亮，她伸手去触碰它们，却不慎扭伤了自己的腰部，海藻缠绕着她，她挣扎着浮出水面，看见远处自己家的房子，轻轻呼叫了一句救命，然后沉没下去。

汪薇的父亲在两年前的一个夜晚出门之后就没再回来，汪薇隐约记得他离开前的某一天和蒋小嫦对坐在客厅里，两个人都带着尴尬的笑意。汪薇端着小凳子，坐在茶几的另一边，她的父母都没有看见她，就好像她不存在。尽管如此，那天依然是这三口之家难得的平和时光。

汪薇对父亲并没有太深的眷恋，她幼年起就不常见到他，从表面上看，她父亲的消失没有给生活造成任何改变，只不过是延长了他外出的时间。但汪薇在蒋小嫦的表情里发现了很不适宜的轻松和喜悦，这让她笼罩在一种恐惧当中。她感到蒋小嫦在酝酿着什么计划，并且不打算让她参加。汪薇半懂不懂，正处在一个尴尬的年纪，十四岁，刚刚月经初潮，脑袋上还扎着两个羊角辫，穿着迪士尼的大号童装。每天清晨，蒋小嫦抓着汪薇的一头长发，对着镜子用纤细白皙的手指熟练地挑动着发丝，目光只是离散地落在镜面上，不是在看自己，也不是在看汪薇。

汪薇猜想蒋小嫦在寻找新的男人，她在一个人的时候走进主卧，打开衣橱，打开每只抽屉，她看见新鲜艳丽的衣裙，闻到淡淡的茉莉花香水味，这对她而言是陌生的。她熟悉的是棉布枕巾上温暖的洗发水味道，那味道带着人的汗水、毛发，带着几分脏。她在那味道里度过大半个童年。现在屋子里的味道变了，变得像凛冽的风，她感到浑身的毛孔都紧张。

大约从那时开始，汪薇渐渐做出一些令蒋小嫦头痛的行为，她吃饭时从嘴角漏出汤汁，走路也时常摔跤，她要求夜里同母亲睡在一起，被拒绝之后，她则要求开着灯睡觉。她像一个五岁的孩子一样自言自语，翻找幼时的旧玩具，一个人重复地玩着简单的游戏，发出咯咯的笑声。

不同的男人开始出入蒋小嫦的客厅，汪薇总是趴在二楼的楼梯边向下窥视。有时候蒋小嫦正和男人谈得热络，会听见楼上传来汪薇的尖叫声，她慌忙上去看，汪薇却只是在一堆玩具里静静坐着。那些男人来了又走了，尽管蒋小嫦看起来依然漂亮，但没有谁愿意接受汪薇这个奇怪的女儿。

不久之后，孙富友在客厅里出现了。与其他人不同的是，他在客厅的沙发上坐不到三分钟，每次都像是被烫了屁股一样直直站起来，然后绕着屋子乱走。最后他走进厨房、卫生间或是杂物间。他像个尽责的修理工那样检查着屋子里每一处年久失修的地方。汪薇第一次窥见他的时候，他簇新的西装和围裙一起挂在厨房的门把手上，而他自己前半个身子挤在洗手池底下，只露出一个肥大的屁股。汪薇看见他，忘记了尖叫。他修完水管之后抬起一张油腻的脸，对身后的汪薇抱歉地笑笑，我闲不住，他说。蒋小嫦任由他这样来去，却没有对他说什么话，也没有给他倒一杯水。

但孙富友还是常来，他一边念叨着汪薇家里的水龙头、煤气罐，一边不识趣地出现在汪薇家的各个地方，厨房、走廊、屋顶、天台，他不知疲倦地检查汪薇家的每一处电路、水管、墙壁、天花板、吊灯，整天拿着各种工具叮叮当当地敲。他以这种方式侵入了汪薇的家，和汪薇家里的一花一草都搞好了关系。当汪薇发觉这一点的时候，他已经竖着铲子和铁锹，把汪薇家长满野草的后院改造成了一个菜园。汪薇终于歇斯底里地尖叫起来，孙富友在那一刻大胆地握住了蒋小嫦的手，他说他已经联系了一家权威的医院，他会带着汪薇母女一同去北京，汪薇在那里可以得到全面的检查。

蒋小嫦居然允许他这样做，汪薇想，她那样迫切地要寻找一个男人，为什么女人非要男人不可？汪薇发现，不仅仅是她的母亲，就是在学校里，她的同学中间，也有很多女人在寻找男人。这么一群未长成女人的女人，在关注着另一群未成为男人的男人，就像是一群稚嫩的幼兽在玩耍时无意中做出交配的动作，兴奋又不知其所以然。汪薇就身处于这样一个环境里，长相不算太差的女孩子们都有了些可炫耀的秘密，她们在书页里露出信封的一个角，在晚自习课上踩着铃声满脸通红地回来，她们有时候会夸张地尖叫，有时候又过分地愁眉苦脸，她们总是想要找人倾诉，又总是在最后关头欲言又止。这些都与汪薇无关，汪薇的大号童装和两只羊角辫把这一切都隔开了，她不是男生眼中可能的猎物，也不是女生眼中良好的盟友。她看起来太安静，也太怪异。她没有朋友，总是一个人骑着单车，她骑车的速度很快，两个大车轮在凹凸不平的水泥路上磕磕碰碰，她的两只羊角辫剧烈晃动起来，被风推着向后，使得她的脑袋成为一只奔跑的兔子，这只兔子一直奔到国道边那一片荒草地里去。汪薇的车轮碾过翠绿的野草，修长坚韧的叶子一排排倒下，折断的时候发出咔嚓声，汪薇固执地前行，心里充斥着毁灭带来的悲壮，因为太过用力，自行车的踏板飞了出去，汪薇不慎倒下，自行车压着她的一条腿，她坐在这一片被碾过的荒草上哭泣。

汪薇一直在荒草地里坐到夜幕降临，当她带着一身凉意回到家时，孙富友正把一辆红色的小轿车开进院子里。“这是给你妈妈的礼物。”他看着汪薇说。见汪薇不理会，他又说：“里面也有你的礼物。”说着，他打开车门，从里面拉出一根绳子，绳子那头发出丁零零的响声，接着车里跳下一只雪白的小羊，它脖子上系着一条红色的尼龙绳，绳子上挂着两只亮晶晶的铃铛。“你可以把它养在后院，我把菜园子隔出了一块。”他说着松开了小羊的绳子。小羊竟朝汪薇走了过去，用它光滑的小脑袋抵着她的腿。

“它喜欢你。”他说。

“我不喜欢它，脏、臭。”汪薇说。

隔了些天，汪薇骑着自行车在回家的路上，看见了那辆红色的小轿车，它慢悠悠从汪薇的身旁驶过去，汪薇看见蒋小嫦紧张地坐在驾驶座上，孙富友亲密地扶着她的一只手。汪薇加快了速度，始终不远不近地跟着它，她看见孙富友像癞蛤蟆一样鼓着两只眼睛，而蒋小嫦脸上带着羞涩的笑意。他们沉浸在自己的世界里，始终没有发觉汪薇的存在。汪薇慢慢落在了车的后面，那辆全新的红色小轿车热热地反射着阳光，看起来就像婚车一般喜庆，它在汪薇的视野中变得越来越小，随即像一个跳跃的火焰般在汪薇家的路口熄灭。汪薇停在马路中间怔了怔，然后扭着自行车把手，开始在马路上来回地转圈，路边不断有人看她，冲她喊叫，有人在驶过的车辆里探出头来骂她。汪薇都听不见，她在思考，思考这一刻她该去什么地方，做些什么事情，她突然想起昨天蹬飞的那个踏板，于是向荒草地骑去，把自行车扶到了草丛里，她要去找回那个踏板。

汪薇一个人在草地里走，目光在四处搜寻着，她很快发现草丛里不仅有她的自行车踏板，还藏着许多别的东西，干瘪的香烟头、生锈的钥匙扣、被雨水冲刷得发白的香烟盒、被老鼠啃破的皮包、破玩具、饮料罐、零食袋……汪薇的心情有些微妙的变化，这地方并不像她想的那么僻静，反倒有些不为人知的热闹。

汪薇从这些废弃的东西里挑选出一些带回了家，她把它们分别装在透明的纸袋子里，标上日期和时间，像标本一样陈列在自己的房间里。这些东西的主人也曾像汪薇一样去过荒草地，他们不但去过，还留下了东西，证明自己到此一游。汪薇想，他们也喜欢荒草地，以为荒草地能藏住自己，但汪薇发现了他们。汪薇虽然没见过他们，却觉得自己和他们有默契，连他们自己都不知道的默契。

自这一天开始，汪薇每天都去荒草地查看是否有新同伴留下的印记，这对于汪薇来说是严谨的工作，她为此专门带着一只羽毛球拍，用它在草丛里拨弄，不放过任何一个角落。汪薇的收获并不多，常常好些天都一无所获，但这却使新的发现变得更有意义，哪怕风吹来的一根头发丝，也能让寻找中的汪薇欣喜若狂。她在这草地里消耗的时间愈来愈多，回家的时间也变得更晚，终于有一天她发现家中的气氛有些诡异，孙富友带回了汪薇的检查报告，汪薇的生理和心理都没有什么疾病，她是一个极其健康的小姑娘。对于这个结果，蒋小嫦并没表现出多么意外，只是伤心。汪薇看见母亲趴在孙富友的怀里哭着，耸动着肩膀，汪薇胃里泛起一阵恶心。都是表演！她说，大声摔着门。蒋小嫦抬头看了汪薇一眼，既没有离开孙富友的怀抱，也没有招呼她吃饭。汪薇神思恍惚地走上楼梯，打开自己的房门，她看见自己的房间充满着怪异的整洁，她从草地里捡回来的东西都消失了，她像一头发怒的野兽一样冲下楼，在最后一级的扶梯边停住了，她用发亮的眼睛盯住她母亲，蒋小嫦也用同样的眼神看着她。

沉默许久，蒋小嫦输了，她再一次流下眼泪，对汪薇说："你折磨我，你和你的父亲一样，折磨我。"

第二天清晨，蒋小嫦照样站在镜子前边，帮汪薇梳头，这是十几年来日日不变的程序，也是每日里母女二人最亲密的时分，但这一天蒋小嫦比往常更加失神，她似乎忘记了要怎么梳头，只是举着那把黄杨木的梳子，在汪薇的脑袋上划来划去，好像在盘算怎样切开一个西瓜。

"我要迟到了。"汪薇说。

蒋小嫦说："汪薇，长这么大，你什么都不会，连梳头都不会。"

汪薇从蒋小嫦手里夺过那把梳子，在自己的脑袋上用力刮了几下，梳子纠缠着她散乱的长发，汪薇用力拉扯，她的头发一根接着一根发出断裂的声音。蒋小嫦并没有阻拦她，而是说："把头发剪了吧，以后就没时间梳头了。"

汪薇从镜子里看着蒋小嫦的眼睛。

"以后上高中，就更没时间梳头了。"蒋小嫦说，"我也不能给你梳一辈子。"

那天早读课，读的课文节选自史铁生的《我与地坛》，班主任坐在教室后面，男女同学们积蓄着力量，念书的声音听起来几乎是喊叫："她—不—是—那—种—光—会—疼—爱—儿—子—而—不—懂—得—理—解—儿—子—的—母—亲，她—知—道—我—心—里—的—苦—闷，知—道—不—该—阻—止—我—出—去—走—走，知—道—我—要—是—老—呆—在—家—里—结—果—会—更—糟，但—她—又—担—心—我— 一—个—人—在—那—荒—僻—的—园—子—里—整—天—都—想—些—什—么。我—那—时—脾—气—坏—到—极—点……"

汪薇披散着头发坐在这一群人的喊叫中间，她也跟着他们一起喊叫着，她喊得比谁都大声，喊着喊着她哭了，号啕大哭，她的哭声破坏了喊叫的节奏，喊叫声乱了、弱了，教室变得安静，所有人都看着她哭，班主任从椅子上面站起来，走到她面前。汪薇的头发像狮子的毛发一样蓬起来，鼻子则红得像个小丑。她的眼泪浇下来，小溪一样在课本上流淌，把半册书都浸透了。

那天汪薇意外地收到了人生中第一封情书，情书很短，没有署名，上面只写着一句话：

“汪薇，你头发披下来其实蛮好看。”

汪薇怔怔地抓着这张纸条，眼前好像闪过红的黄的色彩，那是春天的讯号，是校园里新移植的一排风铃木。

孙富友这时也写下了自己人生中的第一封情书，他写给汪薇的母亲蒋小嫦。信的内容简单拙劣，以一首在某某文摘上的现代诗起头，再以电视剧里的山盟海誓作结。这些东西令蒋小嫦发笑，但还是要做出回应，她用红笔在信纸的空白处淡淡写，“爱你”或是“很感动”，就像教师批改小学生的作业。她自觉有些羞惭，但孙富友乐此不疲。他就像是个头一回恋爱的少年人一般激情四溢，在公众场合的突然示爱与招揽路人目光的大捧玫瑰时常令蒋小嫦尴尬不已。但这都是小事，蒋小嫦想，这样的一个人，至少让她觉得比较安全。有那么一些时候，她也陷入年轻时候的幻想，她知道孙富友想要的正是那样一种东西，他没有过，所以觉得好。但她是有过的，她现在觉得，那一切都没有什么意思。

汪薇收到的情书在她的日常生活中起了作用，她自那天之后，每天清晨都早早起床，在母亲醒来之前，梳直了头发，披散着到学校里去。她放慢骑行的速度，乌黑的长发反射着阳光，在微风中像水一般流动。她发现偶尔会有路上的行人看着她，走进校园之后，看她的人就更多。汪薇静静坐着的时候，长发倾泻下来，遮住她衣服背后印着的小矮人图案，谁也不觉得她穿的是童装，班里的男孩女孩们看她的眼光都有了些变化，他们从未发现汪薇是这样好看的一个少女，就连跟她说话都有些害羞。

不久之后，汪薇也恋爱了。

汪薇的对象是一个高中体育部的男生，他喜欢穿着紧身背心在操场上奔跑，露出一身令人生畏的肌肉，汪薇和其他的女孩一起站在跑道边为他加油，他径直向汪薇走过来，淋漓的汗水蒸腾在块状的肌肉上，汪薇不敢直视，却在众目睽睽之下接过体育生喝过的水，在阳光下仰着头咕嘟咕嘟往嘴里灌。这一举动颇为大胆，汪薇直接由一个默不作声的好学生转换为早恋大军中积极的一员。在那之后汪薇没有再收到情书，体育生们耀眼的运动服和厚实的肌肉将她与其他男生隔绝开来，汪薇有时会想象那个躲在角落给自己写情书的男孩子，但她并不好奇，她满意自己现在这个高大的男友，甚至有些得意。

汪薇在那之后不再骑自行车，体育生有一辆抢眼的山地车，她便有了自己的座驾，汪薇把自己的自行车锁进荒草地里，只在出门和回家的时候推着它。体育生是个很努力的人，他面临着一年之后的高考，每天都很卖力地在操场上训练，汪薇总是拿着一瓶矿泉水坐在跑道的一边，等他停下来休息，就会跟汪薇聊天，他的话很多，絮絮叨叨说自己的事，说他自己不聪明，学体育能帮助他考上好学校，说他将来想去的城市，说他的父亲、母亲、朋友、同学。他也问汪薇这些事情，汪薇说，我们为什么不谈谈爱情。

什么是爱情?

体育生说："爱情就是两情相悦，我喜欢你，你喜欢我。"

汪薇摇摇头说："我觉得不是，爱情没那么简单。"

体育生说："那你认为是什么？"

汪薇说："爱情是神明，在爱情面前，不能有自私、欺骗、逃离、背叛，人一旦犯下这些错误，就是亵渎神明，就要遭受神明的审判。"

体育生看着汪薇的眼睛，汪薇的目光冷冷的，和月光一起落在寂寞的操场上。他突然想要吻她。汪薇看着他鼻尖上那个呼之欲出的脓包，拒绝了。

孙富友和蒋小嫦的交往过程快速而平静，像高速列车开往幸福大道，只有汪薇不幸福，她感觉自己像是一条被拖在车后面的狗，伸着舌头喘着粗气，就快被脖子上的绳子勒死。她憎恨屋子里孙富友增添的每一件东西，留下的每一处痕迹。蒋小嫦后来发现，孙富友用过的碗筷、杯子、碟子都不知道什么时候消失了。她因此冷淡了汪薇，是对汪薇行径的惩罚，也是一种警示和无声的管教。但更重要的一点，她在把对汪薇好的权利让渡出去，她要让汪薇也知道孙富友的好。孙富友领会这个意思，他紧张得不知所措，他并没有做过父亲，却突然有了一个青春期的女儿。汪薇像只刺猬那样难以靠近，她既不是个孩子，可以被讨好和威吓，也没有成年人的世故，能够伪装出表面的和平。她总是用一种奇怪而愤怒的眼神盯着他，那目光让他觉得自己有罪。孙富友不愿意承认，他不喜欢汪薇，甚至有些怕她。他在她身上找不到逻辑，也找不到规范。

孙富友的小羊在汪薇家受到了冷落，汪薇母女都对他送来一只小羊的行为感到不解，她们也同样不喜欢他把后院改成菜园，因此他并没能在园子里种上蔬菜，而是随意种了些花草填补了小院的空虚。汪薇母亲不在的时候，他常常一个人坐在院子里喂着小羊，他的童年就是这样度过的，那时候他的父母尚在，他度过一生中最悠闲快乐的时光。而此后的日子里，他种过地，搬过砖，从村里到镇里，从镇里到城里，慢慢做了包工，年近五十，竟也开起一家小小的建筑公司。他有过一个乡下女人，他们在一起四五年，因为不能生育分开。他经人介绍认识了蒋小嫦，他一见到她就说不出话来，他看见她眼睛里的优越，他半辈子也没碰过这种女人，但是他想要的也正是这一种。她不仅仅是一个女人，她代表着许多东西，代表着许多人，那些曾让他尝遍屈辱的人，他们绝不会把那样的眼光放在这个女人身上，他们会尊重她，甚至讨好她，不仅仅因为她的外表、衣着和身上的物件，也因为她淡漠的态度和优雅的举止。这些是他怎么都学不会的，他生来就不是这样一种人。但他攒了半辈子的钱，终于也能和这样的一个女人平等地坐在一起，他甚至还能用挑剔的眼光大胆审视她一遍，如果他愿意，他还能找出岁月在这女人精致的脸上留下的痕迹，然后狂妄地对她说，其实你老了，我想找个年轻的。他心里闪过一丝这样的念头，仿佛看见女人小心翼翼维持的尊严被一举击溃。他扬起嘴角笑了，他不会这么做，他心底里还是那个卑微又惶恐的孙富友，他已经够满足了，充满了对未来的憧憬，他感到很欣喜。

孙富友用自己并不习惯的方式讨好着汪薇母女，他带着她们去逛商场，去高档的西餐厅，他在光滑的玻璃镜前看见自己的脸，他有着一对圆凸的眼和两扇肥大的鼻翼，高高的发际线下面是格外光亮的脑门，他的肚子往下坠，走路的时候微微弓着背。他走在这些漂亮的建筑里面就像个仓皇的逃犯，而汪薇母女则很快与环境融为一体，她们的一举一动都那么大方自然，他痴痴地看着她们，把她们框进画里，而自己始终在框外。

“你们真好看。”他忍不住说。

汪薇在他前面走着，她装作什么都没有听见，但她头皮发麻，她比孙富友更加不习惯这些地方，她看见蒋小嫦故作随意地翻动那些时装里挂的价格标签，她知道她母亲已经有很多年都没有买过这样价格的一件衣服。她看见服务员紧盯着蒋小嫦的手，脸上的表情像是讨好又像嘲笑。她的眼睛扫过孙富友，竟然发现他和服务员的表情一样。她终于无法忍受，发出夸张的笑声，瞪着眼睛对服务员说：“我们买得起。”然后又指着孙富友说：“他有钱。”

汪薇觉得自己的父亲比这男人好得多，她脑子里隐约有些快乐的记忆，幼年的时候她和父母融洽地在一起。事实上她的这些记忆来自家里的几本相册，那时候她的父母都时髦、年轻，他们在照片里都漂亮、明媚。那些八十年代的诗歌、建筑、吉他、口琴、棉布裙子、牛皮凉鞋、少男少女，看起来都那么好，令人怀念又向往，那些不属于汪薇的记忆成为汪薇的记忆，因为超离现实而显得更加完美。至于蒋小嫦，她并不这么认为，她用剪刀把那些美丽的照片都剪碎，她烧掉了汪薇父亲的那一部分，而自己的那一部分都剪成一个个孤单的小人，没有风景，没有同伴，像杂志上剪下来的明星照片那样，一张一张贴在笔记本的白纸上。蒋小嫦依然珍视自己曾拥有的青春，却企图把属于青春的一部分清理到青春之外。

汪薇的举动使得她与母亲的关系更加恶劣，却并没有影响蒋小嫦和孙富友的关系，汪薇的双眼既然像探测头，蒋小嫦和孙富友的约会地点就脱离开家中的小院，他们要进一步发展。汪薇有了更多的自由时间，但她并不真正感到自由，她像一只困兽一样焦躁地在这座房子里面踱来踱去，她感到她母亲正在放弃对她的掌控，而她也在逐渐失去关于她母亲的讯息，虽然她们还同在一个房子里，但是见到彼此的时间已经越来越少，她突然想起了自己的父亲，在他消失之前，他也是这样像幽灵一样在这个屋子里盘旋，她努力地回忆，竟记不起她父亲的样子，他就好像一片阴影，从未发出过一点儿声音。

汪薇问体育生，人活着有什么意思？

体育生觉得汪薇这么问就挺有意思。他想汪薇肯定看了许多小卖店的杂志，因为她说话跟那里头的女主角一样。最后那些男女主角总是要分开，总是要车祸、得病、陷入多角恋爱。体育生班里的女生也都在看这些东西，因此他也看了，他知道怎么回答。

他说，和我在一起，以后就会有意思，我会让你开心。

但汪薇摇摇头，说，我觉得没意思，男人为什么要和女人在一起？

体育生看了看汪薇，脸红起来，却撇撇嘴，说，你不懂。

汪薇硬硬地回他，到底有什么意思？我们现在在一起，我就觉得没意思。

体育生转过脸看着汪薇，突然紧张地抓起她的手放在自己的胸前，他让汪薇触摸自己的肌肉，汪薇像触电一样把手缩回来，说，我不喜欢摸这个，这让我想起菜市场上的生肉。

体育生说，这是性感。

汪薇说，什么叫性感?

体育生没有再回答，他看见学校操场上挂着一道红色的横幅，横幅上写着“欢迎各级领导来我校开展先进性教育”，他的目光停留在“性教育”三个字上，然后对着汪薇笑了。

体育生在一次晚自习课间约汪薇去了停车场，汪薇来的时候，看见他满头大汗，胳膊底下夹着一本英语练习册，练习册里夹着一张光碟。他把它快速地推到汪薇怀里，结结巴巴地说，我租了个碟子，挺好看的，给你看看，你放好了，千万别给人看见，看完，再说。

汪薇家的夜越来越静，有时候汪薇会怀疑自己在另一个时空，她很久没有触碰过她的母亲，这使母亲的存在变得不那么真实，汪薇想，她起身打开门，在黑暗的屋子里四处走，她来到蒋小嫦的卧房前，轻轻地打开一条门缝，里面是一片漆黑的静，静得没有一丝呼吸声，她光着脚踩在地板上，走近母亲的床边，月光冷冷地照着空被褥，母亲真的不在。在这夜里，母亲把她独自留给了这偌大的屋子。汪薇在母亲的床边坐着，她幼年时常常光着脚跑到这屋子里，钻到母亲温暖的身体旁边，她不知道自己何时与母亲变得如此陌生。

蒋小嫦在第二天的早晨依然出现在餐桌旁，汪薇并没有揭穿，但她感到更加恐惧。她沉默地度过白天，在一个个夜里大睁着眼躺在床上。她听到不远处荒草地里的风声，那风是从她无法想见的遥远地方来的，夹带着陌生的气息，或许是山尖一抹正在融化的积雪，河道里解冻又腐烂的锦蛇。汪薇夜里紧紧裹着被子，在这冰凉的气息里，瞪着急速闪过的车灯在墙壁上留下的光影，一直到听见楼下的门锁发出轻轻的咔嚓声，一直到屋子里的暗逐渐被遥远的日光驱散。

又一个不眠之夜，汪薇在蒋小嫦离开之后来到楼下的客厅，把体育生给的光盘放进了一台老式 DVD，电视屏幕在闪烁了一阵蓝光之后，汪薇看见两个赤身裸体的男女纠缠在一起，汪薇的脸上迅速升腾起一片红晕，她起身想要去把电视机关掉，但画面里的那个女人突然大声叫唤起来，汪薇站在这布满肉欲的屏幕前呆住了，她无助地听着这女人一阵高过一阵的呻吟穿透黑夜，无助地看着自己身体里的某处翻涌起巨大的炽热的浪潮。她突然想起自己的母亲，想起那个丑陋的孙富友，一切抽象的憎恶和害怕都在瞬间具象化了，她真切地领会到了母亲在夜里出门的原因，羞耻在她身上结成一张细密的网，四周的空气都在压迫着她，她感到无法呼吸。

那天汪薇把家中的大门反锁，她在客厅反复地回放那一段女人的呻吟，直到蒋小嫦踏着夜晚的露气归来，在转动钥匙的那一刻，蒋小嫦感觉到异样。电视机中女人的呻吟像根巨大的冰柱一样砸了下来。蒋小嫦整个人撞在铁门上，举起双手用了全身的力气拍打着，汪薇！汪薇！汪薇！

汪薇听见那愤怒的声音，她想，母亲现在一定像条发疯的野狗，想要将她撕裂。她调大了音响的声音，把它调到最大。那女人的呻吟和蒋小嫦的呼喊在静谧的夜里形成一种有趣的呼应。

啊！汪薇！啊！汪薇！

汪薇忍不住笑了，她在这两个女人的声音中畅快地大笑。周围的房屋中渐渐有灯亮了，一盏、两盏、三盏……它们陆陆续续都亮了，就像是黑夜睁开一双双好奇的眼睛。

体育生后来找汪薇讨论影片，他们约在学校里一间废弃的厕所后面，那里长着许多藤蔓植物，因为肥料充足的关系，它们郁郁葱葱地爬满了整个厕所的墙壁和屋顶，并且在上面开出一两朵红的粉的小花，几只小飞虫在周围发出嗡嗡声，体育生和汪薇两个人面对面站着，身体靠得很近，彼此都被对方鼻子里呼出的气息弄得痒痒的。体育生抓住汪薇的手放在自己鼓起的胸肌上，说，这回你懂了吧？汪薇迅速抽回自己的手，把那张光碟甩在他的脸上，说，流氓！

汪薇冲到操场上，开始在跑道上奋力奔跑，体育生站在远处犹豫了一会儿，还是追了过来，他不紧不慢地跟着汪薇在操场上跑，一言不发，不久之后又有几个体育生来到操场上，他们看见一个长发飘飘的女生后面有个体育生跟着在跑，不约而同发出了窃笑，他们也追了上去，把他包围在里面，也跟着汪薇跑，他们调笑着，看见中间这个体育生垂着脑袋，一副丧气的样子，他们笑得更加厉害，轮番用肩膀撞着他，随后又有人跑到前面，轻轻撞了一下汪薇，汪薇转过头对着这个男生呸了一口，其他几个又笑了，他们排着队，一个接一个地撞向汪薇，一个比一个更用力，在最后一个用手臂抵了一下汪薇的肩膀之后，汪薇的右脚一撇，向前摔了下去。

操场上的几个体育生打了起来。

蒋小嫦向汪薇宣布，她和孙富友打算结婚，他们将在这一年的七月举办一个盛大的婚礼。那天蒋小嫦一户一户地敲开了周围所有邻居的门，尽管她叫不出他们中间任何一个人的名字，但她的热情令每一个人都无法拒绝。从那天起，蒋小嫦和孙富友都变得快乐起来。他们坦坦荡荡地牵着手散步，就好像校园里的小情侣。孙富友有了一间独立的卧室，也有了这屋子里里外外的钥匙。蒋小嫦用这样一种方式有力地还击了汪薇，他们在屋子里外忙忙碌碌，搬东西、修整院子、移植花卉，孙富友卷着一边的裤腿，皮鞋口露出有些泛黄的白色袜子，西装系在腰上，额头上不断地渗出油亮的汗。蒋小嫦给他倒水、拿毛巾，小羊在他们的脚边打转。孙富友快乐地看着汪薇，嘴里絮絮叨叨说着话。汪薇什么都听不见，她扯着一根树枝，重重抽了小羊一下。

汪薇在那一天夜里用手电筒晃了体育班的窗，在晚自习最后的下课铃响之后，体育生和汪薇在篮球场边的大食堂后边见面了。体育生看着汪薇，有些扭捏地说，对不起，但我不是流氓。汪薇笑了。体育生说，你是女生，你不知道男生的痛苦。汪薇又笑了。体育生也低下头笑了，月光下他的脸微微泛红，汪薇踮起脚尖在他的脸上亲了一下，然后对他说，你帮我办件事情，我就答应你。

体育生找来了几个“铁哥们儿”，他们给即将要做的事情起了一个名字，叫作“扑狼行动”。在汪薇的描述下，“狼”是一个猥琐卑劣的男人，他整天徘徊在汪薇的住所附近，把贪婪的目光射向汪薇母女，他口角流涎，伺机而动，而汪薇母女日日夜夜都处于一种极度恐慌的状态中。体育生们对于这项行动都感到很兴奋，他们的生活中充满着练习，操场上的练习，课堂上的练习，他们每天捏着自己的肌肉，在单杠和双杠上摆动自己健硕的躯体，在教室的门框上做引体向上，向女生们展示鼓胀胀的小臂，现在是他们做英雄的时候了，他们想起好莱坞的电影里，那些为了拯救世界而开展的集训，那些身怀绝技与恶势力勇敢战斗的青年人，这些想象给他们平日里的锻炼赋予了不一样的意义，他们在操场上做蹲体、做俯卧撑、高抬腿、举重，汪薇忙碌地穿梭在他们中间，为他们送可乐、递毛巾、买盒饭。她连工具都为他们准备好了，残砖、木棒、酒瓶，它们都来自荒草地，从哪里来，它们又将回哪里去。

在蒋小嫦眼中，那段时间的汪薇格外乖巧。她开始把孙富友叫作“孙叔叔”，他们相处得很融洽，即使她幼年时和自己的父亲也没有过那样的时光。她对母亲也变得极其温柔，言语中的亲昵是她从未展现过的。蒋小嫦似乎在梦境里一般，那是她前半生中不曾多得的快乐时光。他们在周末开着车出门，游遍周围大城小城的所有景点，又到附近的乡村小住，他们在小溪里捕鱼，在草地上野餐，有时候蒋小嫦看着汪薇欢快的样子，会觉得亏欠了汪薇一个美好的童年。

行动的时候终于到了，孙富友这一天喝了酒，没有开车，体育生们蹲在荒草地里，远远看着那个身影从巷子口走来，他应汪薇的请求带她去一个街区以外的铺子里吃夜宵。走在前面的男人很快乐，他看不见汪薇的一脸沉郁，汪薇的脸色在月光下格外的苍白，她双眼紧盯着那片荒草地，此时就是荒草地里的一只蟋蟀动了，也能让她胆战心惊。

孙富友的心情异常的好，他晚饭时和蒋小嫦一起喝了葡萄酒，又自己喝了些白酒，这不算什么，他说，手一挥，说，葡萄酒不算什么酒。他在月光下哼起一支俄罗斯小调，走路的节奏也变得有趣起来，他对汪薇说起他的童年，他的童年在遥远的北方度过，那里有大雪纷飞的冬天，有现在南方人看不见的小动物，他说起自己幼年在农村的经历，说他怎样从田地走到工地，又怎样成为今天这样的一个商人，他是怎样遇见了她的母亲，她母亲是如何的一个女人，是他在少年时候就拥有的梦想，说他大半辈子的单身，说他的先天性小儿麻痹症，说起别人的嘲笑，他是一个有钱的老光棍，但是他也要有一个漂亮的女人了，漂亮，高贵，他思索着合适的形容词，他为自己的没文化向汪薇道歉，也为自己的兴奋感到羞涩，但他的话并没有因此变少。他动情地对汪薇说，我知道你看不起你母亲，可是她没有错，我有什么呢?你看，我只有钱，半辈子积攒来的钱。汪薇紧张地看着他，他们越来越接近荒草地，汪薇不知道该不该做出那个暗号，她的双手紧紧攥在一起，心中反复排演着，伸出手掌便是行动取消，伸出拳头便是行动开始。她听见孙富友口中不停絮絮叨叨，诉说如何做一个丈夫，如何做一个父亲，而汪薇的紧张令她忽略了所有内容。薇薇，只要你不嫌弃。他说着，转过身双手按住汪薇的肩膀，汪薇不觉惊叫了一声，那叫声在黑夜里格外清澈响亮，孙富友愣住了，汪薇自己也吓了一跳。

这是一个绝好的机会，也是箭在弦上不得不发，荒草地里的体育生们早就被蚊子咬得焦灼不安，他们看着那个色狼转身按住了汪薇的肩膀，争先恐后冲了出去，按照往常的排演和预定的计划，他们先用事先准备好的化肥袋子套住男人的头，再合力把他拉到荒草地里，他们像在操场上打闹时那样推推搡搡，一直把男人推到荒草地的深处去。男人惊恐不已，双手乱舞着撕扯那个袋子，但几个男孩已经将他按倒在地，他挣扎着起来，向周围挥舞着拳头，他的嘴在化肥袋子里发出不清晰的呼喊，那是“快走”两个字，他认为这群年轻人的目标会是汪薇，他被按在地上，几只拳头和脚不停地落在他身上，他感觉到身体的各个部位疼痛起来，这持续的击打是那样混乱，它们各有轻重又毫无目的。他没有听见他们说话，只听见一些少年人的喘息声，他猜想这不过是一群小混混，他们并不具备太大的危险性，他索性不动，他认为放弃抵抗反而比较有益，果然很快他们的攻击就停止了，几个体育生停下手脚，他们面面相觑，不知道自己该干些什么，他们有使不完的力气，但这种事情他们还是第一次做，他们善于运动，擅长使用各种锻炼器材，但是不知道怎么使用手上的棍子。他们直起身大口呼吸，静静看着脚下那个男人，男人的双手缓慢地动了，它们艰难地伸向他的裤子口袋，从里面掏出一只黑色的牛皮钱包，疲惫地向后一抛，钱包恰好砸在了汪薇身上。紧接着孙富友意外地听到一个女孩带着愤怒的抽泣，那是他所熟悉的声音，那个声音说：

“他以为有了钱就可以买到一切！”

随后他的脑袋被重重击打了一下，伴随着的是玻璃碎裂的声音。体育生们都惊讶地看着汪薇，汪薇手里拿着半个酒瓶，那是一个装葡萄酒的酒瓶，很厚。汪薇和他们一样惊讶，他们一起看着地上躺着的那个男人，化肥袋子里渐渐浸透了一些红色。

“那是葡萄酒吧。”一个男孩子颤抖着说。他们看着那逐渐蔓延开的红色，都觉得夜晚有些寒冷。沉默了一会儿，另一个男孩大胆地走上前去，摘下了化肥袋子。他们看见的是一个身材肥胖、有些驼背、头顶微秃、脑门上有几道皱纹的中年人，这样的一个中年人令他们想到自己的父亲，或是跟自己父亲在酒席上划拳喝酒的叔叔伯伯。他们害怕了，一辆车从荒草地边疾驰而过，风翻动了草，草划着他们的脸，他们惊恐地看向四周，四周是深不见底的暗，他们望向路灯下的国道，银色的月光与暗黄的灯光交织着在那里流淌，共同划出一道耀眼的光明，他们害怕那光明，却又急切地想要跑到那光明里去。

几个男孩四散而去，只剩下汪薇和她健硕的体育生男友。汪薇突然对体育生笑了，她的笑容看起来陌生而茫然，就好像是心不在焉地对初次见面的人打招呼，体育生也条件反射地笑了。他们都不知道对方在笑什么，但这笑容缓解了彼此的恐惧。汪薇在下一刻拉住了体育生的手，像个蹩脚的女演员一样说着自己的台词。

“你真勇敢。”

“你为我做了了不起的事情。”

“我，我爱你。”

“我现在是你的了。”

体育生脸红了，他在这热烈的表白面前手足无措，他用力握了握汪薇的手，却不知道该干什么。汪薇又说，我答应过你的，只要你帮我办件事。汪薇这句话在荒草地上轻轻飘过，只有“办件事”这三个字停住了，他们同时想起刚刚发生的事情，都有些不寒而栗，体育生的脸由红转白，他看见汪薇也是煞白的一张脸。

汪薇迅速抓住体育生的双手环住自己，她在拼命挽回失去的气氛，那气氛让他们产生了片刻的忘却，她用力抱住体育生。体育生愣住了，汪薇拉起他的手，在草地里毫无方向地跑了一阵，她用力推着他，直到他们一起摔倒在草地里，他们翻滚着，浑身都沾满了草。汪薇笨拙而激动地亲吻体育生，撕扯着他的衣服，体育生也同样回敬着，他们不断地重复这些，却始终停留在这一步，汪薇绝望地看着体育生，体育生看见她的脸上全是泪水。汪薇说，你快呀，快呀！体育生看着汪薇的脸，竟然有些害怕，他听着汪薇的指挥，努力地回忆着那张黄色光碟里的内容，他揉搓着汪薇的胸部，慌张地脱下自己的裤子，汪薇也急切地配合着他，扯开自己的衣裤。

最终，体育生说，我硬不起来。

汪薇不知道最后自己是怎样回到家的，她精神恍惚，不知道自己头发蓬乱，衣不蔽体，也不知道她母亲看见她时为什么那样惊慌。她看见母亲的嘴一张一合，只是听不见任何声音。她走进浴室洗了澡，走上楼梯，走进卧室，她触到自己的床，柔软的枕头，她闭上眼，很快睡着了。

蒋小嫦那天晚上焦急地坐了一夜，她无法和孙富友取得联系，也不敢拨打报警电话。她不知道汪薇到底遭遇了什么，也不敢确定孙富友失去联系的原因。她听见时间嘀嗒在耳旁过去，在阳光照进屋子的时候，她在心里接受了最坏的结果。她看见汪薇走下楼来，问了一句："孙富友在哪？"

“孙富友强奸了我。”汪薇说。

蒋小嫦看着汪薇，就好像汪薇的头上长出了两只角。

“孙富友强奸了我，然后跑了。”汪薇尖叫着，“你什么也别问了。”

汪薇说完，拿着木梳子呆立在镜子前，蒋小嫦走近汪薇，从她的手里接过梳子，顺着她的长发梳下去，她先是习惯性地给汪薇梳了个羊角辫，然后对着镜子看了看，又拆散了，重新梳了个马尾。扎着马尾的汪薇看起来很灵秀、很精神。

蒋小嫦并不相信汪薇的话，她去了孙富友可能去的所有地方寻找，但是没有结果，最后她报了案，她报的是失踪。蒋小嫦说出这两个字的时候听见对方笑了一下，随后几个警察都抬头看着她。她一个晚上没睡，眼睛下面吊着紫灰的两个眼袋，头发也有些油腻，懒懒地搭在肩上。“失踪的是你丈夫？”他们问。她想了想，说：“正打算结婚。”他们又笑，问：“失踪多久？”她说：“一天。”他们都意味深长地笑起来，问她：“你不是他妻子，一天不见他，你就来报案？”

蒋小嫦没有答话。

“两口子吵架就来报案，这种情况我们见得太多。”他们客气了一些。

她又说：“他喝了酒，可能遭遇了什么。”他们告诉她，失踪一天不能立案，并且她也不是失踪人的利害关系人。

“所以这跟你没关系。”有人说。

蒋小嫦想说出汪薇的事，但最终没有开口，她转身走出公安局，又听见身后传来几声笑。

蒋小嫦从那一天开始忙碌起来，在每天清晨做好早饭，等汪薇下楼，为她穿好衣服，梳头，送她去学校，然后买菜，做饭，打扫房间，并且留意着各个地方的招聘信息，她的存款只够她和汪薇维持现在的生活一年，孙富友走了，他还没有给她留下任何东西，除了那辆车。蒋小嫦看着那辆红色轿车，它闪亮得像一辆婚车，她打开车门坐上去，不久之前她才刚刚考上驾照，这是她第一次独自驾驶，她开着它慢悠悠地出小巷，上国道，一直到二手车市场。一个小时之后，她独自步行回家，插在口袋里的手捏着一张陈旧的银行卡，那薄薄的银行卡坠在她心上，似乎多了些分量。

回到家后，蒋小嫦突然想到了那只羊。她走到后院，解开羊脖子上的链子。那只羊已经长得很大，因为没有孙富友的照顾，它变得又瘦又脏。她蹲在地上，静静看着羊的眼睛，羊的眼睛大而清澈，她的倒影在里面晃荡着，就像溺在一泓碧绿的湖水中。她站起身走向院门，羊也跟着她走过去，她拾起一把扫把，轻轻拍了一下羊屁股，羊"咩"的一声走了，它去的方向响着清脆的铃声。蒋小嫦看着它渐渐消失在路的尽头，有些怅然。孙富友消失了，她没有再去报警，她并不相信汪薇的话，但她找不出别的理由。她在大脑中重新构造起孙富友，发现他是那样陌生，他们仅仅认识了半年，就要结婚，她并没把孙富友放在心里，他在她面前是那么卑弱，以至于不能引起她任何想要探究的兴趣。说到底，她不了解他，他的卑弱底下藏着什么？她想起来觉得有些后怕。

体育生后来没有再找过汪薇，他对他的朋友们炫耀说，他已经“上”过她了，因此，他对她已经不再有兴趣。事实上，他害怕汪薇，他记得那一天汪薇恐惧的眼神，泪流满面的样子，想到自己愚蠢地压在汪薇的身上，像个机器人一样听从汪薇的指挥，可笑地在她身上来回摸索。像犯了错的小孩一样可怜巴巴地对她说，我硬不起来。她不过是个十四五岁的少女，而他居然“怕”她？这简直是耻辱。

而那天被殴打的中年人最后究竟怎么样？体育生想，他总不至于死，他认真地回忆当时的每一个细节，他们踢在他的屁股上、腿上、肚子上，只有汪薇最后用一个酒瓶砸向了他的头。他脑子里反复浮现汪薇抡起酒瓶的样子，那画面就像电影镜头循环往复，汪薇的脸部抽动着，她奋力抡起酒瓶，酒瓶在男人脑袋上破裂的声音。体育生害怕了，他想到许多模糊的可能，但他安慰自己，这和他无关。

他开始更加勤奋地在操场上锻炼，有时候他会碰上那天的几个“哥们儿”，但他们的眼神都躲闪过去，说不清原因，他对这样的躲闪感到轻松。他们现在都面临着高考的压力，他们有无数的习题要做，有无数的训练要完成，没有时间想其他的，他看见他们奋力奔跑在操场上，自己也加快了速度，他感觉汗水流下来，脚下就踩着他的希望和梦想。他有时候会想起汪薇，她曾经坐在跑道边，长发飘飘地等着他，她从天而降出现在他的生活中，此刻又凭空消失了。他后来在跑道边见过汪薇一次，汪薇扎着两只羊角辫，从他身旁走过去，他紧张地看着她，她也看着他，他试探地抬起手，想和她打个招呼，但她把目光移开了，就好像从来不认识他。他不甘心，向前跑了一段，又停下来等着她，她和他的目光再一次对上，她看着他，轻轻笑了一下，就好像荒草地里那一笑。

汪薇家的客厅里再也没有来过男人，蒋小嫦把所有的注意力都放在了汪薇身上。她坦诚地告诉汪薇，她也不一定要嫁人。汪薇每天黏在母亲身边，撒娇、索要食物和拥抱，仿佛真正变成了一个五岁的孩子。她在夜里搂着母亲睡觉。在清晨起来帮母亲一起做早餐，她让母亲教她梳起羊角辫，飞速地骑着自行车上学。红色小轿车没有了，羊也没有了，后院里的荒草很快又长起来，一切又变回原来的样子。汪薇似乎忘记了孙富友，也忘记了体育生，她甚至忘记了那个披散着长发的自己。她仍旧骑着自行车，像只兔子一样飞奔在国道上，但她再也没有到那片荒草地里去，她夜里躺在母亲的怀里，一直都睡得很安稳，没有再听见荒草地里传来的风声。

蒋小嫦却没有那么安稳，她总是在夜里失眠，大睁着眼，听着风声，看着变化的光影。她看着枕边的汪薇，在她的记忆里，汪薇从来没有对她表现出这样的依赖。汪薇从小就不爱多说话，她从来都不知道汪薇心里在想些什么。她有时候会做一些细碎的梦，那些梦像鸡毛一样浮起来，四处搔挠。它们都离不开早年的一些事，不成片段，没有始终，譬如汪薇五岁生日的时候，她带着汪薇去国营百货店挑选礼物。百货店里的东西那样多，汪薇只盯着橱窗里的一个洋娃娃，眼睛发亮。那个娃娃显然在橱窗里放了很久，上面厚厚一层积灰。她看上一个干净的骆驼玩具，想要给汪薇买这个代替，结果跟售货员拗起来，售货员说洋娃娃好，她说玩具骆驼好，她们用了一堆理由，吵得头痛。真是头痛，她在梦里都痛起来。

汪薇，喜欢哪个，你自己选吧！

后来汪薇抱着那个骆驼抱枕走着，突然在马路上大声哭叫起来，她哭得那样伤心，就好像失去了最心爱的东西，就好像离开了最重要的亲人，她蹲下身抽泣着，陷入了成年人无法理解的悲伤，大大的骆驼被她扔在旁边，所有的人都停下来看着她，看着她的母亲。她们很快被人群围住，马路上水泄不通，到处都是人声、汽车喇叭声。

蒋小嫦急了，她重重给了汪薇一巴掌，汪薇眼泪鼻涕糊了一脸，嘴里断断续续地说：

“妈……妈……”

“你……不……知道……”

“我……是……多么……爱……你……啊……”

那是汪薇从小到大唯一一次对母亲的表白，但蒋小嫦并没有听清楚，她不知道汪薇到底在哭些什么。

蒋小嫦在每个夜里看着窗外，院子里的那片杂草似乎越长越高，似乎就要跟着月光蹿进二楼。她一直都在想着那天夜里发生的事情，她想知道汪薇身上究竟发生了什么，她不敢相信孙富友就这样消失，不再回来，她反复地推想可能性，一直到脑袋疼痛不已。蒋小嫦突然觉得自己老了，她的身体状态开始变差，白发也长了出来。她看着镜子中的自己，觉得披肩长发与自己并不那么相宜，她试着把头发挽成一个髻，这样就简洁端庄，她把衣服也筛选了一遍，只留下黑灰白几个颜色的外套。蒋小嫦觉得自己像个母亲了，她现在只想好好做一个母亲，她每天注视着汪薇，好像汪薇就是她的一切。她看着院子里重新生长的杂草，回忆起关于汪薇的许多事情，她的目光向远处移动，看见那一片耀眼的绿色。

蒋小嫦换上自己不常穿的衣裤，在院子里折下一根小树枝，走向了荒草地。那片荒草长得那样高，那样密。她用小树枝拨弄着，一直漫无目的地走，走到荒草地最深处，她发觉这里已经离公路很远，公路另一边那么嘈杂，但是被草木一层一层过滤下来，到达这里的是安静，是昆虫扑腾翅膀的振动。她感觉到舒适的静谧，她看着远处自己家的房子，它看起来那么近，又那么远，就好像一个玩具，好像一幅画。她沉醉在其中，大口呼吸着新鲜的空气，但一阵腐臭的气味潜入了她的口鼻，她闭上了嘴，打了个寒噤。她拨弄着草，想要寻找那腥臭的来源，一阵铃铛声在草的摇曳中传来，她看见几撮柔软的白色毛发，随后是两只小小的角，竟是那只小羊，它不知何时死在了这里，尸体已经腐烂了一半。

大约几个月后，汪薇在家里接到一个老人的电话，电话那头的声音含混不清，像是某地方言。蒋小嫦接了过来，听出老人是孙富友的母亲，老人不知道从何处打听到汪家的号码。蒋小嫦听见那边口齿不清地说，孙富友好些日子没有寄去生活费。蒋小嫦应付了几句便把电话挂了，但汪薇站在一边大汗淋漓。不久之后汪薇在学校出了事，她突然向班主任举报，学校里有杀人犯，并且向同学们散布谣言，说杀人犯就在大家中间。汪薇的行为引起大家的恐慌，班主任请汪薇母亲来把她带了回去。蒋小嫦把汪薇再一次带进市医院，主治医生很确定地告诉她，汪薇患有严重的抑郁症，转变为躁郁症，并出现轻微的幻想，不适宜与人群接触。

蒋小嫦为汪薇办理了休学手续，汪薇回到了家。她不再出门，整日只是坐在院子里发呆。她有时候会突然问母亲，家里养的羊在哪。蒋小嫦没有说起羊死掉，只说送了人。汪薇沉默一阵，抬起头很吃力地问，孙叔叔去了哪？蒋小嫦看着汪薇的眼睛，那双又大又亮的眼睛纯净透明、充满疑惑。

那些日子里，汪薇总做着相似的梦。梦里的她躺在一片荒芜里，四肢僵硬，身体冰凉。她听见夜晚的声音，虫子爬上她的脸，噬咬她的身体，她想动却不能动。

医生告诫蒋小嫦，除了药物治疗，汪薇需要更多关心，同时不要让她长时间处于封闭状态，可以培养些健康的兴趣爱好，转移注意力。蒋小嫦便给汪薇买来许多东西，那大多是她小时候喜欢的，玩具、蜡笔、零食……蒋小嫦并不知道汪薇长大后都有什么爱好。汪薇对这些东西都表现出接受，但并不感兴趣，似乎只是为迎合母亲，她整天一动不动，在药物的作用下渐渐变得肥胖了。

肥胖的汪薇呼吸变得急促，行动变慢，思维似乎也变慢，她听不见蒋小嫦说话，并常常在吃饭的时候停住拿着筷子的手，陷入旁人无法理解的空洞。终于有一天，蒋小嫦看着她鼓起的两腮，心中的怜悯突然转化为憎恶。

“你折磨我。”蒋小嫦说，“你毁了我的一生。”

汪薇抬起眼看着她母亲，她原本大而清澈的眼睛此刻是浮肿的，挤在雪白的肉缝里，放出光亮。她放下筷子，站起身缓缓向屋外走去，她走出院子，走上那条她无数次骑车经过的小径，走上国道。她看着面前的景象，呆住了。她的眼前是一片开阔的绿地，绿地上铺着卵石小径，建着凉亭，架着健身器材，许许多多的男女老幼在上面走着，他们散步，说笑，游戏，追逐打闹。

蒋小嫦追了出来，在汪薇身后握住了她的手。

“荒草地呢？”汪薇问她的母亲。

蒋小嫦不置可否地笑了笑，好像这里从来就没有什么荒草地。

今日平安无事

陈子建连续两周没有回家吃饭，也没有向陆丽萍要钱。陆丽萍接到了班主任的询问电话，才明白陈子建也不在学校，她忙解释说陈子建的爷爷去世，事发突然，没有及时请假。事实上，陈子建的爷爷进了墓穴之后，在谎言里又去世了三次。但陆丽萍只能撒谎，学校那边已经对陈子建此类的问题少年极不耐烦，只要找到理由，他们最愿意做出“勒令退学”的决定。如果没有那笔高额的赞助费，陈子建本来就不配就读这样干净的学校。他从桤县来，那座小城的中学在去年一年里就出了三个杀人犯。

在陈子建还愿意搭理陆丽萍的时候，他对那三个孩子的事情津津乐道。“阿八和他弟弟，抢了一个出租车司机，因为害怕把人杀了。傻瓜！”“另外那个是新疆来的，跟我们不熟，身手真是好，翻上三楼，先杀了一小孩，然后是他妈，都是直接割喉。还是害怕，下楼时摔断了腿。”

那时陈子建刚刚被陆丽萍接到安平，他心情不错，安平有大商场、电影院，还有很多陆丽萍自己也没去过的地方。陈子建很快就适应了各种消费场所，他一开始还让陆丽萍带着他去，后来慢慢地就不需要了。不但不需要，他还躲着她。只有缺钱的时候他才会出现。

陆丽萍静静等，她预感这天夜里陈子建会回来。陈子建真的回来了，时钟指向十点，陆丽萍眯着眼睛看“动物世界”。陈子建把玻璃门拉开，外面的风一下子灌进来，和他的目光一起扑向陆丽萍。陆丽萍讨好地笑笑，说：“妈妈想跟你谈谈。”陈子建坐下来的原因只能是钱，因为这一点他们俩的关系还不算太糟。陆丽萍开始她的“劝导”，陈子建眼睛看着电视，用“嗯”作答，陆丽萍知道他在听，因为他皱眉了，他不耐烦了，他拿到钱之后，站起来要走。陆丽萍站起身，用哀求的声音说："好歹去上上课。"陈子建点点头，拉开门又回到黑夜里。陆丽萍的目光追着他，还是抓不住他的衣角。

陆丽萍回到沙发上坐着，电视机里一片嘈杂，她握起手机，在通话记录里翻找张汉的电话，电话很快接通。张汉似乎被她从睡梦中惊醒，语气疲惫，又不得不说些什么。陆丽萍还未开口便后悔拨打这个电话。她能希望他解决什么呢？她不能对他抱怨儿子的事情，也不能倾倒自己躁乱的情绪。那样只会提醒他，自己是多么麻烦的一个人，和自己在一起是多么麻烦的一件事。这甚至会导致他们的关系过早结束。她需要他，更多的是心理上的需要。为此她不向他索求任何东西，即便他给她，她也要拒绝。她不能让他发现她正陷在泥潭里，她一无所有，除了一位糟糕的前夫，和一个无望的儿子。

陆丽萍从杂物间里推出自行车，向黑夜骑去。陈子建走得并不远，陆丽萍很快就看见了他，不得不在后面放慢了速度。她远远看着他，他一边走着一边打电话，手机屏幕的光照亮半边脸。他说话声音很大，像是在叫嚷，可是听不清楚内容。陆丽萍在陈子建的房间里发现过不少令人不安的东西，装药丸的小盒子、亮闪闪的小尖刀、避孕套，还有一些东西超出他的消费水平：他在衣橱里摆着一排崭新的运动鞋，陆丽萍经过商场的时候时常看见关于它的巨幅广告牌，促销价：一千九百九十九元。促销价……陆丽萍最贵的鞋子也不到九百九十九元，还只是在结婚的时候穿过。陆丽萍上一次去商场是两年前，她和张汉刚刚认识那会儿，为了他们的第一次约会，她打算去挑一件衣服。可是东西真贵，她随意翻过一件针织衫的吊牌，噢，一千八百元。她心思游离，走到商场底层，点了一碗六十八元的牛肉面。自她和陈培结婚之后，她除了去单位工作，便是埋头在柴米油盐酱醋中。至于日常用品和简单衣物，网购和周边小超市都能解决，离婚之后，她的活动范围更加狭窄，因为连陈培父子的日常也不需要她关心，一个人的生活继续简化。直到再次恋爱，她才抬起头重新审视人群，商场里衣着光鲜的男女安然自得地拎着各色购物袋，她怀疑自己去错了地方，物价上涨的速度令人难以置信。她坐在商店外边供人休息的沙发上。那件针织衫就挂在闪亮的橱窗里，人来人往。它很快就被一个女人买走了，一个极普通的女人，陆丽萍甚至无法记住她的样子。

陈子建却没有脱离外部世界，他嘴里的新名词不断，给自己贴上的新标签层出不穷。他爱打扮，脚上穿的鞋子，是促销价一千九百九十九元的鞋子。陈子建是自己的儿子吗？陆丽萍想。她没有钱供他穿那样的鞋子，陈培也没有钱给他去买那样一双鞋子。况且，他有的不止一双，他的橱子里有一排。

陆丽萍有时候会把陈子建放进他对她描述的场景里：陈子建和一个叫作阿八的男孩一起坐在出租车的后座上，他们互相交换眼色，陈子建拿出刀抵在出租车司机的脖子上；陈子建和那个新疆男孩一起翻上三楼，用刀割开一个小孩的喉咙……

这些场景都太虚假，陆丽萍没办法想象陈子建干这些事情的样子。陆丽萍熟悉的陈子建是这样子的：害羞，话说不利索，紧张旁人的目光。陈子建一年级的时候，陆丽萍总是站在小学教室的窗口，双眼盯着他，用嘴型命令道："陈子建，举手！举手！"

陈子建在陆丽萍的目光下，有些犹豫地把手平放在桌面上，最终缓缓举了起来。

陈子建把手举了起来，一辆出租车停下，他上了车，车门嘭的一声关上。这一次陆丽萍跟不上他了，她只好回家。

夜晚对于陆丽萍来说总是过于漫长。

陆丽萍有时候会想象陈培的夜晚是怎样度过的。她不知道陈培还有没有和那个女人在一起，陆丽萍已经可以平静地想象这一切。这平静当然是付出了代价的，岁月的代价。她起初疯狂地跟踪着陈培，直到找出那个让他出轨的女人。她发现那个女人也是有家庭的，她有丈夫，有女儿。她极其善意地告诉陆丽萍，这种事情当不得真，谁家没有几件这样的事，该过日子还是要过。但陆丽萍疯了，她像个泼妇一样大喊大叫，伸手去抓挠那女人的头发和脸。她狂叫着要报复。路人用嫌恶的眼光看着她，仿佛她才是加害者。陆丽萍疑惑不解，周围的人都劝她，大事化小，不要过分讲究，要将就。他们说的都和那女人说的话一样。陆丽萍陷入自我怀疑，要求爱情和婚姻里的忠诚，难道错了吗？可她是为了这个才和陈培在一起，为了这个才和陈培吃了那么多的苦，才生下陈子建。陆丽萍患上抑郁症了，但她不相信有抑郁症这种病。她认为是自己的胃出了问题，胆出了问题，或者是别的什么。后来，它们仿佛不忍她胡思乱想似的，真的出了些问题。陆丽萍不得不住进医院里去。她住了很长一段时间，出来就决定离婚，她和陈培办了手续。陈子建归他。

一切渐归于平静，人最终要面对的是自己的生活，是具体生活里面的具体事件，穿衣吃饭，工作，筹划将来，让晚年不至于太凄惨，如果还有时间，就考虑怎样将它消磨掉，不至于无聊，不至于为无聊而陷入疯狂。

陈子建来到陆丽萍这里不觉已有大半年。起初，她害怕这会影响她和张汉之间的关系。但张汉和陈子建，究竟哪一个才会使她的晚景不至于凄凉，她不确定。她不敢妄想好的结果，也不愿意幻想坏的结果。但她还是一个母亲，她还有一些责任感。她的责任感驱使她把陈子建带到身边，他就要高考了。

凌晨三点，陆丽萍因为疲倦和渴睡脑袋发热。她挣扎着起身洗了个热水澡，随后睡意全无。她看着镜子里的自己，一条细细的眼纹在这个瞬间突然张开。陆丽萍吓了一跳，她退出洗手间，走进陈子建的房间。

几本新练习册，几个空抽屉，一床叠好的被子。男孩的房间少有的简洁。电脑也长久没有充电，陈子建的浏览记录都是清空过的，剩下的一两条是关于游戏充值和手机型号的。陈子建刻意阻断陆丽萍了解他的一切途径。他很成功，现在的陆丽萍没有对他进行判断的能力，更谈不上教育和引导。陆丽萍猜想他已经是个坏孩子，但坏到什么程度，她不清楚，她只能想起陈子建从四年级开始游戏上瘾，与此同时，陈培沉迷网聊和股市。那时候她隔一周就换一次电脑开机密码，但陈子建还是能试出来，他能够猜到母亲的逻辑，也会小心翼翼窥视母亲手指在键盘上的大致位置。

陈子建聪明，陆丽萍一直认为他比自己先察觉了陈培的出轨。或许那时的陈子建对于“出轨”并不了解多少，但他至少明白这是件坏事。陆丽萍从未向他解释过离婚的原因，但陈培告诉她，子建曾经偷偷登录陈培的 QQ，他准确地找到那个女人，叫她“滚”。陆丽萍对着陈培苦笑，那是他们最后一次面对面地谈话。

时针指向六点，天微亮。陆丽萍洗漱一番，骑自行车到陈子建的学校去。她这样做已经持续有一个月。她和陈子建之间有几年的空白，而现在的陈子建拒绝被了解。陆丽萍做母亲的历史经验不再有用，只能选取新的办法来了解自己的儿子。

早晨七点五十分，陈子建和一名黄发少年、一名身穿黑色 T 恤的少年在校外的一家早餐店外抽烟。黄发少年的脖子和手腕上都戴着亮晶晶的配饰，陆丽萍此前大约见过他一次，黑色 T 恤少年常常和陈子建在一起，他和陈子建一样瘦，也穿一样的运动裤。

早晨八点五十分，陈子建和黑色 T 恤少年一起大摇大摆走进教室，那是课间时分。

上午十点四十五分，班主任的课结束，陈子建和黑色 T 恤少年又走出教室，他们到了操场上，在一棵梧桐树下站了五分钟，一个红衣少年加入了他们，他们一起走向学校的东南角，翻墙出去。

陆丽萍不能也翻过东南角的围墙，等她骑着车从校园外边绕到东南角那一处，陈子建和另外两个男孩早已不见了。

滚滚人流在陆丽萍的眼中成为一片模糊的背景，她的眼神无法聚焦，她不知道自己该干什么。电话适时地响起了，是张汉。

“你忘了吗？今天我女儿回来，一起吃饭。”张汉说，神情略带着焦急。

陆丽萍一时不知道说些什么，她确实是忘了。张汉又说：“你在哪里？我去接你。”陆丽萍高兴起来，她转头在街边的橱窗中看见自己的身影，才记起早上出门竟没有梳头。她迅速计算了一下张汉开车过来的时间，随即向着最近的一个美容店走去。

张汉的女儿璐琳，比子建大五岁，在英国读书。张汉是中年得女，爱护得过分。萧璐琳每次回国，张汉就像迎接女王那样紧张。陆丽萍从来不问璐琳的事情，但张汉会主动提起，陆丽萍听多了便有了自己的理解。在陆丽萍眼里，璐琳长相平凡，学习也差，因为考不上国内的好大学，在英国念着三流以下的学校。其实，如果璐琳对陆丽萍恭敬一些，陆丽萍或许不会有这样刻薄的想法。陆丽萍曾经在张汉家里生活过一段时间，璐琳对待陆丽萍太过冷淡，有的时候陆丽萍在厨房做着早餐，璐琳穿着睡衣一身不响地站在她身后看着，就像是在看家里的保姆。后来陆丽萍有了自己的房子，便立刻搬离张汉的住处。张汉看起来有些失落，却也没说什么。

陆丽萍迟到了。璐琳的目光向她扫来，停留在她的头发上，然后是脖子、肩膀。陆丽萍有几缕发丝不够庄重地散落着，因为刚才的奔波。张汉太着急，他在美容店外拍着玻璃门，却不进去：“璐琳要饿了，坐了飞机又坐了火车，去了她妈妈那里又赶过来。”

可陆丽萍到了，璐琳已经自顾自吃完。张汉才感觉到陆丽萍的委屈，“再点几个菜，再点几个菜”，他说。

陆丽萍工作的地方是个银行，新来的行长比她年轻十岁，办公室里的女同事都是某某太太。她们买一件衣服花去几个月的工资，为什么要上班？不上班会老得快。这是她们的答案。但对于陆丽萍来说，不上班就会没有饭吃。

“没有饭吃。”陆丽萍有时候会把这几个字说给陈子建听，陈子建听后哈哈大笑。

陈子建和璐琳的关系看起来却不错。他们没见过几次面，但互相交换微信号、邮箱。他们会在陆丽萍面前窃窃私语。陆丽萍推测陈子建会用说自己坏话的方式来博取璐琳的好感，“被害妄想症”，她隐约听见璐琳对子建说。陆丽萍感到愤怒，不是因为璐琳的刻薄，而是因为陈子建的愚蠢。璐琳和子建会在饭桌上大谈国际局势和中国的教育问题，陆丽萍认为他们可笑至极，“你们这些孩子什么都不懂”，有一次陆丽萍忍不住说。璐琳瞪大了眼睛看着她，反问：“那你懂，你说。”这句话也算是对长辈的极大冒犯。张汉来不及调停，陆丽萍还是说了出来：“我不懂，但我至少知道我不懂，至少我会做好自己的事情，也懂礼貌，尊重人。”

那一次的氛围极其尴尬，但陆丽萍没有退缩的意思，她喝光了自己杯子里的葡萄酒，然后开始向所有人进攻。

“张汉，你从来没有想过和我结婚。我不贪你的钱，真的，在一起这么久，我贪过你的钱吗？”

“璐琳，你一个女孩子，如果又不聪明又不漂亮，还不懂礼貌，天知道是什么样的悲剧。还好有你爸，你爸真倒霉。”

“你，陈子建。不要以为坐在这张桌子上的人看得起你。”

有时陆丽萍想起那天晚上的场景，会感到荒诞。她苦心经营着与他们三个人之间的关系，居然任由自己说出那样的话。其实她也并没有喝多少酒，她清醒得很，话也说得很快意。

但更加荒诞的是，在她说完那样一些话之后。他们三个人之间的关系也并没有改变。张汉并没有因此就跟她决裂，但也没有向她解释自己有无再婚打算。璐琳对她还是一样，轻蔑、冷漠、不尊重。陈子建也依然对她大喊大叫、索要钱、索要东西。他们三个人的处理方式如此相似，再次让陆丽萍感到孤立无援。她拼尽全力呐喊出来的反抗，就像石子落进棉花地。张汉、璐琳、陈子建和那些看不清面目的人，他们都站在陆丽萍的对立面。

和璐琳这一顿饭照例吃得冷清，饭后张汉带着陆丽萍和璐琳一起回家，张汉泡了一壶茶，陆丽萍和璐琳坐在沙发上，三人沉默不语。电视机里播放着晚间新闻，最新的一组关于少年犯罪的消息吸引了陆丽萍，她目不转睛地看着一名中年男子被捆绑着，在公路上跌跌撞撞，随后他倒下，被拖曳。画面来自手机拍摄，抖动，有些模糊。这起事件原本是由一条狗引起的，该男子是一家狗肉店的供货人，被少年围殴是因为他偷了其中一名少年的狗。被偷的狗是一条德国牧羊犬，被他重击头部之后，套上铁丝网在公路上活活拖死。手段很残忍。但更可怕的是，他被这群少年用了同样的方式对待。这群少年约有六七人，有的是在校学生，有的是社会闲散人员，他们在狗肉店门口堵住了这名中年男子。据狗肉店老板说，少年们起初和中年男子说笑，随后一名少年对其发出邀请，男子骑上摩托车跟随少年们的摩托车而去。后来的情况便是中年男子被囚禁三天，重击头部，在公路上被七辆摩托车轮流拖行。这一切都在凌晨时分进行，除了疲劳驾驶的货车司机视若无睹，几乎没有目击者。但一名清洁工拍摄了一段短小的视频，因为手机存量不大，清洁工只拍摄了十五秒，画面也极不清晰。

陆丽萍感到生理上的不适，她打开手机，手机新闻网页上也滚动着这则消息。十五秒的画面被制作成动图反复播放。那个中年男人弓着腰，似乎忍受着极大的痛楚，向前快速跑着，前方的摩托车则游戏一般地控制着忽快忽慢的速度。伴随着少年们的欢呼声，叙述详情的文字中说，七次拖曳，七辆摩托车轮流拖曳。显然少年们把这当成一种游戏，而这名男子被送到医院后不治身亡。

“像这种恶劣的行为，就应该枪毙。”在一旁闷声不响的璐琳突然说，“凭什么年纪小一点就可以逃避责任，我看他们的手法比成年人狠毒得多，也大胆得多。”

陆丽萍突然意识到，沙发上只有她和璐琳两个，璐琳是在和她说话。她有些意外，但还是转过身去向她点点头。陆丽萍虽然点头，心里却不这样想，她脑子里是另一幅画面，陈子建小的时候，刚刚学会骑自行车，做的第一件事，竟是骑着自行车追撵小区里一只残疾的流浪狗。那只狗最后掉进了一条连通下水道的阴沟里，陈子建一声不吭回了家。直到那只狗发臭，他才在饭桌上说起它，就像才想起来一样。

陆丽萍按下快捷通话键，陈子建的电话照旧是忙音。

刚刚离婚那会儿，所有人都同情陆丽萍，但她憎恶同情更甚于憎恶离婚这件事。她向领导提出调离申请，去陌生的城市。在那以后，陈子建便开始和陈培生活。陆丽萍一去就是三年，她一个人住在单位废弃的办公室里。那座八十年代的老房子旁边是一条旧马路。屋子的一面是折叠门，一面是大片的玻璃窗。陆丽萍去的时候里面空荡荡，没有床。她睡在地上，也不要被褥，月光四分五裂地盖在她身上。

那几年陆丽萍身体里钻进一只怪物，它日夜不停地四处冲撞，让她疲惫不堪。她再次称病，向单位请了长假，她又去寻找陈培的那个女人，她跟踪、骚扰、威胁，甚至在垃圾桶里翻找过女人丢下的购物单。她也不清楚自己到底想干什么，或许她只是想要了解这个陌生女人，看看她与自己有什么不同。但结果依然毫无意义，那就是一个普通的女人，她也和陆丽萍一样，挑选降价的食品组合，在十元店流连忘返。她甚至和陆丽萍喜欢同一家服装店，一个还用着十年前的节目主持人代言的小专卖店，主打款永远是灰蓝色的布裙子。她的恨意渐渐消散，转而陷入困惑和迷茫。很快，急性胆囊炎拯救了她，她住进医院，又查出了甲状腺功能亢进症，顺便治疗了即将穿孔的胃。出院之后她坐上火车回家，她决定离婚。在那一刻，她突然意识到陈子建的存在，她已经两年没有见过他了。

再见面的时候，陈子建身高蹿出一个头，下巴尖了，双眼也变得狭长。他不再叫陆丽萍妈妈，不习惯似的。让他更加不习惯的是张汉，尽管他礼貌地叫他“伯伯”。那时候张汉刚刚离婚，与陆丽萍的关系也才正要开始。

在陈子建的成长里，陆丽萍缺席两年，还有一年在和陈培无休止地争吵。三年的时间，陈子建走进了青春期。他在陆丽萍的眼里变得陌生，陆丽萍在他的眼里也一样。

陆丽萍离开璐琳家柔软的沙发，骑上自行车到夜里去。

陈子建不在家的时候，都和朋友住在一起。那是离校园不算太远的一条小巷子，里面住满了周边的小摊贩。那里的水电设施都不太好，生活空间也极其狭窄。小摊贩们白日里散布在学校周边，晚上就亮着手电回到这小巷子里洗漱、睡觉。陈子建和他的朋友们住的地方当然好一些，但是也好不到哪里去。四五个少年挤在一个屋子里，光着膀子，睡在硬邦邦的竹席上。他们有钱或者有女朋友的时候，会去住酒店。没钱的时候就在这里将就了。他们喜欢这里的什么？大概是自由。可以抽烟、喝酒、打牌、夜不归宿以及大声嚷嚷，这样很酷。他们身上都有一两件挺贵的东西，都用最新款的手机。但是他们却住在这里。年轻真好，陆丽萍想，这些都能解释为叛逆。那些孩子里面，也确实有家庭条件不错的，他们甚至很够义气，拿出家里的钱租下这样的房子，买吃买喝，供自己的朋友们过一种共产主义的生活。所以陈子建从来不许陆丽萍骂自己的朋友，他叱责陆丽萍。并且像个大人那样教训她，说这个社会，出门靠朋友，交际是何等重要，比亲人靠谱一百倍。这便是十几岁的孩子会对母亲说的话，但陆丽萍毫无办法。

小巷子就在眼前。陆丽萍看着里面一间一间闪亮的灯，却没有看见熟悉的那些男孩子，更没有看见陈子建。她停在巷子口附近，在一个停着的夜宵车旁边坐下了。她这一晚有些不安，一定要见到陈子建才罢休，可是陈子建却迟迟不出现。陆丽萍掏出手机消磨时光，青少年犯罪的那则新闻还在网络上更新着。关于死者的更多情况被爆料出来，死去的那名中年男子四十三岁，离异，儿子由前妻抚养，自己则无固定职业。关于犯罪少年的信息也有了更新，主犯已经确定，是一名染着黄发的十七岁少年，他的父亲是一家烟火厂的厂长，从犯的信息还不确定，但也都是一般大的少年。目前主犯已经逃逸，从犯还在调查和寻找当中。陆丽萍想起早上见过的那个黄发男孩了，她看着网络上模糊的图片，反复与记忆中的那个男孩进行对比。她觉得他们俩越来越像，她又努力回忆上午在陈子建学校外边看到的场景，那个黄发的少年对着陈子建和另外的男孩摇头晃脑，俨然是一副领导者的样子。陆丽萍的心跳加速了。陈子建曾经对她说过，骑摩托车很酷，他甚至把她买给他的山地车卖掉，把张汉送给他的手表也卖掉，说要存钱买一辆摩托车。她也在这小巷子里见过许多来来去去的摩托车，少年们骑着它们带着女孩子在国道上兜风。

陈子建还是迟迟没有出现。

陆丽萍竟在夏日的夜晚感到寒冷，她抱紧双臂，打了个寒战。她不停地打开手机看时间，最终点击了俄罗斯方块游戏，五颜六色的方块在屏幕上重复又无规律地掉下来，陆丽萍紧张地控制着它们的方向。错了，又错了。游戏失败，游戏又失败。太累了……陆丽萍换回新闻的页面，摩托车车主被拖曳致死这件事情下面引发了许多讨论，也出现了很多相关新闻，还有青少年犯罪专题。在陆丽萍眼里，那些青少年犯都长得一个样，像麦苗一样突然抽高的身子，窄窄的、还没发育完全的骨骼，尚未定型的面部轮廓，还有无知无畏的一双眼。陆丽萍冒出一个天真又有趣的想法：如果把这些犯罪少年的模样叠合起来，是不是可以得到一张标准少年犯的脸。而这世界上的母亲、警察和教师们就可以根据每个少年与这张脸的相似程度，来判断和预防孩子们的犯罪，甚至科学家可以发明一个仪器，直接对每个孩子跟这张脸的匹配程度进行测试，从而得到一个“值”。这个“值”可以被写入每个孩子的入学档案中，这样学校就能和家长配合起来，对不同的孩子进行不同的教学计划。

真是异想天开。陆丽萍倒吸一口凉气，因为她脑子里出现了陈子建的脸。那无数少年的影像重合，最后在陆丽萍的脑子里形成了一张陈子建的脸。陆丽萍感到自己是害怕陈子建的，她害怕现在的陈子建，这个少年让她感到陌生而危险。当陆丽萍企图用他还是幼儿时期的那一套方法管教陈子建的时候，他甚至对她动过手。他的身高已经达到一米八一，但体重不过五十几公斤。尽管如此，他纤细的手臂还是具备一个男性应该有的力量，有一次陆丽萍的脸很快便肿了起来。她没有对任何人说起过这件事，她的儿子和她的前夫一样令她感到震惊。在那之后她便不再强硬地对他，她大多数时候都想跟他好好谈谈。但她没有什么语言方式能够进入他的世界，他也无法勉强回应她。她开始讨好他，想让他可怜自己。这也失败了，陈子建的脸上有一种胜利的喜悦，他打了自己的母亲，却露出了一种胜利的喜悦。她怕他，有时候憎恶他，但她还是不希望周围的人这样想，她希望在周围人的眼里，他不良的行为能因为他仍是一个少年而得到宽恕，她希望人们善待他。她对张汉也是这样说的，她跟他讲述最多的是陈子建小时候的样子，聪明、可爱，学什么都很快。她说陈子建的脸粉嫩得就像水蜜桃，她还不厌其烦地对张汉描述陈子建第一次学骑自行车的样子，他是怎样跌倒又爬起。当然，她省去了关于流浪狗的那一段。她希望那些关于陈子建的美好的部分也成为张汉的记忆，以使得张汉将来也能像自己一样宽恕他。

夜愈来愈深了，巷子里最后一家摊贩也推着小车归来。

陆丽萍抓着手机，手机的电量还剩下一格，网页上已经没有什么图片再能吸引她的注意力。她望着那个幽暗的巷子，她还从未走进去过，她想她或许可以去看看，去打听打听陈子建去了哪里。这一晚，她见他的愿望十分迫切，她无法想象自己在不见到他的情况下还能有气力骑上那辆自行车，穿过重重黑夜回到家里去。

电话响了，是张汉。“睡了吗？”张汉问。

陆丽萍看着手机屏幕上的时间，十二点，她想说睡了，但还是说：“没睡。”

“怎么还没睡呢？”张汉问。

风吹起陆丽萍的头发，陆丽萍说：“有点冷。”

“那泡泡脚吧，或者洗个澡。这个天气不该冷，你是体虚。”

陆丽萍有了些许暖意。她脑子里浮现出一个老太太，弓着身子坐在床沿上，昏暗的灯光里，有一个同样苍老的身影对着她，他们相濡以沫。

“你怎么也没睡？”陆丽萍说。

“璐琳回来了，今天接她送她，按理是累了，却不想睡。也是奇怪。”张汉说。

陆丽萍笑了一声，张汉也笑了。“每到这一天总要有人不高兴。”张汉开玩笑。

陆丽萍笑起来，这一次是真的笑，她接过张汉的玩笑说：“你不高兴还是她不高兴？”

张汉也笑起来，玩笑就这样过去了。张汉那边就要睡下，陆丽萍说："我也睡了。"电话挂掉。陆丽萍手机所剩电量只有百分之十一。她的心思重新又回到小巷子里，全部回到小巷子里。她向前走去，决定去看一看那个小巷子。她的脚踏在潮湿、散发着腐烂食物气味的路面上，鞋底黏黏的。她看见道路两旁的人家有些开着门，平日里看见的手推车里面放着盛满食物的锅，瓶瓶罐罐里装着辛辣刺鼻的调料，旁边重重叠叠地堆着一些塑料凳子。经过改装的车把上，挂上一件外套，一条毛巾。有瘦弱的男人穿着背心蹲在一个简易的炉子边吃饭，有和她一样年纪的女人从冒着热气的搪瓷盆里捞出自己湿漉漉的头发。她觉得自己的目光冒犯了他们，他们却不看她，就像她不存在似的。她想，他们只是来不及看她，如果她敢直视他们的生活，他们一定会用尖利的目光反击她。陆丽萍低下头，躲避着蔓延到脚边的生活污水。她听见少年们的声音了，那些年轻的、清亮的声音在很近的地方，即便是肆无忌惮、喧哗吵闹，即便夹杂着粗俗的叫骂声，也不让人感觉到肮脏和绝望，因为她的儿子就在那群人中间。

"阿姨。"一个还处在变声期的男孩在叫她。

陆丽萍回头看，一个长相清秀的男孩，约莫十五六岁，穿迷彩外套，身上有淡淡的香水味。陆丽萍疑惑地看着他，她并不认识他。

"阿姨来这里找人吗？"他说，"你找谁，我带你去找。"

陆丽萍笑了笑，说谢谢，但是摇摇头。少年的笑意里带着轻佻和挑衅，陆丽萍并没有打消寻找陈子建的念头，但她的直觉告诉她，这个少年并不会给她答案。

"你找谁？"少年又问，"我不是第一次在这里看到你。"

陆丽萍转身，想沿着来路走。她预计少年有一堆问题要追着她问，她还没有听见那些问题就已经头疼了。她记起和陈子建无数次沟通的失败，她垂着头走了几步，却发现少年跟上来。她加快脚步，少年也加快了脚步。一种不安侵袭了她，她快步走向自己的自行车，扶住车把的手却被按住了。陆丽萍心里一惊，她抬头直视男孩的眼睛，男孩的眼睛很大、很亮，染色的刘海遮住眉毛。男孩还是对她笑，说："你想找谁，我带你去找就是了。"说着便夺过自行车，往更暗处推去，陆丽萍不由自主跟了几步，突然冲上前去夺过车把。"我要走了。"陆丽萍说。

陆丽萍感觉到自己手臂夺过车把时的力量，也感觉到对方立即反馈出的敌意，冲突迫在眉睫。她站直身子，目光逼视着少年。但很快她就意识到了事态的严重性，因为不知道什么时候起，小巷子的阴影中，已经站立了许多少年。他们向陆丽萍聚拢，陆丽萍的目光搜索着起初那个少年，她想要讲些道理，但那少年已经不见，他融入其他许许多多的少年里去，面目模糊，难以辨认。陆丽萍被推入一个房间里去。夜里清冷的风瞬间消散，取而代之的是香烟、酒精、新鲜或腐败的食物与人体混合在一起的味道。门关上，小房间对外界封闭了。

有人从后面重重推了陆丽萍一把，陆丽萍跌落在一个布沙发里，沙发布上不明的水渍覆盖着污渍，潮湿温暖。陆丽萍睁大眼睛努力将屋子里的每个人看清楚。屋子里的人并不像她在巷子中时以为的那样多，除了几个十几岁的少年，还有几个少女，她们都闪着眼睛在笑，年轻稚嫩的脸。陆丽萍想不出和他们打交道的方式。

“你来这里干什么？”一个少年问她。少年头发剃掉一半，另一半则紧紧地束着，装扮比陆丽萍之前遇见的男孩夸张得多，陆丽萍猜测他并不是学生。她说：“不关你们的事。”少年身边又有人问她：“我们总看见你晚上在这附近转悠，今天你不说出来我们不会放你走。”陆丽萍看着他们，他们看起来跟陈子建一般大，甚至比他还要小。她又说：“这跟你们没什么关系，你们不需要管。”她的语气和缓了许多，因为她说的是实话，她内心希望他们确切地明白这一点。“我和你们没关系，我也不认识你们。”她又补了一句。

他们不会理解她此刻的情绪，正如她也不理解他们。他们要做什么？把她围困在这里。“老实交代，你总是来这里，总是看着我们。”

“我在这附近，和你们没关系。”陆丽萍加重了语气，她露出愤怒的表情，一个少年的拳头突然砸在她的额头上，一记重击，她感觉到眩晕。她闭上眼睛，黏糊糊的液体从额角流下来，流到她的一只眼睛里。她慢慢睁开眼，是血。少年的十指在她眼前摊开，上面戴满了黄铜戒指，她的血淡淡浮在一颗小小的虎头雕饰上。

陆丽萍的大脑一片空白。

“流血了。”陆丽萍听见角落里有人叽叽喳喳议论，是女孩的声音。“打得太重了，第一下就这么重”，这句话是男孩说的。但是那个打她的少年，像个战胜了对手的拳击手那样，张着双臂环视现场一周，转回身的时候，又是一记拳头，重重落在陆丽萍的右脸。陆丽萍踉跄了两步，扶住一个沙发座。坐在沙发上的两个女孩发出惊呼，立刻往旁边挪了挪，斜着眼睛看了看她，又看向别处。

陆丽萍的右脸肿了起来。这种感觉很熟悉，陈子建就这样打过她一次。只有一次，她一直这样安慰自己。陈子建那阵子情绪不稳定，她也是，他们互相辱骂，她骂他活得像狗、像垃圾，是废物，所以他打她了，她不怪他。“我要回去。”陆丽萍挣扎着站起来走向门边，她摸到门把手，但门用钥匙锁上了。她抓住门把，求救般地望着房间里的几个女孩。“帮阿姨开开门”，她说。她只想走，只想快点离开这个自己没有半点掌控力的局面。她四处环视，终于触碰到一个女孩的目光了，其他女孩躲闪着她，但那个女孩没有。她盯着那个女孩看，她觉得女孩长得有些像璐琳。她再次张开嘴，想发出声音，但一只强有力的手臂拖住她的衣领，她又被揪回去，回到这乌烟瘴气的房间中心。她顾不得姿态了，挥着手疯妇般地向周围扑打，但这起了反效果，她的挎包被抢走了，衣服也被扯开，头发披散着。她不知道自己这一刻是什么样子，狼狈这个词不足以形容她。痛是次要的，主要是丧失了尊严。她衣衫不整，头发凌乱，脸上带着血污，站在一群和自己孩子一般大的少年中间，任由他们推搡、殴打。她看见偶尔有手机亮出闪光灯，她想，有人拿着手机在给她拍照，她像是误入到一场可怕的狂欢里。“求求你们别闹了，别闹了……”陆丽萍哀求，哭着说，“你们也有爸爸妈妈，我就和你们的妈妈一样……”

没有人理会她，她记起无数次和陈子建的沟通失败。她望向他们，一张张模糊的脸重合起来，成为一张无法记住的脸。她想到了报警，她没有机会这样做，但她还是仔细想着，不久之后她会坐在一间宽敞明亮的办公室里，办公室里充满打印机、墨水和印章的味道，有人穿着干净的警服听她说话。她担心自己描述不出这群人的样子，记不住这群人的脸。她明白现在的一切只是徒劳，她只有等。她的目光再一次扫过这群少年男女，又停在了那张脸上，和璐琳有几分相似的脸。她长久地看着这张脸，这张脸的表情也渐渐起了微妙的变化。

"她会报警的，"这张脸的主人突然说，"她看见我们了，她可以指认出我们。"

陆丽萍体内已经沉寂下去的不安和恐惧倏地升腾起来，剧烈翻滚着。她屏住气息聆听那个少女口中说出的话。

"她出去以后就会报警，你们完了。"

"那又怎样，难道杀了她吗？傻叉。"有人说，"我们也并没做什么。"

他们中一些人也陷入不安，或许从一开始，这不安就埋下了种子。但惊险、欲望、刺激和不安，本身就是结合在一起的。这样一点不安，他们是需要的，这和陆丽萍的不安不同。

领头的少年开始谩骂他的同伴们，他的声音不大，但很响亮、有力度，他骂人的时候带着肢体动作，看起来就像电视里的说唱歌手一样。陆丽萍看出来，他是危险的，他和屋子里其他的少年不一样。他狡猾、凶狠、残忍，他带领着他们，他们则盲目跟随他。为的是什么呢？陆丽萍想起一句不知出自哪里的话：原谅他们吧，他们不知道自己在做什么。

"那么就给她拍照吧。或者视频，裸体的。"领头的少年说。

有人犹豫了，想要离开这间屋子。但是屋子锁上了，钥匙在某个人手里。谁也不敢打开那扇门，陆丽萍被困在这间屋子里，其他人也是。

“这都会是我们共同的经历，会凝聚我们的友谊。”领头的少年说。

“凝聚我们的友谊……”有人喃喃重复。

“我们为什么和别人不同，因为我们敢做别人不能做的事情。”少年说。

“这只不过是又一次的经历而已，新的经历，没什么大不了的……”少年重复说。

“没什么大不了的……”

紧张和焦虑在安静的屋子里渐渐沉淀，少年们似乎已经说服自己接受这件事情。陆丽萍像一只即将被献祭的待宰羔羊，蹲坐在屋子中间。不知道什么时候，少年们已经围绕着她站成了一个圈。

新加入的少年们被要求完成这件事情，大概有三个男孩，还有一个少女，恰是长得像璐琳的那一个。

一个少年走上前，飞速扯下了陆丽萍敞开着的短针织外套，他看起来果断又迅速，但陆丽萍觉得他其实胆小却聪明，陈子建在她脑中一闪而过。第二个少年走上前，抓住她 T 恤衫腰部的位置往上提，陆丽萍没有挣扎，手臂随着他的力量向上抬起，T 恤衫被脱下来了。陆丽萍的上身只剩下一件乳罩，少年中间有人发出故作兴奋的惊呼。这鼓励了下一个，又一个少年走上来，手伸向陆丽萍贴身的针织裙。陆丽萍不再蹲着，而是坐在了地面上。

少年拉下她裙子一侧的拉链，陆丽萍感觉到这只稚嫩的手在颤抖。她看着他的眼睛，他的脸，细密的汗珠在他的额头上渗出来。他有些恼怒了，周围的一双双眼睛都在看着他，陆丽萍也在看着他。他费力地扯着陆丽萍的裙子，但除了在裙子上造出更多的褶皱之外并没有什么实际的效果。他的脸通红，一只手撑住地面，另一只手还可笑地拽着陆丽萍的裙子。陆丽萍突然对他生出一些怜悯，她又想到了陈子建。少年的手臂剧烈颤抖起来，像是下了极大决心似的，他一把推倒陆丽萍，扯下她的裙子。裙子被扯破了，像块抹布被丢到一边。

“好，好样的。”陆丽萍突然说。

陆丽萍的声音很轻，但清晰。屋子里的少年们听见这句话，恍然若梦，他们像看怪物般地看着她。“疯子。”有女孩小声说。陆丽萍穿着乳罩和三角内裤坐在屋子的中心，陆丽萍注意到自己的乳罩是大红色的，原本艳丽的颜色，是本命年买的，那时陈培大概已经认识了出轨对象。许多年过去了，她还在穿它，它褪色严重，也失去了弹性。她半个乳房松松地垂落在钢丝圈下边。她今天原本不用穿它，也许久不穿，为什么这一天穿上了，她也不知道。清晨的时候它突然从一堆衣服中间蹦出来，想要见人似的。陆丽萍记得，它当时很不便宜，一套下来打完折，五百一十八。本命年买的，她当时相信它会带来好运气。配套的内裤早就破了，丢掉了。但现在陆丽萍穿的内裤也破了，破在里面，也该丢了。它松松垮垮地、无力地遮挡着一块黑色的毛丛。

那个长得像璐琳的女孩走上前，将它们也毫不费力地揭去了。

完全裸露着的陆丽萍坐在屋子中间，肉体发出惨白的光。羞耻已经过去，陆丽萍审视着自己暴露在灯光下的身体，肌肤上的黑痣、斑点、细纹，膝盖上的淤青，旧的疤痕，还有新的伤口。如同一个玩笑，她额角的血适时地落了一滴下来，从她下垂的乳房迅速滑过，掉在她干瘪却充满褶皱的小腹，那里还留有她作为一个母亲的证据。

陈培从来没有这样看过她的身体，张汉没有，陈子建没有，她自己也没有，或许她出生的时候，医生和护士会这样看她，检查她是否健康。从此之后，她的身体便被严严实实地遮盖着，即便被注视，也是随意的、匆忙的、潦草的，好像它不值得一看。这一次，它像是被隆重地展览了，她仔细看着它，比在场的每一个人都更仔细。“羞耻”两个字浮现在陆丽萍的脑海中，但仅仅只是浮现而已。她的手覆盖在自己的小腹，腿蜷曲着。她想起陈子建白白软软的小身体。他出生那一天是元宵节，医院里冷冷清清，她大出血，接近昏迷，她的身边也围着许多人，但她感觉不到。在陆丽萍的意识里，那一刻，世界上只有她和陈子建两个人存在。她的血像河流一样往外跑，她觉得自己的一部分身体被剥离出去了。最终陈子建被护士抱在手里，安安静静。护士拍打着他小小的背，他不哭，反倒是笑。一个人行走于世界的孤单，那一刻有所不同。

陆丽萍婚后的好时光不多，大部分心血都倾注在陈子建身上，她让他学小提琴、钢琴，报奥数班、绘画班，给他买轮滑、电动玩具、飞行器。陈子建在弄堂里和孩子们一起，陆丽萍常常在房顶的晒台上探出脑袋，看着他玩耍，心里满是温柔，她常常会想，陈子建将来会成为怎样的一个人。

陈子建八岁那年，陆丽萍和陈培终于买了房子。陈子建有了自己的独立空间，他买存钱罐，往里塞硬币；他整理自己的书架，在饼干盒子里养蚕；他在睡前玩魔方，看宇宙解谜系列碟片。九岁的时候，他因为发烧得了一场大病，那时候她和陈培都常常不在家，他的发热没有及时治疗，去医院时已经被诊断为脑膜炎。此后，夜里熟睡，陈子建常常大喊大叫。有的时候陆丽萍冲到小房间，看见他蜷着身子在床上抽搐，床单已经被淡黄色的尿液浸透。

陈培总是在“出差”，病弱的陈子建就交给陆丽萍一个人。陆丽萍似乎就是在那个时候开始打骂陈子建的。因为陈子建帮着爸爸隐瞒他的行踪，陈子建发现了陈培的外遇，哪怕在他一个人高烧不退的时候，他还喃喃自语，说着“爸爸在家”。陆丽萍猛地掀开陈子建的被子，陈子建瘦小的身体蜷作一团，他躲避着湿漉漉的床单。“你知道我有多累？为你，为你爸爸！”陆丽萍揪着陈子建的头发往床上撞，床很软，陈子建的头撞下去，悄无声息。但他是害怕的，他像是被困在噩梦里。他的眼泪和鼻涕一起流出来，他大叫着：“妈妈，我不敢了，我再也不喝水了！再也不喝水了！”

陆丽萍松开了手。“我再也不喝水了”——九岁的陈子建，他不知道自己在睡梦中大喊大叫的样子，也不知道自己为什么会小便失禁。

后来陆丽萍就逃了，逃开所有人。直到陈子建说出“我选爸爸”。陆丽萍才重回这个世界，她看见孤零零站在法院大厅里的陈子建，他已经有了一米七零的身高，面部轮廓也不再那么柔和。陆丽萍记忆中的那一对圆圆的大眼睛，已经变得狭长。那双狭长的眼睛茫然地看着陆丽萍，遥远得就像迷雾中的两颗星。陆丽萍在那一刻意识到，陈培和那个陌生的女人，对自己来说并不意味着什么。只有陈子建，这个世界上只有他和自己的关联是真切的。

我都做了些什么？陆丽萍问自己。

“穿上你的衣服吧！”领头少年把衣服丢在陆丽萍身上。陆丽萍梦醒一般看着他。

“穿上你的衣服，走！”少年又说，“下次别到我们这儿来，我可不管你是谁，来干吗。”

陆丽萍抓过自己的衣裤，一件一件穿上。围观的少年们都丧失了兴致，陆丽萍不过是一个普通的家庭妇女，她从容而毫无羞耻地在他们面前穿上衣裤，那样子他们几乎每个人都在童年的某个早晨见过，他们的妈妈，早上起床急着做饭，或者换上衣服，出门上班。

屋子里原本的暴力、荷尔蒙、兴致勃勃的犯罪气氛，消散了。只有陆丽萍额角上的血还残留着。她走到门边，门不知什么时候已经打开了。她走出去，那个面目像璐琳的女孩子跟出来，拉住她的衣角，突然小声说了一句：“阿姨，对不起。”

陆丽萍回头望着她，摇摇头，她甚至微微笑了一笑。习惯性的礼貌又恢复了，平和的世界回来了。

谈不上原谅不原谅。

陆丽萍沿着来路向前走，许多小贩居住的房屋门还开着，他们依然不看陆丽萍，就好像她不存在。她没有来过这里，也没有走。她没有经过他们的生活，他们的生活是那样牢固不破。陆丽萍想，或许每个人的生活都是这样，牢固不破。这一回，她看见自己原本想见的人了——陈子建，他在一群闹哄哄的少年中间。这群少年看起来和屋子里的那群人也没有什么两样。她看见陈子建的脸，他好像很开心，一脸轻松、愉快、自信的表情。那是少年人应该有的样子。她很久没有见过他这样的表情了。陈子建没有看见她，她也没有叫住他。她到巷子口，扶起自己的自行车，跨上车座骑入夜里。

夏夜的风轻柔，自行车上陆丽萍也感觉轻盈。她忘记疼痛，头脑突然变得格外清晰，往事纷至沓来。她回到她少女时期住过的阁楼里，翻看《女友》杂志，阁楼上的天花板吱呀响着，灰尘在阳光下掉落。那时她整天懊恼的问题，只是自己的肤色不够白皙、大腿过于粗壮。她攒下的所有零用钱都用来买化妆品、订杂志，这些东西把家里的阁楼都填满。透过书她看到世界无限大。她有那么多想得到的东西，可能得到的东西，她懊丧又兴奋。毕业后她找到一份银行的工作，渐渐有了积蓄。后来，她经人介绍认识了陈培，他们恋爱，向着婚姻的方向去，一切都很顺利。婚后的某个夏夜，陆丽萍和陈培一起看纪录片频道。他们拥有的是一台二十一寸的飞跃牌手动彩电，那里面新奇地播放着一个不知真假的美国实验。屏幕上一对夫妻被一根绳子绑在一起，考验共同生活的决心。起初恩爱甜蜜，一年期满之后，绳子一断，二人竟拼命跑开，老死不想再见。那时候陈子建还未出生，陆丽萍和陈培看着那俩人的窘态，捧腹大笑。笑过之后，陈培也把一根绳子系在陆丽萍手腕上，难得巧妙地表白：“以后咱们吃喝拉撒在一起，别嫌弃。”

那些日子还真是不错。

后来她还是回去看过陈培的，她和陈培暗自较着劲，都要证明自己比对方过得更好，陈培总是避而不见，他说自己在旅游，这一天在某湖游泳，那一天又在某岛钓鱼。可是当她精心打扮过来到熟悉的小区门口，陈培就坐在小卖部里，跷着腿，抽烟、打牌。陈培的腰腹凸出来一圈，头发也不剪不染，他过早走进了小区里的老年生活。陆丽萍告诉自己，只是想谈谈陈子建的教育问题，但走到柜台边，还是停住了。陈培始终没有抬头看她一眼。

一个大雪天，张汉走进单位旁边那家牛腩米粉店，他给陆丽萍付了米粉钱，告诉她：“我也离婚了。”张汉离婚的原因也是因为出轨，他的妻子出轨。他是律师，陆丽萍离婚时向他咨询过不少事情，陆丽萍那时候在他眼里看到同情，她是讨厌被同情的，但张汉眼里的那种同情，居然令她感觉不错。从一碗牛腩米粉开始，他们有了私下的来往，陆丽萍请他吃饭，他请陆丽萍看电影。从前因为经济拮据，和陈培没有过的恋爱生活，在这里补完了。那段日子，事实上也还不错。

陆丽萍原本是想要回家的，但她的自行车已经停在了张汉的家门口，她站在窗口向屋子里看。

一辆大型运输车带着嘈杂的隆隆声驶过，车灯的光束透过窗子，在漆黑的屋子里划出奇怪的阴影。陆丽萍把手放在门铃上，她知道这间屋子里的灯很快会亮，她将在这间屋子里获得一些关心，她期望的并不多。陈子建、陈培、张汉、璐琳、那个像璐琳的女孩子、新闻图片里的受害者、那些犯了罪的、可能犯罪的或即将犯罪的少年……她担心的事情毕竟都还没有发生。在这之前，她还拥有她所拥有的，于是她便向她所拥有的这一点走去。

图书在版编目（CIP）数据

安娜表哥 / 余静如著. —南京：译林出版社，
2023.9
（窈窕文丛）
ISBN 978-7-5447-9717-7
Ⅰ.①安… Ⅱ.①余… Ⅲ.①短篇小说－小说集－中
国－当代 Ⅳ.①I247.7

中国国家版本馆CIP数据核字（2023）第084535号

安娜表哥 余静如 / 著

责任编辑 竺文治
装帧设计 孙逸桐
校 对 蒋 燕
责任印制 颜 亮

出版发行 译林出版社
地 址 南京市湖南路1号A楼
邮 箱 yilin@yilin.com
网 址 www.yilin.com
市场热线 025-86633278
排 版 南京展望文化发展有限公司
印 刷 苏州市越洋印刷有限公司
开 本 850毫米 × 1168毫米 1/32
印 张 8.125
插 页 4
版 次 2023年9月第1版
印 次 2023年9月第1次印刷
书 号 ISBN 978-7-5447-9717-7
定 价 59.00元